望海潮
原创系列（第二辑）

红色海水升起来

黄宁 著

海峡出版发行集团 | 海峡文艺出版社

图书在版编目(CIP)数据

红色海水升起来/黄宁著. —福州:海峡文艺出版社,2023.9
("望海潮"原创系列.第二辑)
ISBN 978-7-5550-3477-3

Ⅰ.①红… Ⅱ.①黄… Ⅲ.①中篇小说－小说集－中国－当代②短篇小说－小说集－中国－当代 Ⅳ.①I247.7

中国国家版本馆 CIP 数据核字(2023)第 175913 号

红色海水升起来

黄宁 著

出 版 人	林滨
责任编辑	陈婧
出版发行	海峡文艺出版社
经 销	福建新华发行(集团)有限责任公司
社 址	福州市东水路 76 号 14 层
发 行 部	0591－87536797
印 刷	福建新华联合印务集团有限公司
厂 址	福州市晋安区福兴大道 42 号
开 本	880 毫米×1230 毫米 1/32
字 数	210 千字
印 张	8.625
版 次	2023 年 9 月第 1 版
印 次	2023 年 9 月第 1 次印刷
书 号	ISBN 978-7-5550-3477-3
定 价	68.00 元

如发现印装质量问题,请寄承印厂调换

目 录

孤城万里 / 1

春夏河的孩子 / 48

红色海水升起来 / 94

夜奔 / 110

这一夜草席微凉 / 124

冬夜无声 / 138

北风漫过天桥 / 150

无尽之路 / 163

人间世 / 218

宴席及我们所饮的酒 / 258

后记：欢迎来到这个世界 / 271

孤城万里

一

这一天，断崖似的降温。

我闭上双眼，假设郭艳真的从山顶往下跳，落地，"砰"。我下意识摸了摸自己的身体，头皮发麻。毛伦从我的"中南海"烟里抽出一根，说郭艳只是暂时不见了，山顶上落下的包，也许是粗心忘了拿，还有那双高跟鞋，也许是忘了穿。你知道的，她有时不在状态。毛伦说着还指了指脑袋。不论怎么说，山脚下没有发现她的……身体，对吧？难道你还信不过公安？

我怎么信不过公安呢？跑公安口的同事和我说了，确实没找着郭艳。我必须接受这个现实。这个时候，天气真是有些难熬呢。我从阳台缩进里屋，抽着烟。这里的天气常常给人惊喜，比如前一天中午还穿背心，隔一天已经要穿秋裤了。像坐过山车一样呢。

可不是。毛伦掐灭烟，说为了郭艳，我们这心也是一上一下。王林，你得给我一个我信得过的理由。此前，我们和她二十来年没有交集了吧？你现在这么关心，不得不让我怀疑你和她有些什么。

什么也没有。我摇头。在半年前，重新遇到郭艳之前，我对她印象最深的一次，是在游戏店。二十多年前，很多人玩投币机，你知道的，你打得很好，一个游戏币可以玩《三国志》通关。我不行，我最拿手的只是《闪电》。就是开一架飞机打啊打。那一次我状态很好，一个币居然玩得快通关了，周围不少人看着我打飞机。只差那么一点，我就通关了，但最后我失败了，围观的发出一阵叹息声，然后就散去了。我有点感觉，想再买一个币，但一摸裤口袋，钱都没了。

你的钱被人偷走了。郭艳在一旁打《俄罗斯方块》，盯着屏幕对我说。是谁偷的？我去找他！郭艳手指卷着辫子，说就在角落里打台球的那伙人。对的，不是一个人，是一伙人。

我倒不是真的在意钱，而是这个感觉不好，被人耍了一样。我这样说，郭艳白了我一眼，给了我一张十块的钱。

我不想要。

郭艳把钱扔到游戏机桌上，说这是她的早餐钱，但她不吃早餐。毛伦问，你后来铁定拿了钱，对吧？我说是。他笑了笑。忽然又问我，她给你钱的时候，我们那个时候还在上小学吧，六年级？她哪里来的钱？她爸和她妈都那个了，你知道的。

我猜，是她姑姑给的钱。她那个时候寄住在她姑家，就在打铁巷尽头。那次以后，我其实和郭艳并没有什么深入来往，我还了她钱，她也没拒绝。她收钱的时候，嘴里好像还嚼着个泡泡糖。

她好像还有个哥哥?我想起来了,她哥高高瘦瘦的,不怎么说话,也喜欢打拳击。毛伦说,要不然问她哥,她会去哪里?

她哥也死了。自杀的。

这个时候,毛伦夹着烟,看着我,都忘了点烟。

我的同事杨山是个好同志,乐意帮助人,特别是他认准的人。他这样和我说,兄弟,公安那里的情况确实是这样。就不说报警挂失踪的,单是杀人命案都查不清呢。失踪案是属地管理,一般是失踪者最后出现地方的派出所接管。能通过监控查到她最后在仙岳山上出现,已经是很不错了。你问接下去怎么办,该怎么办就怎么办。失踪已经超过七天,派出所也已经将郭艳的资料传上网,请求协查了。

杨山把身子又往前倾了倾,我在他的纸杯里添茶水。报社的窗户都是密闭的,隔绝了冰冷之后居然有些闷热。换一种理解,她也许是自己想消失呢?他喝了口水,掰着手指头和我解释,她成年了,有生活自理能力,有经济能力,身心都健康,对不对?换句话说,她有行动的自由。

但她这里。我像那天的毛伦一样,指了指自己的脑袋。她这里不好说。

有精神疾病?

不是那种普通意义上的精神病,比如说失常失智这样的——可能这样说比较合适。我又指了指自己的心,说,这里有些问题。

杨山好像懂,又好像不懂。他的手机闪了一下,来微信了。他匆匆一瞥,把茶喝完,公安那里有机会我再问问,目前没查到她有购买机票、火车票离开厦门的信息。可能坐私家车,你知道的，现在网上约车很方便。她可能坐这个车离开厦门。她总归是有这个自由的，对吧？

我说，对得很呢。她完全可以到处走，我和她之间只不过是半年前才重新相遇，她没有向我交代行踪的义务。我不过是因为超过一个星期联系不上她了，去她家里又大门紧闭，所以才着急地想知道她的下落。毛伦说我这样，完全是多余，是浪费感情。我在他的画室，他画了一头老虎，还没画完，皮毛是银灰色的，我以为这是头得白化病的老虎。毛伦放下画笔，指着我说，你操什么心？轮得到你吗？

这个事呢，要看你怎么想了。很多事不能单纯用一般意义上的"有没有用""有没有价值"来判断。郭艳，她曾是我们的同学，我们都是从小镇出来的，能在这座城市遇上，是很大的缘分。你坐过BRT的吧？你想象一下这个画面，BRT快速地行走在专用高架桥上，它到了一个站，安全门一打开，人们就像水库泄洪时的鱼儿一样，蹦跳着下车。假设郭艳也在这群人里头，她戴着一顶红帽子，和大家一样下车，成为汇聚的人流中的一滴，你远远看她的红帽子越走越远，最后完全消失。你发现怎么样也找不到那顶红帽子了。它像是被岩浆吞噬。

我打断你一下。毛伦站起身，在电脑里选歌，他打算给我放一首张学友的老歌。王林，你刚才的叙述是不是用了隐喻的手法？岩浆、红帽子什么的，乱七八糟一堆东西。

随便吧，你也许说得对，我其实只是想表达得更形象一点。毛伦看了我一眼，然后笑了笑。音箱里传出的是《每天爱你多一点》。我本来很想告诉他，我近来，或者说是这三四年以来，听得多的是民谣。比如贰佰、李志，这样的歌手，我就蛮喜欢。但想想算了，我们这几年不咸不淡保持着关系，很多东西变了，未必都要说出口。我站起身，天色已经很黑了。

你回家的话，怎么向老婆交代和郭艳有关的事？

毛伦问我。我已经站在了画室门口。我略微有些迟疑。

其实，事情很简单，我向罗琳坦白了。我说这几天在忙着郭艳的事。就是那个我和你提起过的，前几个月重新遇上的一个老乡同学。她最近不见了，周围找了一圈，也没发现她的影子。

周围？你的意思是说和郭艳有关的人都找过了？

我一下子语塞。郭艳身边都有谁？她一个人生活，她经常和谁来往？除了见见我和毛伦，好像没有其他人了。我听出了罗琳话里的其他含义。要找一个人，最常用的方法就是从她周围的熟人入手。罗琳很老到地说。

我们坐在客厅里，饭桌上有吃过还没收拾的两个小盆子。晚上吃的是虾面，两个孩子送去了爷爷奶奶那里。郭艳这个女人，看起来社会关系很简单，没有什么人和她来往；但实际上又不简单，因为活了三十多岁，发生的故事一定很多。你其实根本不知道她身上曾经发生过什么。

我了解她小时候发生了什么。她爸爸被判死刑，妈妈坐牢。

为什么她爸爸会被判刑？后来她妈妈呢？

这个过程有些复杂，我了解得也不多。我有些烦躁地抓起手机，随便刷了刷。网上有个热点事件，一个在日本留学的中国女学生被舍友的前男友杀了，杀人的时候，舍友躲在屋里。就是说，这个女学生是替舍友吃了刀子。大家吵得很凶，我索性关了手机，闭上眼养神。

从老家出来，很多年都没有联系了，有必要这么上心吗？

罗琳在翻报纸，好像只是随口说说。我看了她一眼，发现她的目光盯着报纸,没有上下移动过。我当然明白她的意思。在她的理解里,我和郭艳约莫等于陌生人,太上心就不对了。我有些无奈。从她的角度理解,不能说是错的;但我又无法向她解释,自重新遇到她以后,我们之间发生的一些事。这样一来,就显得有些糟糕了,我们各自站在自己的立场,都无法站在对方的立场考虑问题。

为此,我只好撒了一个谎。

我说,郭艳和我正在做的一个专题报道有关。因为和报社有约定,不能透露,所以一些细节我现在没办法向你透露。

好像做地下党一样,不知道的以为我们在演《潜伏》。罗琳收好报纸。就这样吧,你爱怎样就怎样,你心里清楚就好。那个,老大要学钢琴,我已经向琴行订了一架钢琴,打个折,三万左右,算是便宜的一款。

这很好。为了孩子,什么都值得的。我笑着说。

老王听了我上面的叙述后,给保温杯里加了点开水,摇了摇头。他说搞不懂你们现在的人,说是为了孩子,但问过孩子的意见了吗?而且为了孩子的事,都是值得的吗?他这样反问我,也没有举例子,我一时有些语塞,不知该怎么回答。老王说,算了,你报的选题就别做了,现在媒体环境那么差,我软文都排不过来,哪还有版面给你做深度报道?

那罗琳那里,我没法交代了。

你本来就是撒的谎。谎言像是窗户纸,终有一日要被捅破。

我觉得老王好像在说什么预言,一副卜卦问神的样子。我想还是有必要再争取一下。也许一开始是对罗琳撒谎,但由此及彼,我觉得这个"谎言"倒是给了我一个契机,让我能对郭艳更"深入"。我说,老王,我给你讲一个故事。以前我刚当记者不久，有一次去采访一起谋杀案。这案件不复杂，一个医院的女护士和一个现役军官结婚，这个军官是二婚，还带着个三岁的男孩子。女护士嫌弃这个男孩子，给他动脉注射了氰化钠。后来怕了，送医院抢救没抢救回来。军官没有原谅这个女护士，法院后来判了女护士死刑。

我知道这个案件。你刚到报社不久，我带的你，女护士的案件是我让你独立采访报道的。

当时，市公安局宣传处的意思，主要是想报道典型案件，警醒关注家庭和睦健康。我在采访中发现，这个女护士其实也有个男孩子，她自己也是二婚。她的孩子被判给了前夫。我当时写了一稿，提到了这个男孩子，但被市局建议删了，说是出于保护未成年人。我觉得对，于是也照做了。这个男孩子成了我报道中的一个瞬间，过了也就过了，没有太在意。十来年过去，年初的时候杨山和我说了个案子，我感觉对那个案犯有些印象，一查，原来就是当年那个女护士生的男孩子。

你想表达什么？老王喝了一口保温杯里的枸杞菊花茶。你是说要关注案件以外？我们是做新闻的，关心的是案件本身；至于案件以外，那是小说要做的事。

你知道的，我也写小说，算是半个小说家。

老王听了觉得有点好笑，但又觉得不知笑点在哪里，于是就在笑与不笑之间徘徊。我说，事情是这样，我确实比较关心郭艳。如果按照现有技术条件，我怕短期内是可能查不到什么。我倒很想知道郭艳当年都遭遇了什么，对她有什么影响。所以，深度报道的主题就是……

他们的别样人生——揭开案件背后的世间冷暖。是这样吗？老王笑了笑。他连题目，主标题、副标题都帮我想好了。我也笑了笑。老王摸了摸肚子，看着我。他说，这样吧，我给你批个报道经费申请，但名义上是你回老家采访，为拉企业做软文报道而活动关系。至于你真正做的调查采访，等你回来，视情况再定吧。

明白。我点了点头，不太敢看老王的眼睛。要出门的时候，老王又说，我尽量安排上版面吧。停了一下，又说，上次部门竞聘不是我不帮你，希望你明白。

我说好，然后很用力地笑了笑。

二

我正在写作业，毛伦在门外大喊，还做什么作业啊！要枪毙人了，赶紧去看！他这么一说，我不得不放下了笔。我隐约听大人们说过今天有宣判大会，就在公园的人民广场。不过，我对公审大会并没有什么感觉。主要是我妈从我一上小学起就警醒我，不要爱管闲事，人多的地方千万不要挤，一不小心就会出事。

为什么？毛伦一边小跑着，一边回头问我。

你别跑了，我们歇口气。我妈和我说了一件事，以前我爸在市里的林业保养厂上班，当时的厂长有个儿子，六七岁的年纪，有一天凑热闹被人打死了。那天厂子门口聚了一群人，有个武疯子不知受了什么刺激，大呼大叫的。大人们围观着，有说有笑。那个厂长的儿子挤到了人群前面，被疯子抓住了，一把扔在地上，头着地死了。大人们根本没反应过来。

毛伦惊讶地看着我，你是在说笑吧？

你觉得我像开玩笑的样子吗？你觉得我妈是在骗我吗？我妈那时候怀着我，吓得差点流产。

你知道什么叫"流产"吗？

我不知道。我不服气地反问毛伦，那你知道什么是"强奸"吗？

此刻，我们站在通往人民广场的小巷子口，巷口贴了一张白色的公示，上面写着：郭××犯杀人罪、强奸罪等，数罪并罚，执行死刑。我指着"强奸"两个字，问毛伦。毛伦"嘿嘿"笑了笑，就是那个意思啦。我觉得他其实并不懂，笑话他不懂装懂。我说不想去看公审大会了，又不是没看过，台上那些人耷拉着脑袋，反绑着胳膊，有什么看头？枪毙也是载到山上去，我们也看不到。

你傻啊，你看看这个郭××，有没有什么印象？毛伦见我没有反应，拍了下我的后脑勺。你是读书读傻掉了，什么都不关心。看清楚了，这是我们同班同学郭艳的爸爸，也是我们的副书记。县里的副书记，很大的官吧？

郭艳我是知道的，长得好看，会跳舞，跳舞的时候马尾辫一上一下。但她爸跟我有什么关系？我为什么得知道？

这个事情大啊。大人们都在议论，据说我们县里还从来没有发生过这样的事情——他杀了他的情妇！

毛伦说得很兴奋，我也跟着兴奋起来。因为他说到"从来没有"，还有他说到"情妇"，虽然我一时还不太明白这个词的意思，但总觉得有些刺激。我已经读六年级了，我还没有谈朋友，但有喜欢的女孩子，"情妇"这个词好像有点儿刺激。

在人民广场，公审大会的现场，因为身高的限制，我和毛伦只好站在广场边上的一棵大树上。毛伦指着台上中央的一个粗壮的男子对我说，喏，那个就是郭艳的爸爸。看着他那个粗壮的样子，我有点失望。郭艳长得好看，我以为她爸爸也是不差的，应该像是费翔那样的,就是唱《冬天里的一把火》的那个歌星。毛伦鄙视地看了我一眼,你是看言情小说看多了吧?

高音喇叭里在说些什么"手段残忍,犯罪事实清楚,社会影响极坏"之类的话。我听不太懂,看了一眼毛伦,他紧紧地盯着主席台。等宣判完了后,我问他怎么个手段残忍,他也说不出来。听说是分尸,分尸你懂吗?就像是我们去医院池塘里抓青蛙,抓了后把青蛙掐住,四个脚都砍掉。

我从树上跳下来,感觉喉咙里有什么东西,有点恶心。警笛声越来越远,郭艳的爸爸被绑着,站在一辆东风牌卡车的车厢里。那个车厢是敞开的,大家围观着车远去。有些小孩子起哄,在后面追着,毛伦也想追,但被我拉住了。我问了一个他和我一辈子也不会忘的问题——

郭艳怎么办?

郭艳,下课后你留下来。

郭艳刚坐下,又站了起来。班主任打了个手势,不用站,下课后来办公室找我。我坐在郭艳的侧边,看见她坐下,手在抠着桌子的边角。班主任开始讲一首词:"郁孤台下清江水,中间多少行人泪?西北望长安,可怜无数山。"这词太难了,我听不懂。但她一开始就说了,初考是要和其他小学的学生一起拼上初中,语文不多学点,学深一点,那怎么行?

我完全听不进去她在讲什么。趁着老师写黑板,毛伦从前排转过头,朝我扔了一个纸团,然后又向郭艳努嘴。我懒得理他。郭艳一直低着头做笔记,很认真的样子,而且很用力。第二天,我听说了班主任叫她留下的原因。她告诉她,校庆文艺晚会的领舞换了别人,说是校长的意思。郭艳好像没有什么表示,我看她依旧很认真地在做笔记。忽然，我比她还急。

晚上回到家，我想等爸回来。像无数个平常日子一样，爸照样没回来吃晚饭，我吃过饭，妈见我还坐着，有些意外。我说再等等，妈说今天是不能看电视的，你不用多想了。我点点头，不是为了电视。那为了什么？我答不出来，和妈对视了几秒，然后进了自己的房间。我睡着了以后，爸回来了。我听见了他和妈争吵的声音。他们以为我听不到，每次吵都要等我睡了以后才开始。我很想出去，问爸关于郭艳家里的事。爸在县委办上班，和那个已经被枪毙的郭书记应该能天天碰面。

妈往地上扔了一个盘子，我听得出声音，是那种塑料盘子。不是瓷的，瓷的比较贵。妈又质问爸去哪里了。爸一开始懒得说话，盘子落地后才开口，上面有领导来，去接待了，这不是很正常吗？妈说是很正常，像那个郭书记一样，天天接待，最后和女人搞在一起，吃子弹了吧？爸说你疯了。妈说你才疯了，你给我小声一点，不要吵醒了王林。爸沉默了一阵，点了根烟。老郭，哎，我看明白了，官是没法往上爬了，还是多挣点钱实在。解放思想，大家都下海。妈说，你想干什么？停薪留职下广东？爸说想太多了，县委办挺好的，有吃有喝。我们做点副业，大姐夫的哥哥在市里做冰激凌生意，我们去给他拿代理，县里还没有人专门做冰激凌生意。

他们接着就在聊怎么做生意了。我没了兴趣，光着脚站在地上，开始感到有些冷意。算了，我也不打算问我爸了。问了，他也不会说。郭艳爸爸为什么要杀人，怎么"强奸"别人的，以后一定会有机会知道。至少毛伦会比我先知道。

可毛伦后来说，他知道得也不多。大人们好像很神秘的样子，吃过饭闲聊时总会说上一两句，但又是各说各话，没个准数。有的说是情妇先动手,有的说是郭书记预谋已久,又有的说姓郭的一家都参与了,大家一起动手。

郭艳也会动手？乱说话死全家。

是啊,我也觉得这个夸张了。但郭艳妈也被抓进去,这倒是真的,共犯。好像是这样说的。

爸妈都不在家了。那郭艳？对了,她还有个念初三的哥哥。

听说是暂时住在她姑姑家。

那么大个房子,空了。郭艳家在西门,盖了一栋四层的楼房,那么大的房子呐。我坐在学校操场台阶上,望着校门口的方向。郭艳从教学楼里出来向门口走去,几个同年段的男生围着她转,嘴里念着,杀人犯,吃枪子,一枪崩了见阎王。郭艳要往左躲开,他们也往左；她要往右躲,他们也往右。毛伦瞄了我一眼,你不要犯傻,你冲过去被打了我是不会帮你的。班主任和年段长不知说些什么事,站在教学楼前,远远看见了,喊了一声,那些男生呼啦一下这才散了。郭艳回头望了望,然后才低着头往校门口走。我紧跑着过去。

郭艳。我叫住了她,又往她手里塞了一封信。她没有像前几次那样收起信,而是马上打开了,看了看,又还给了我。她从口袋里拿出一盒大大泡泡糖,塞嘴里一块,也给了我一块。

王林,不要再给我写信了。我没事。

我很想对她说,她是我第一个写信的女同学,而且连着写了好几封。但又觉得有些不好意思。我把信揉了,装作不在意的样子揣进口袋。我也嚼了糖,那个信里主要是想说,不要再去打游戏了,马上就要考初中了,电子游戏害人。

那你怎么去打？

我打得不好,那天是因为写作业太闷了,去玩一下。

你念书好，你才是不要再打游戏。我不打游戏，放学回姑姑家不知道做什么。

以前，她下课后要去艺校练跳舞。我还记得，她妈妈还让她去上英语课。她是提前学。她妈妈是高中老师。我不知道该说什么了。

没什么事了吧？郭艳背着书包，朝街对面看了看。一个瘦高的初中生扶着一辆自行车，看着我们。郭艳走了几步，回头朝我微笑。我感觉心里有什么东西被针扎了一下——若干年后我才明白了为什么会有这种感觉。初中生骑着自行车，载着郭艳走了。毛伦捅了捅我的胳膊，别看了，那是她哥。念书很好，是一中的重点生，和你有得一比。

我其实念书一般，懂得的东西也不多。小学升初中考试，我在全县成绩排名第三，那是因为我的舅舅是批卷老师之一。我有一个表姐，念高中后就一直没见到她，家里人从不提起她。工作以后我才得知，她在我高一那年就被杀了。是她厂子里的人杀的。我还以为她去外地做生意了，一直不回来。我的反应总是慢半拍。但在寻找郭艳这件事上，我好像节奏蛮快的。

三

你这算不算是"以权谋私"？打着公家的旗号，干自己的私活？可这逻辑也讲不通啊。郭艳不见了，你应该在厦门或者周边找，你不是在媒体工作吗？发动媒体力量找，怎么反倒回老家找？

你有多久没回老家了？

还好吧，有机会就回老家。我画画的，需要到处找灵感。我不像你,五年没回老家了——忘本!家都安在厦门了。吾心安处是故乡。

对于毛伦提的问题,我没有作答,我们两个人在神聊。汽车行驶在高速路上,越接近老家,扩改的路段就越多。其中回程有一段长下坡路,11千米,双车道中间隔了水泥板,直接分开了慢车和快车。这个设计当时就是没头脑,这么长的下坡路重型卡车一路往下冲,刹车碟都冒烟了,以前经常发生卡车刹不住,直接把前车撞得粉碎的事故。好几辆车连撞。

所以呢,计划赶不上变化。这个时代变化太快了。当初修高速的时候,哪里会想到现在车辆那么多,都往一条道上挤。

跟人一样。都往同一条路上挤。我开着车,看了一眼毛伦。

最烦你们这种多读了点书的,考虑太多。

你画画就不用考虑?

你不用操心我,你操心你自己吧。

我笑了笑,前方是古田服务区,我把车拐了进去。到古田,就离老家很近了。我和毛伦进了洗手间放水,然后出来点烟。我说,我该操心什么?毛伦笑了,你这个问题傻得很,你该操心的事多了,但你把郭艳的事放在主要位置,显然是主次不分了。我说,半年前,咱们重新遇上她,是不是很高兴?二十多年没见,居然会重逢,真是特别高兴。我们一起吃过几次饭,还喝茶打牌,你还说她真变不少了呢。我后来想想,她不是变了,而是重新回到最初的那个她了吧。

她好像不那么冷了。感觉上和她爸被枪毙前差不多。但其实,你我都走不进她心里的,你没发现吗?毛伦深深吸了一口烟。有一次我们一起吃火锅,就是在那家新开的小龙坎火锅,她的手机开了震动,但她一直没接。我瞄了一眼,来电显示是"女儿"。我以为她是没听见,本来想提醒,后来才发现她其实是知道的,只是不愿意接。你想一想,换作是你王林,你女儿打电话给你,你会不接?

我把烟踩在脚下,说上车吧。车启动后,我迟迟没有踩油门,过了好一会儿,我才说,路上的时候你不是问我为什么要回老家?原因很多,其中一个原因,是因为老王有心要我避开一阵。这次部门竞聘,无论怎样,我其实都应该是要上专题部主任的。老王是总编辑,我上专题部主任其实不难。但他说要做权衡。我替他干了多少活,现在和我说权衡?我37岁了,现在上来的部门主任是我那年带的徒弟。你说这个是不是很魔幻?

我要是老王也会让你避一避,怕你闹事。毛伦表示出了一些不屑。我的手机响了。是杨山打来的。我按了免提,他在电话里说,上午去公安的朋友那里泡茶,聊天的时候说起郭艳的事。我以为是找到了她失踪的什么线索,但没想到不是,居然是说有几个人报警,说郭艳欠债,约定的最后还款日期已经到了,可现在却联系不上了。初步统计,得有两百来万的欠款。公安的朋友说,你要说她跑路吧,也不像,网上查不到她任何外出的迹象。你要说她出事了吧,也没证据,遇害?绑架?都不像。一个人不可能无缘无故消失的,总得有个理由吧。我这里继续帮你盯着,你回老家看看有什么发现。

郭艳的老房子都不知道荒废多久了。她跟家乡更没什么联系了。毛伦叹了一口气。你说她就办舞蹈培训的,规模也不大,欠人那么多钱干吗?

我摇摇头。他人即地狱?我不敢把这样的疑问说出来。我不相信郭艳会是我的地狱。至少,在我躺在她的床上,从后面紧紧贴着她的时候,我绝不会认为她是地狱。反倒,我认为她是我的天堂。她又问我,是不是觉得儿时的梦想实现了?我想说可不是嘛。但又觉得不应该,那个时候的自己怎么懂得那么多?连"情人"是什么意思都不懂。

在老家遇到的人,都问我为什么要回来。我很难向他们解释,除了和邱劲详细说了一下,其他人我都支吾过去,只说是回来散心。但他们又有疑惑了,那怎么只自己一个人?老婆孩子不跟着?我没法说太多,只好笑笑走开。邱劲是交警,也算是公安,我觉得和他说没什么关系。我在他的办公室,他泡了一壶热茶。老家比厦门温度低了好几度,我还在适应。

你的办公室面积挺大,中午睡觉舒服。

这是超标的,你没看中间隔了断间,既是办公室也是小会议室。邱劲给我倒了金骏眉,茶香瞬间蒸腾。你是忘了,还是装的?小县城里上班的人,哪有在办公室午睡的,都是回家。毛伦每天没事做,也跟你回来?

他是大学老师,教画画的,到处找灵感不是很正常。我喝了一口茶。郭艳的事情你了解多少?

她跟你们是小学同学,我又不是和你们在同个学校。我们是到了初中才认识。她后来不是去二中念初中了吗?我反倒跟她的哥哥,小时候还多少玩过。他和我表哥是同学,偶尔会玩一块儿。比如说溜旱冰,我溜得好,有次要被高中的人揍,是他及时帮了我。

他自杀死了。我怕邱劲不明白,于是补充说,郭艳的哥哥,在自己家里打了个粗绳,挂脖子上自缢。

邱劲瞳孔放大了一下,然后又收缩。我们和他后来也没联系了。我表哥去了珠海,听说他后来考海事学院,跟船满世界跑——离了家乡的人,过去就算吃同碗饭,抽同根烟,后来也会没了消息。

他后来没跑船了,在厦门买房成家。郭艳一年前去厦门,也是因为哥哥的关系。他死了,老婆也就改嫁,留了个遗嘱,房子卖了对半分,他那一半给郭艳。他也没小孩。这些都是郭艳和我说的。她还说他哥死活不要孩子,说活得太累。

邱劲点了根烟,从头吸到尾,快结束才眯着眼看我。你跟她,肯定有事。反正是遇上了。我靠在沙发上,眼睛瞄到他的书柜里有本书《杭川县公安志》。这事,你有什么办法?怎么能找到她?

你和她前夫那里联系过没有?得有人报失踪。她家里人报失踪比较好。

她还能有什么家里人?

邱劲和我都不再说话了,烟雾开始弥漫整个房间。从邱劲那里离开后,我独自一个人走在北环路上,往西门方向走。郭艳的家在西门。那里因为周边拆迁,现在变得坑坑洼洼。天空下着细雨,我穿着一件牛仔衣,细雨袭来,我不禁紧了紧牛仔衣。房子的衰老从内往外涌出。我看了看房子的大铁门,在旁边,又开了扇小门,显得很滑稽。而这扇门,是特意开给那个情妇进出的。

郭艳的爸爸长得很魁梧,看起来并不像是学历史的。他和我还是大学校友,同是厦门大学的。恢复高考后的那一年,他考进了大学。在此之前,他是县城粮站的一名普通工人。在邱劲办公室那里,我翻看了那本"公安志",在"刑事案件"一栏里,我看到了对郭艳爸爸的记录。

这本志书里说她爸爸,是"提倡干部年轻化后,迅速成长起来的领导"。他虽魁梧,但笑容经常挂在脸上。命案发生的地点,就在郭艳家里。那是初春的一个深夜，寄居在郭艳家里的这个情妇，被郭艳爸爸用榔头敲碎了脑袋。在确定她死后，郭艳的妈妈出现了，协助他把情妇装进了蛇皮袋。这种蛇皮袋由红白蓝三种颜色构成，过去是下广东打工的人最经常用到的。皮实，装的东西多。这一次，郭艳爸爸用它来装了尸体。

她爸爸开了单位的北京吉普车，就是那种车篷还是帆布包裹的老吉普。他开着车去了离县城20千米的乡下，把装情妇尸体的蛇皮袋和另一个装满石头的蛇皮袋绑在一起，沉入了汀江河里。那个乡村很偏僻，春天到了，雨水慢慢增多，照这个河流的流向，蛇皮袋是会流向广东的。照理来说，事情不会那么快败露。

那原因何在？毛伦夹了块牛百叶，在火锅里烫了下捞起。他听着我的叙述，嘴里没有停歇。晚上这顿，邱劲本来说要请的，但临时要处理一起交通肇事，所以来不了。毛伦给我的碗里也夹了些肉，牛肉，羊肉，或者动物的什么内脏。他吞下了牛百叶，我真是有些佩服你了。那座房子是凶宅，旁边都拆了，就那房子还立在那里。拆迁的都不收，你还去看。

我还想进里面的，翻个墙就可以了。翻过墙是个小院子，出事前我还去过她家一次，那里种了些兰花，铁树，还有个小池子养些鱼。我点了根烟，烟盒里只剩下一根了，绝大多数的烟消亡在了那座房子门前。事情的败露，其实是注定的。郭艳爸爸抛尸后回城，半路发现车里还留着情妇的血衣。他照旧把血衣绑着石块扔下河，但才扔下去血衣和石块就分开了。血衣漂在河上。隔天一早，下游种田的老伯就发现了，并打捞了起来。

天意。

情妇的尸体后来也没漂多远。连着十来天没下雨，没出县境就自己浮上来了。

真是天意。

案件的侦破也没费多少力气。我把最后一根烟掐灭在空盘子里。郭艳爸爸起先什么也不肯说，关键线索是找到了情妇的一封遗书。遗书上写郭艳爸爸有杀她的动机。这封遗书，被情妇缝在了睡衣袖口……

我忽然说不下去了。毛伦看着我，看了很久，然后说，你和郭艳，肯定有事。一天之内，两个人都这样和我说。

四

请问，这里的负责人是叫郭艳吧？我手里拿着一张从大厦门口宣传栏拿的传单，问这家名叫"艳子舞蹈培训学校"的前台小姐。

您是要带孩子来上课吗？郭老师现在不在，如果您是要上课培训，我们这里有专员可以和您对接。您请进。前台小姐很热情，我随着她往舞蹈教室里走。边走，她边介绍舞蹈培训的师资还有收费标准。她说，咱们这里有学芭蕾舞、民族舞，还有声乐，考级培训也都有。先生，请问您想了解哪块？我问她，郭艳有和孩子们上课吗？前台小姐笑着摇头，没有的，但她是我们的艺术指导老师，会结合孩子的特长，有针对性地进行指导。郭老师是资深的舞蹈家，您看这面墙，都是她曾经获得的荣誉。

我在一间小会议室里，看着墙上贴满的荣誉奖状。华东六省舞蹈会演个人一等奖、全国舞蹈新星优秀奖、桃李杯少儿舞蹈大赛最佳指导奖等等。这漫长的二十来年，她是怎么过来的呢？初中毕业后我就再没见过她。她读的是二中，初考后就去福州学跳舞,后来又听说去了北京深造,再后来,就没有她的消息了。

那这一次,你是怎么知道我在这里的?郭艳坐在了我的对面。我来厦门时间不长。之前一直在北京。

我摇了摇手机。多亏了发达的网络。我看到了你们推送的招生信息。罗琳,哦,也就是我老婆,她把信息给我看的。最近正要给老大找一所好的舞蹈培训学校,罗琳恰好就看到了你们招生的信息。我看到你们简介里,有你的照片。

虽然过了那么多年,但你大的样子没有什么变。腰是腰,腿是腿,眉目还是眉目。顶多是眉角多了些皱纹。我只敢在心里这样说,不敢说出口。我继续看着郭艳,内心有止不住的激动,但话到嘴边又被压了下去。郭艳看着我,也没怎么说话,只是微笑一直挂在嘴边。我们都不会问对方,你这几年还好吗?

我就是想来看看你。确认下,是不是你。

现在看到我了,有没有让你失望?

没有,没有,我本来也就不抱着多大期待。你不要误会了我的意思,我不是那个意思。我竟然有些局促。前台小姐知道我要找郭艳,出去打了个电话。郭艳在电话里交代,让前台泡杯好茶,她马上赶回来。我强烈期待着和郭艳的重新相见,我料想她也是如此。但没想到,我们真见到了,却也不知道该怎么交谈。我说,我是很想见到你的,昨晚上想了许多重见你的场景。只是,今天再见,却好像又有些安静过头了。和想象中有些不一样。

我傻笑了几声。郭艳也笑了笑,这个很正常,一晃那么多年了。我们互相加个微信吧,以后方便联系。我这里的舞蹈培训刚做起来,以后看看还请你多"指导"。怎么样,对我这里感兴趣吗?孩子要不要送来学习?

就是有这个意思。回家我问下罗琳意见，你知道的，孩子的教育问题基本是她在管。我做媒体的，平时比较忙。对了，你的孩子呢？

在她爸爸那里。

哦。我点点头。我站起身，这样吧，时间也不早了，我先告辞。过几天我们一起吃个饭吧。我把毛伦也叫上，从老家出来后，我到现在还有保持联系的同学，也就他了。他肯定也是很想见你。

好的，静候联系。郭艳也起身，为我开了门。你现在还写东西吗？好像是小说？我看过你获奖的消息，小说获了什么奖。

一直在写。没写出什么大名堂。

真是难以想象。我印象中，你小学作文一般吧？倒是我的作文，经常被当作范文。呵呵。现在你都成作家了，我倒是出来工作后就再没写什么文字了。难以想象的事多了。这么多年过去。

我把郭艳招生的那条信息推给毛伦，还让毛伦加了她的微信。毛伦看完信息后，连发了好几个惊叹的表情符号。我问，怎么了？毛伦说，你这算是大海捞针，居然真就被你重新捞到针了。你说下次我们一起吃饭，我们该聊些什么呢？她家里遭遇了那么大变故，她自己的经历想来也不简单，真担心说错话。

平常心啦。都是同学。没事别去碰敏感话题。

你算了吧。吃肉喝酒，不聊人生聊什么？难道她聊舞蹈，我聊画画，你聊小说？鸡同鸭讲嘛。毛伦过了好一会儿，再给我发了一条微信，说，我觉得有点不对劲，你对郭艳动了小心思，是不是？

我没有理睬毛伦。我自认为没有什么好解释的。我对这个世界还是保持着一贯的好奇心，就这样解释。回到家，罗琳听了我的叙述后，摇头否定。她说，一来郭艳的培训地点离家太远，我们住在市中心，她那个在金尚，不方便。二来，郭艳真教得好？你们山里来的，跳得好？

如果不是因为我太熟悉罗琳，不然我估计会扇她一个耳光。她常用地域来说事，仅仅因为我的家乡是在山区。我懒得理会她。不上就不上。我给郭艳打电话，抱歉地说孩子练舞蹈想挑个离家近的。她听了没有在意，反倒说要是自己孩子选择，也是要离家近的，不然接送多不方便。她还主动问起约着一起吃饭的事，说毛伦不知道长什么样了。我说见了面不就知道了。

没想到郭艳会这么放得开。几杯红酒下肚后，她的话多了很多，聊过去，聊家乡，当然也会聊长大后遇到的一些有趣的事。毛伦还是很有分寸的，知道哪些该聊，哪些要避开。而我们也像事先打过招呼一般，自觉地不去提一些东西，像是各自的家庭。我们有意忽略，就好像家庭我们从未拥有过。

毛劲讲了个笑话。小升初考试前，有天晚自习，我们的语文老师，就是那个从北方来的胖胖的男老师，不知是不是喝了酒的缘故，在给我们讲解《长安街送周总理》这篇文章的时候，竟然哭了。他想起了故乡，想到了自己半世蹉跎，想到了每天面对我们这些小王八蛋，尽心尽力教，但换来的却是一群不懂感恩的白眼狼。说我们放出社会去，必定是祸害。他说着说着就哭了，台下的我们开始是懵了，后来大家居然也跟着哭，趴在桌上哭。但我跟王林没有哭。他示意我看语文老师，我抬头一看，他的鼻涕晶莹，长长的，竟然要落在讲课桌上了。太滑稽了，我俩憋着都没笑。快憋出硬伤了。

全班估计就我们俩没哭。回忆起二十多年前的那一幕，我还是会大笑。

哦，我也没哭。郭艳说，我趴在桌子上，手在抽屉里写字。写什么忘了，总之就是没哭。估计是我爸出事后，我把眼泪都哭没了。

郭艳的脸通红，一杯又一杯的红酒起作用了。我和毛伦有些局促，一时不知该怎么开口。反倒是郭艳先笑了，忽然就拍着旁边毛伦的肩膀，来，喝酒，与君共醉三万场，不诉离殇。毛伦举起酒杯，说，就是，喝，喝酒。我们三个都一起举起了杯，干了杯中酒。就整体效果而言，这场多年后的相聚气氛还是很好的。除了郭艳中间时不时地出去接电话之外，整体节奏还是很流畅的。郭艳有些抱歉，说舞蹈培训刚开始办，事情比较多。我们都表示能够理解。我出去上洗手间的时候，遇上了郭艳在打手机，神色看起来有些异样。可等我上完洗手间出来，回到包厢，看到她却是挺正常的。

在其后的聚会中，毛伦说曾看见她不接自己女儿打来的电话。这一幕我并没有看见，但被毛伦注意到了。这说明他观察还是很细致的。我单独和郭艳在一起的时候，就没那么细致了。在事后公安调查时，经过他们的提醒，我这才回想起来，有那么一两次，我跟郭艳回家的时候，总会隐约看见她家附近徘徊着一个戴白色鸭舌帽的男子。因为是黑夜，所以那顶白帽子显得很突兀。可我竟然在一开始忽视了这个细节，直到公安再一次调查，询问郭艳失踪前有何异常，比如是否有陌生面孔尾随时，我才想起。

我一直忽视了很多细节。比如在她家，她似乎从来只穿同一件绿丝袍睡衣。再比如，她说起自己哥哥自杀时，很平静，甚至还有点向往的意思。

五

毛伦,你觉得"吾心安处"就会是故乡吗?

傻子,这话是之前你自己说的。你说心安处即是故乡。难道你现在反悔了?

我摇摇头,不知道该怎么回答。此刻,我站在扩建后的建设路上。这条大路原来是我们上中学时的必经之路,也是通往郭艳家的路。原本仅是两车道,少得可怜的机动车和自行车在路上混行。现在这条路已经变成了双向六车道,直通河对岸的新区。变化太大了,这整座小县城都如这路般。我细想了一番,好像没有什么地方是心安的。我常常焦虑。为很多事情焦虑。

毛伦推了我一把,别想太多了,上楼吧。我们找了一间茶楼,等着邱劲。他要介绍一个已经退休的公安给我们认识。他是原来郭艳爸爸案件的办案人员之一。我们大概知道案件的起因,也大致了解案件的过程,但还不够具体。我想,这个老公安应该能帮我们解决这些问题。老公安落座的时候,我看到他的手指泛黄,于是给他敬烟,但被他婉拒了。他说没退休前烟瘾很大,退休后有次体检,发现胸部有阴影,当时吓坏了以为是肿瘤,还来再细查了下是炎症,发展得比较严重。

好像"死"过一次,所以特别珍惜生命。老公安自嘲,看了很多生死,以为自己能淡然看待,但实际上还是很怕死。但你说谁不怕死呢?所以,当初提审郭书记的时候,我就问他,你是领导干部,应该很了解法律。杀人犯法,而且被抓到一定是判死刑,怎么你当时下手的时候,就不怕自己也会死吗?

赔钱的买卖没人做，杀头的生意抢着做。郭书记笑笑说。老公安听了也笑笑，递给他一根烟。他说，郭书记，你说是"生意"，这还真是不错哩。一开始，你和林主任想必就是达成了"协议"，你帮她提为妇联主任，她上你的床。林主任还是很有想法的，前夫带着孩子想办法调到福州工作，她也不跟着去，就想着再进步。这一来，和你，郭书记不就对上了？但你打定主意是做生意，她却迷上了，还想坐东宫，逼你离婚。你被逼急了，所以就下了手。

我都知道要杀头的，她一逼婚我就下手？哪有那么简单。郭书记慢慢将烟抽完。林主任的尸体，还有那件血衣被发现时，郭书记被当作最大嫌疑人。县城很小，一个独身的女人住在别人家里，名义上是租，但实际情况大家都明白。第一轮提审的时候，郭书记什么都否认，还说林主任去了福州，是他帮着向妇联请了假。火车票、单位请假条都有。

老公安说，你看还是都交代了吧。这封遗书的字，你认得的，肯定是林主任留的。

郭书记一开始很强硬，但看到那封遗书后，事情就变得简单了。他把烟头扔在地上，还用力踩了踩。哎，还说什么好呢？她哪里有这么简单。她什么也不说就住进我们新盖的四层楼，给她单独开了一扇门，后来竟然还提出房子她也有份；她逼我离婚，还威胁要报告组织。我实在受不了这个女疯子。孩子妈，她知道我的目的。但杀人的只是我一个。我掐死了林。

我们几乎同时皱了下眉。沉默片刻后，我才问，那个遗书写的是什么？

遗书缝在林主任睡衣内袖，第二次搜家时才找到。遗书说，她要是有一天死了,那杀她的一定是郭。

出茶楼,天下起了大雨。我们在门口站了一会儿。老公安摸了摸头发,二十多年前的案子了,当年办案是拼命三郎,现在是一遇风雨天腿就疼。当年这个案子很轰动,但时间过了这么久,早就被人忘记了。除了他们的孩子,谁还去回想?

郭书记的两个孩子,如今大儿子自杀死了,女儿消失半个月了。我特意用了"消失",我还是很难接受"失踪"。那个林主任呢,有个女儿,但因为在福州念书,不是我们同学,所以不太了解。

当时确定死者是林主任,喊她前夫回来,开始是老大不情愿。后来,那个女儿跟着回来,脸也是冷冷的。

我抬头看天空,雨飘打着脸。

他们俩最开始,为什么会走在一起?

估计,都是因为孤独吧。老公安忽然说了个很感性的词语。这么个小县城。

这一次回来,收获还可以吧?

邱劲咬着牙签。我和毛伦下午要走,中午他请我们吃河鱼。毛伦点头,但又摇头。他解释主要是陪我回来,他顺便转转,回去后还得把那头老虎画完。他又说,我可能会在老虎旁边添个裸女,就是什么也不穿,躺在老虎旁边。

那你呢?还写那个什么专题调查?

我觉得有点累,很累。我闭上眼睛。

回去轮着开,你多歇会儿。毛伦说。

这些,对你找郭艳有帮助吗?邱劲忽然问我。我感觉郭艳失踪，没那么简单。

我的心里敲起了沉闷的鼓点声，和着屋外仍在落着的雨的节奏。杨山给我打了个电话，语气又急又有些惊喜。王林，你赶紧回厦门吧，公安这几天通过走访还是有收获。他们重新走了山顶的现场，再次分析判断郭艳不可能无缘无故消失。他们发现原来后山还有一条小路可以通山顶，只是这条路很曲折，距离长，晚上也没灯，所以除了喜欢登山的，根本没人会走这条路。公安顺着这条小路下山，路直通到仙岳山脚和快速道交界处。他们查看了周围，在快速道对面有一个市政监控摄像头，远远地能拍到仙岳山脚。于是，他们调了监控，通过技术手段还原，发现郭艳身影最后出现的那天晚上，有个戴白色鸭舌帽的男子背了个女的下山，并开车走了。

杨山，你不用说了，我马上回来。我催促着毛伦赶紧上路。我先开，然后在出龙岩市后的那条长下坡路上，追撞了前车。我被送进了龙岩医院急救，入院后的第二天下午苏醒。谢天谢地，你还能顺利醒来。毛伦手臂有擦伤，问题不太严重。医生说你是万幸，昏迷是颅脑受到撞击，但不致命。你没事就好，我先回厦门了，罗琳昨晚陪了你一夜。现在她回宾馆休息了。

我说，天都黑了，你还赶回厦门？

放心，我买动车票。你安心休息，有需要就叫护士。罗琳明天一早会来。

我点点头。护士给我换了点滴，说还不能进食，让我再忍忍。我问，自己会变成什么样？护士说，我也不太懂，医生给你胳膊和大腿骨折的地方打了石膏。看情况再决定要不要打钢钉，应该问题不大吧。我笑了笑，我是被送医抢救的。我慢慢又沉睡过去。在梦里，我见到了郭艳，她拼命向我挥手，可我却看不清她的脸。我想喊她，可怎么也喊不出口。我一着急，睁开了眼睛。

已经天亮了。罗琳打了湿热的毛巾，替我擦脸。边擦脸，边说，你一直在叫一个人的名字。

我忽然有些难过，不敢看她的脸。罗琳把毛巾扔进脸盆里，老王昨天打了电话，问你的情况，还问要不要来看你，我说不用了。他这算是什么？真关心的话，直接就过来了。罗琳自顾自说话，我感觉自己的脸越来越冷。罗琳坐了下来，看着我。这是一间双人病房，毛伦托人找了关系，只安排我入住。大难不死，但我笃定自己并不会有后福。罗琳拨弄了一番手机，看了看微信。我知道她有话要对我说。她重新抬头看我，几句话和你说一下。我下午就回厦门，给你请了护工，医生说再观察一下就可以出院。主要是静养，不能随便动。出院的时候，你有需要再给我打电话，我来接你。没有需要，就不用给我打。

还有，回厦门后你自己在外面住吧。

罗琳说得很委婉，我忍不住笑了。

六

我自己一个人回的厦门。毛伦在火车站接我，看我走路的样子，摇头说这是何必呢？我说这没什么，和郭艳遭遇过的比起来，我这肉体的疼痛算什么。毛伦冷笑说，你怎么知道她疼？你怎么知道她疼的是肉体？我想一想，还真是呢。

我暂时借住在毛伦的画室。我给杨山打了电话。他说，公安还在追查那个戴白帽子的男人。他开的车还没上牌，估计是领的临时牌。问题是领临时牌,未必就是在厦门领的。而那款宝马5系的车保有量很大,要查到原车,还需要一定的时间。你再耐心等等。我说,好。杨山问要不要来看下我。我说,不用了,我自己能行。你帮我盯着就好。另外,老王那里我就不和他联系了,我这也算是工伤。杨山沉默了一阵,才挂上电话。

郭艳啊,郭艳,你到底在哪里?回来的晚上,我又梦见了她。在一个熟悉的场景里,郭艳透过门缝,看着她的爸爸一刀一刀地砍那个情妇的手和脚。她的妈妈在一旁,台灯只照出她的半边脸。她几乎要叫出声,但被身后出现的哥哥捂住了嘴巴。哥哥把她拖到了一边,两个人身子都在发抖,都在流泪。郭艳把头转向我,被捂住的嘴巴忽然消失了,但我感觉她在向我说,救我,救救我。

我惊醒。在厕所拉了长长的一泡尿后,我决定去郭艳的家。她的家门是电子锁,我知道锁的密码。我曾陪公安到过她家里。公安联系她的前夫,但对方不愿来,只说他们现在在北京生活,这套房子不是他们的。他们,自然包含了郭艳的女儿。郭艳还没死,不是吗?你们没发现她有遇害的迹象,不是吗?说完这些,她前夫就把电话挂了。

郭书记的情妇——林主任,被害后,她前夫不也是同样的嘴脸?

在郭艳的家里,我忽然感到了寒冷。衣柜里,有两件睡衣,一件是常穿的绿丝袍,另一件是红丝袍。我曾和她开玩笑,说这丝袍的睡衣显得老气,我想给她买新的,但她拒绝了。绿丝袍,什么也发现;红丝袍,在袖口处缝了小袋子,拆开后发现了一个折叠好的信封。我拿着信封,跌坐在地上。

葫芦娃七兄弟，个个本领不一样。这七个葫芦娃里，我从小最羡慕的是那个千里眼。我那时常常想，我要是有千里眼，一定看得很远很远，我想知道翻过山的外面有什么。当然，人不可能有这种本领。但人可以借助工具实现。比如说，天眼。杨山说，多亏了城市里的"天眼"系统，你只要出现了一个影子，就总有办法把你追踪到。当然，现在还没办法自动识别，有的时候要靠人工查找，耗时间。那个戴白色鸭舌帽的男子，就是靠"天眼"找到的。

杨山来看我的时候，已经快年底了。我暂时住在毛伦的画室里。他吃住也在画室，我俩挤在一间房里。两个快四十的男人，过着刚毕业参加工作时的生活。杨山说，你这样也不是个办法。要不，我和嫂子说一说？她不是那么不讲理的人，再说了，家里还有两个孩子呢。我没什么反应，杨山比我还着急，继续说，再不济也可以去你爸妈家啊，哪里需要住这里。杨山说着指了指房子。

我爸妈还不知道我和罗琳的状态。老人家年纪大了，没必要让他们操心。他们帮着照顾两个孩子就已经很好了。反正我就说是出差跑新闻，他们也习惯了。

杨山没有出声。我拍了他的肩膀，不用担心，等郭艳的事了结再说。我现在没想其他的事。杨山说那好吧，有什么困难你只管说。郭艳失踪到现在，快两个月了，目前查到的就是这么个结果：那个男的叫沙珑，年纪比郭艳小十岁呢，还算是个小伙子。平时喜欢登山，家里有钱。以前在福州工作，好像是个舞蹈演员。后来到了厦门，也没做什么正经工作。公安说看他的朋友圈，就是发些吃吃喝喝、旅游的照片。

我如果猜得没错，这个男的，是和郭艳差不多时候来厦门的吧？

杨山点点头，都是差不多一年前。公安问过沙珑，他没什么嫌疑的。他承认郭艳失踪那晚和她在一起。那晚，后来在他的家里。杨山怕我不明白，又加重语气说，是在沙珑的家里。他睡到半夜醒来，发现郭艳不见了。他说以前也经常遇到这样的情况，睡着睡着，她就走了。所以开始他并不在意。只不过这一次，她一走，就再也没出现。

我紧紧握着口袋里的那封信，或者说是郭艳所称的"遗书"。我曾问过郭艳在厦门还有没有熟悉的人，她的回答是没有。她说自己平时不工作，就是窝在家里头，也没和什么人有交际——可如果她没有骗我，那经常给她打电话的又是谁？我忽略了很多细节，也许，因为我那时的眼里只有她。

郭艳就是这样的人。一旦被她迷住了，就会陷在里面。沙珑刚在小区健身房结束锻炼，我们约了见个面。他喝了一口运动饮料。你说我怎么办？我也想找到她，可她去哪里了？每天晚上都睡不好，我只好去健身，往死里练，希望把自己累瘫了，然后躺床上就什么也不去想。

可有用吗？

没用。沙珑指了指自己脑袋。她已经刻在我这里了。她是我的性启蒙老师。沙珑看了我一眼，以为我会有很大的反应，但我还算平静。这么说是不是很下流？但事实就是这样，我和公安说过，现在也不妨和你再说一遍。

我很早就认识了郭艳，她那个时候是我的辅导老师。天知道我妈怎么想的，认定了她就是最好的舞蹈老师。可能她不怎么说话，没那么热情，不像那些想急着"推销"自己的老师，所以我妈认为她靠谱。我读书中等，但从小喜欢跳舞，后来也是靠这个艺术特长念的高中。我妈认为我要有更大的发展，比如必须去北京，念北舞附中，然后是北舞，或者中戏什么的。呵呵，如果我妈知道以后我会和她上床，那恐怕打死也不会同意她来教我。所以说呢，有时候这就是命。注定了我会遇上她。

　　沙珑的叙述有些颠三倒四，我给了他一根烟，他摇头说戒掉了。以前是跟着郭艳一起抽，后来到了厦门，她不抽，我也就戒掉了。我狠狠地抽烟。我从来不知道郭艳竟然也会抽烟，她从未说起。我在她面前抽过那么多的烟，而她竟然一点想抽的意思都没有，这让我有些说不出话。我抽完烟问沙珑，打断一下，她教你的时候，应该是在福州吧？沙珑说是的，教我的时候，她刚从北京回来。我说，郭艳之前跟我说她一直待在北京。我怕沙珑不明白，解释说，人生轨迹是这样的——从老家到福州然后到北京，她说她在北京学成后就一直待在那儿，直到一年前听了她哥的话才回厦门。

　　我能不能说这也只是郭艳千万个谎言中的一个？沙珑笑得有点苦涩。她来福州没多久，有一部电视剧《武林外传》火了，我们一起看电视，她还指着电视里的姚晨说和她是同学。当年她们一起在福州学跳舞，后来被福州歌舞剧院委培送去和北舞附中合办的班学跳舞。她说，姚晨比她有决心，立志当演员，她就只喜欢跳舞。我妈听郭艳这么说，更是深信给我找了个好老师，而且还崇拜得很。后来我去了北京，慢慢才发现根本没这回事。她不过是在北京和姚晨见过面，都是福建老乡而已。

　　我跟着她练了两年舞蹈，主要方向是民族舞。我妈巴望我能考上北舞，可我在网上和其他人一交流，觉得自己差太远了。我没自信，就想报个省内艺术院系什么的，但郭艳死活不同意。她逼着我一定要考到北京。那天下午，我和她在练舞室吵了起来，我记得练舞室空气很沉闷，闷得我都快喘不过气来。她突然就抱住了我，狠狠地吻我，吻得我发蒙，吻得我嘴唇都疼了。我那时候知道什么啊，完全愣住了，她是我的老师啊……

这是个异常幽静的小区。因为寒冷，让人觉得这个小区辽阔。我的鼻子已经被冻得发疼，在厦门，能遭遇这样的天气真是罕见。沙珑坐在小区花园的椅子上，仰望天空。他说，可能是我运气比较好，报北舞那种硬功夫的专业院校肯定不行，但那年中戏表演专业在福建招一个，我拼了一下，靠舞蹈底子考上了。但考上又如何？混了四年，北京福州来来回回，毕业后就滚回来了。

我闭上双眼，黑暗压来，我感到全身被挤压。郭艳，你还有什么故事，是我不知道的？我的手放在口袋，那里还放着那封"遗书"。"遗书"里说，她死后，房子留给女儿。而如果自己是被害，那杀自己的一定是沙珑。

怎么杀她？那天晚上，是她打电话让我去山上找她，还死活要我走那条没人走的小路。她这样说了，我也没办法。我到了山顶，她穿着一双舞鞋，高跟鞋放在包里，说上山走累脱了。也没多说话，我们就又沿那条小路下山，她还让我开了那辆还没挂牌的车来。车是在福州上的临时牌。她是故意把包落在山顶，引得别人去想是不是有不测。也是等于决定了抛弃所有，半夜从我这里溜走，一定是一早计划好了溜走的路线。

忽然，我听到一片海的声音。这个小区的后面是海滩。入夜后，没有人去那里，连鬼都不会出现。因为，鬼都嫌那里孤寂。

七

我去见了郭艳的债主。杨山说有七八个人报案,其中有自然人,也有公司法人代表。我不解,杨山说,郭艳还向金融公司借了钱。金融公司这种,还钱起来是没个底的,一次抵押、二次抵押,最后就是还利息了,利息说不定都比本金高。我说你能不能通过公安的关系,要几个债主的联系方式,我去见见。杨山问我,是不是考虑好了,这些债主找不到人,到时候把你缠上了就糟糕了。

我拉了拉好几天没换的旧夹克,你觉得我还会糟糕到哪里去?

有一个债主是从福州来的,中年妇女,快五十岁了吧。她说她姓贾,我礼貌地问她,贾阿姨,郭艳借了你多少钱呢?这个贾阿姨看起来并不缺钱,手指上戴着一个钻戒,中间镶嵌的钻石蛮大的。贾阿姨拨了拨刚烫过的头发,喝了一口咖啡。她反问我,你和郭艳什么关系?我说同学关系。贾阿姨笑了笑,我今天其实不想见你,你自报家门我就知道你肯定没钱。做记者能有什么钱?你铁定是没办法替郭艳还债的。但我又想你是记者,听一听我唠叨也好。郭艳说让我来厦门找她,这段时间会还钱,可不单没还钱,人还不见了。她欠我小三十万,在我看来,其实不算是大数目。特别是跟我们这么多年关系比起来,我觉得这钱就不值得提。我们好到什么程度?我老公在外面偷女人,她郭艳还陪我去捉奸啊。可我这么信任她,连字据都没有打就借她钱,说好半年以内一定还的,她却一直拖。左拖右拖,总说会还,却没个具体时间。到后来，连我电话也不接了，你说可气不可气！

那你知道她借钱都用在哪里了吗？

我不知道她说的是真是假。贾阿姨叹了口气。一年前她回厦门发展。过没多久她找我借钱。她说要开舞蹈培训学校，我想这是好事，就借了。我后来才知道，她还欠别人这么多钱。她那个舞蹈学校，规模也不大，哪里用得了那么多钱？再说，她哥房子卖了，她不是也有钱？

你能找到郭艳吗？我走的时候，贾阿姨最后问我。我说我在努力。当我走远，回头看她，她还坐在咖啡厅里，一动也不动。

另一个债主是"好帮你小额金融服务公司"。公司的总经理是个瘦子，非常精瘦，简直就是皮包骨。在现在脂肪饱和的社会，还会这么皮包骨，基本上无非两种可能，一种是生病，另一种则是吸毒。皮包骨打着哈欠，对我爱理不理。他的办公室里燃着檀香，猛一嗅，我差点吐了。皮包骨说，你就不要来多问啦，公安那里我该说的都说了，搞不好我今年真是走背运，郭艳这单成坏账了。

请你告诉我，你怎么认识她的。

缘分。皮包骨说，我和她是玩线上足彩认识的。就是网络赌球，知道吗？我自认玩很大了，可没想到她玩得比我更疯。同类相吸嘛，就认识了。有天她和我一起玩赌球，忽然问我借钱，说是拿她的房子做抵押。现在她人消失了，房子我还得上法院起诉。一堆麻烦。

你刚才说"一起"。

就是一起，我迷糊中一口答应借四十万。哎，我本来不喜欢她这样年纪大的，但她身材确实好啊。我嗑药，让她也耍耍，她却死活不肯碰，说毒品绝对不沾。她真有病……啊！

我举起他桌上的貔貅玉雕砸了过去，砸得他当场见血。我也不知道从哪里来的力量，一跃而起把他扑倒在地，一拳又一拳打在他脸上、身上。他越求饶，我越兴奋。

到现在，你觉得自己真的了解郭艳了吗？换种说法，就像小朋友喜欢玩的拼图游戏，一幅完整的图，是由一个个互相咬合的小碎片拼凑而成的。通过这样或那样的叙述，一个完整的郭艳，能够立在你的心里了吗？

不知道。我摇摇头。客观地说，关于郭艳的消息越多，看起来好像越来越接近一个完整的她。可是，如果郭艳无限大呢？就是说她无限大，这些拼凑的细小，只不过是她无限大的某部分。那就糟糕了。一个接近无限的物质，让人顿生沮丧。呲。

我吸了一口气，嘴角的伤口疼得不行。那个皮包骨反抗的时候在我嘴上打了一拳，嘴角流了血。但相对而言，我觉得自己还是占了便宜。因为他明显受伤比我严重。我待在环岛路上，离毛伦的画室不远。他让我好好想想，这样是否值得。我说，鬼知道呢。杨山说，事情闹大就没意思了，别郭艳没找着，你把自己陷进去了，最后连命也没了。他很严肃，这不是开玩笑的事。开金融公司的，什么样的都有，特别是上门催债的，都是在刀口上滚的，你就不怕？这次托了派出所的人，让皮包骨不追究，但下次呢？

不会有下次了。我的意思是，下次再出事，我不会再麻烦你。

我说这话的时候，杨山和毛伦都想打我。你自己冷静想想，值得吗?

做买卖,讲的是等价交换。但找郭艳,或者和郭艳有关的事,又不是要"交换"。我只是要郭艳。我这个人并不认死理,也不犟,但我发觉自己好像站在一处泥淖中,明知越用力越沉落,可我就是控制不住自己。不知走了多久,我已经站在了环岛路上的一处住宅小区外。这里是郭艳哥哥曾经住过的地方。

郭艳刚来厦门,还没有买房的时候,也曾住在这里。

这个楼盘我知道,十年前开盘的,当时卖将近两万,几乎是天价。现在回头看,还是便宜。这个楼盘,现在恐怕是要十万了吧。你哥赚到了。

钱有那么重要吗?郭艳开车载我经过她哥的小区。听了我的话,她表示一丝不屑。我哥一死,这房子紧跟着被卖。卖了,钱又分了,一份给那个女人,一份给我。但因为死过人,被说成是凶宅,房子没卖多贵。

我明白的,你是艺术家嘛,不在意钱。我开着玩笑。和你谈钱就俗了。

郭艳听了似笑非笑。玩笑过后,我隐隐觉得有些不安。毕竟,有关她哥哥的事,并不是一种欢喜。她哥哥死也并没有多久。她每回在和我谈论她哥哥的时候,口吻总是平静,这让我有些困惑——她到底对她哥哥的死持什么态度?也因此,一度让我有些难办,我究竟要在这件事上表示出同情、怜悯,还是装作什么都没发生呢?好像哪一种都不太合适。

你怎么不说话了?郭艳把车停在了一处开阔地带。车的前方是大海,根据网上流传的说法,这里是"车震"的圣地。想到这点,竟让我有些莫名的羞赧。我只得看窗外。现场,除了郭艳的这辆暗红色宝马3系之外,再没有其他车了。我把网上流传的说法告诉了郭艳,然后说看来这传闻也是虚的。

我说,我有点紧张了。我握住了郭艳的手,她顺势探过身,吻住了我的嘴。在黑夜,在孤独的大海旁,像履行某种仪式一般,我们完成了我们的"第一次"。我们好像一早知道这会发生,从我们重新遇见的那时起,其实彼此心中都明白必将向这个目标前进。只是,我们需要一个契机,完成这个仪式。

你觉得,我们现在有多深入了?

我问了一个意味深长的问题。郭艳说,从下面延伸到了心里。她的回答,让我肃然起敬。她又说,我有点想郭斌了。

感觉有点怪异,她忽然说想起这个人。

你叫我来厦门,就是为了看你死?

郭斌笑着摸了郭艳的秀发,还亲了她的额头。他的手腕上有几道疤痕,歪歪扭扭,像变异的蚕虫。他说,看一个人的死,有什么意思?我们又不是没看过人的死,而且看过很多次,你觉得还有什么意思吗?

哥,我有个发现,死其实是下一段生的开始。

哈哈,这就是"轮回"呀。不过,我觉得生就是生,死就是死,这两个事儿还是很清楚的,而且区别很大。至于是否轮回,那是佛祖关心的事,和我们没太大关系。有一年我跑船,经过墨西哥。我们靠岸休息,恰逢当地的亡灵节。就是死了的亲人会化作亡灵,他们在另一个世界相聚,而在世的亲人也有机会见到他们。我当时就想啊,如果我们生活在墨西哥,会不会也能在亡灵节,见到爸爸和妈妈呢?

我想见妈妈，我不是太想见爸爸。没坐牢前，妈妈活得那么辛苦；坐牢后出来，又患脑癌，很快也离开我们。但她一直说生活不苦，还鼓励我们一定要坚强，要勇敢。奥斯托洛夫斯基、《海燕》、《老人与海》，是不是？呵呵。用现在的话说，很正能量。

可妈妈最爱看的书是日本小说。那个时候很冷门的一个作家，安部公房，妈妈居然最喜欢他。没有中译本，她竟然还去自学日文。现在想来，像是一场梦。那么不真实，可偏偏又是真的。郭斌开始在房间里踱步，不停地走，双手搓着自己的裤边。那扇完全打开的窗户，以二十六层的高度，捎进来傍晚的风。妹妹，这个世界真的很荒唐。我刚出海的时候，跟着一个老船长，资历很深了，出海从来没有事故。第一次上船，他跟我说，记住，大海翻脸就不认人，一旦出事故要沉船，一定要优先让妇女还有孩子先上救生艇。一个月后，客轮在黄海海域翻了，他没救落水的人。我和你嫂子结婚前，一直有个女人，我们在马尼拉认识。她一直说爱我，等着我，从没想过找其他男人结婚。她还怀了孩子，没和我说。有一天马尼拉发大水，她骑摩托车掉进水坑里，再没起来。

郭斌又走到窗户边，郭艳紧紧抱住他。哥，你不能死，我不能让你死。

我要想死，你也拦不住啊，傻妹妹。郭斌笑了。我们啊，真是不该欠人情。姑姑巴望着我们成家，安定下来。我们不忍拒绝，安定下来，但结果可能真是害了别人呢。

桃桃那里，我从小让她留在北京，留在她爸身边。我已经尽力去做了。我也只能做到这些了。我希望她好，只能这样祝福了。

郭艳哭得软下身子。

哎，桃桃是个好孩子呢。

一个月后，郭斌在家里上吊自尽。作为一个曾经的水手，他打的绳结很完美。

八

像风一样吹走我对她的记忆。一个十六岁的女孩子讲出这样的话，让我有些吃惊。吃惊过后，是略微的难过。但我很快就清醒，这个女孩子是郭艳的女儿，我和她没有任何的关系。今日一面，以前不会发生，今后也不会再有。这个叫桃桃的女孩子扎了个芭比头，眉毛浓密。她个子比郭艳还高，但明显骨架要大很多。我望了一眼接待厅的另一头，一个高大的北方男人正和律师说着话。

我爸姓纪，大家叫他老纪；你叫我小纪就好了。我不喜欢别人叫我"桃桃"。

我说，好。我有些没话找话，你想不想在厦门逛一逛？我可以陪你，哦，你们走一走。

不用了，前几年来过，舅舅带我去了很多地方。那个时候叫妈来，她死活都不愿来。我那时还幻想着能三个人在一起呢，现在好了，一个死，一个失踪，再也走不到一块儿了。小纪从长椅上起身，我不想和你谈论我的妈。如果那个是我妈的话——可她怎么连我要报考高中，问她意见，都不想接我电话？我爸来了，你和他聊。

小纪压低了头上戴的鸭舌帽，走出派出所大门。老纪站在我的面前，看着门外的女儿。门口有人推着卖茯苓糕的摊子，她好奇地买了一块吃了起来。老纪说，王林是吧？我们去抽根烟吧。不要去前门，去后院，小纪不喜欢看到我抽烟。他说到女儿的时候，语气很温柔。

　　我说，好。这次，他们是不得不来厦门。原因，如果用法律语言表述，就是郭艳的债权人联合向法院提起诉讼，要求冻结她的资产，拍卖不动产抵债。郭艳银行账户上是没钱了。那家舞蹈培训学校是个空壳子，郭艳独资，事发后员工都已遣散。唯一值钱的就是房子。老纪作为她的前夫，双方之间没有共同债务承担关系，房子也和他没关系。真正有关系的，是小纪，郭艳的女儿，她唯一的骨血。

　　我陪孩子过来，她一万个不乐意。我说，女儿，我也不愿意。但你想一想，你妈这是失踪，但也可能真是不在这个世上了。就算来了解下情况吧。更何况，从法律关系上来说，你也得来。能有什么办法？那房子，小纪有份。

　　法院会有个公告期，满了后郭艳还是没有出现，法院缺席审判，就会强制拍卖处理。小纪到时候恐怕还得来？

　　不来了。都委托律师处理。她还得上学。读完高一，就想让她去美国留学。留下来，太糟心了。

　　老纪这样说，我不知该怎么接话了。我们两个人默默抽着烟。老纪大我快二十岁了，但看起来面貌不显老，保养得不错。我不想去问他的职业，想来应当不错。否则，郭艳不会二十出头就嫁给了他。

　　我听公安同志讲了，听说你一直想要找到郭艳。不是我泼你冷水，你不会找到她的。她就算死，也不会让你发现。我了解这个人。你想想，小纪三四岁，她就抛下不要，一个人跑到福州。小纪那么小啊，夜里我是抱着她一起哭。这十几年，她哪里像个妈？见过女儿有几次？掰着手指头都数得过来。我太了解她了。

又听到老纪这样讲，我不得不抬头看他。他真了解？我觉得自己离她越来越远，而他却表明自己懂郭艳。我摇头，我并不相信。但我不会去反问他。这并没有什么意义。就算我把自己知道的，有关郭艳的一切告诉他，又有什么意义呢？重新塑造一个郭艳，或者将一个旧的她打掉？没有任何意义。

我说，我觉得自己不了解她。

那我劝你最好不要去了解。我看你也是有家室的人了吧？你进去了，就是把很多东西都搭进去了。我那时是气盛，四十岁的年纪，离婚多年，做生意赚了点钱，就算想找个年轻漂亮的女人。就这么巧，她出现了。我一个生意上的好朋友，也是你们老乡，当年是郭艳姑姑的学生。一介绍，郭艳姑姑满口说好。她去北京看郭艳，住的那叫什么地儿？她心疼得不行，我也心疼。一个跳舞的姑娘，怎么能这么苦。我当时以为解救了她，呵，现在回头看真是个笑话。

但还好，你毕竟还有小纪，不是吗？我说，你还有个女儿。

老纪吸完最后一口烟。我啊，余生就这点好了。他笑了笑。你啊，别管郭艳了，真的，过好自己的日子吧。我跟你说当年的一件事。郭艳怀上的时候，有次不知怎么就说到她爸。她爸除了杀人，还有个罪名是强奸。郭艳说的时候，脸色像死了一样，我吓坏了。脸上的泪啊，就没停过……

不说了，不说了。我们都不说了。已经是新的一年，乌云还挂在天空，没有一只鸟儿飞过。

为了祝贺我回报社，杨山在一间饭店请吃饭。席间就只有三个人，我，他，还有毛伦。根据杨山的说法，他本来还叫了老王，但老王最近身体不太好，血压高。杨山笑笑地说，我也是怕王林你和老王都喝高了，一激动吵起来，你没事，老王别倒下了。我喝了一口石橄榄土猪肉汤，也笑了笑。最近火气比较大，喝了汤降火。

不纠结了？毛伦问我。一开始就没纠结过。纠结是一种左右为难的状态，我并没有。我只是从一开始就很想找到郭艳。只是目前找不到而已。

那还找下去吗？

还怎么找？我反问。老纪带着小纪已经回北京了，郭艳的房子也被处理了。这个城市和她有关的东西都消失了。只有我们的脑子里，还有关于她的记忆。

别把我归进去，瘆得慌。杨山摸了摸自己的皮肤。都起鸡皮疙瘩了，我是没见过真人，但她的事听多了，总觉得异乎常人。我开始还担心，今晚吃饭话题离不开她。现在一看，果然。

这怎么离得开呢？她的消失不过也就是在三个月前，如果把人类历史拉长，这段时间简直就是微乎其微。就算是以个人生命长度而言，三个月的时间也不过就是在一天又一天的吃饭、睡觉、做爱中度过。可我明白，再延长一些时间，关于郭艳的记忆也会消失。这座城市里，最后也许只剩下我一个，会想起她。整座城市，其实就变得只有一个人，孤单单的一个人。

我忽然想问你们两个人一个问题，你们觉得自己孤独吗？

毛伦和杨山互相看了一眼。这样傻气的问题只有你才会问得出口。毛伦喝完杯中的烧酒，脸有些红了。从明天开始你就不要再住我画室了。一来，我的灵感彻底来了，那幅老虎画要完成了。老虎旁边的裸女，我打算以郭艳为原型创作。王林，我这是艺术创作，我想你会理解吧？当然，事先声明，我肯定没见过她的身体。二来呢，画完了，我打算回龙岩待上一段时间，创作假没了，要回系里给一帮猴子上课。顺便，家里也得照顾一下。

我说这是应该的，你老婆在那里，你自己在外面云游，说不过去。

杨山眯着眼睛，手里夹的烟窜起腾腾的烟雾。王林，你家里还回去吗？嫂子什么态度？

上午把协议签了。我怕他们还不理解，于是进一步解释。离婚协议签了，房子存款都留给了罗琳。两个孩子，每个月固定给生活费。我和罗琳协议好了，孩子还小，随时可以见。弟弟比姐姐懂事多了，别看他小啊。呵呵。

王林，别再喝了，已经喝不少了。

行行行，我们总量控制。再开一瓶烧酒就可以了。

杨山看上去有点尴尬，似乎为刚才提起的话题而难受。我在心底说，兄弟，这并没有什么。无论怎样，最后都会走到这一步。就算没有郭艳，我估计也会。他看了看别处，问我，那原来答应要做的深度报道怎样了？还做不做？

我做了一稿，放在电脑里，后来想一想，并没有写出我想要的东西。于是放弃了。在企业那里还有点关系，我打算联系一下，让投点软文交差吧。软文毕竟来的是现钱，你说对不对？现在，我是一个人生活，还要给孩子生活费，钱还是很需要。我把这个意思给老王说了,他表示赞许。哎。

吃完饭,杨山去结帐,我和毛伦在饭店门外抽烟。毛伦抽着抽着,忽然冒出一句,你真的放下了?我蹲下身,一手刷手机,一手夹着烟。我打开了郭艳的微信,她的信息、朋友圈再没有更新。我和她最后一次对话,是我将一条地方新闻转发给她。

我心里还有个不解的地方。照说郭艳卖了自己的房子,还欠的那些钱,还是很足够的呀。厦门岛内,她住的地方六万一平方米,肯定能卖出去的。一百平方米的房子,卖六百万,就算还个三百万欠债,还是剩很多的。她卖房还债,就不用消失啊?嗯,你在看什么呢?你手机里那条新闻说的是什么呢?

——你怎么了,怎么哭了?哎哟,一个大男人,怎么这样?

九

王林,现在你在厨房忙着,准备做一顿午饭。我喜欢你烧的客家盐酒鸡,还有梅菜扣肉。特别是扣肉要做好很不容易,小的时候家里做扣肉都是要烧红了铁板,然后把五花肉放在铁板上。现在没有铁板,但你用平底锅,一样炸出了这个效果,真是神奇。

六年级,你给我写了好几封信,我一封也没回。今天轮到我给你写一封信。我很久没写字了,可能会有词不达意的地方,不知道你是否能看懂?提前说明。

从我家里出了那件事后,我已经知道我会和别人不一样。数学里教过平行线,不要说是你,就是和其他任何人,我都是平行线。一些在生活里看起来相交的点,其实都是假象。我能看到你们，你们却不能看见我。郭斌比我更严重，他原来还想抗拒，曾经看过医生，吃过抗抑郁药。但都是没有效果的。我和他有过深谈，我们达成两点共识——其一，我们不能责怪任何人，不能怪罪任何人，包括爸爸妈妈，当然，别人如果要责怪，那就请自便吧，我们也没有什么好辩解；第二点，我们俩，不论谁先离开这个世界，都不要悲伤。

流一些眼泪，效果不是很好。

说说你吧。和你能重遇，我在心底已经隐约觉得不安。我的预感很强烈，一般也很准。从道德角度讲，你可以指责我自私；但我控制不住想和你待在一起。哪怕只是很短的时间。和你在一起，我觉得很舒服。这是我真实的感受，想来，你可能是我关于纯真的最后记忆。从你身上，我还会记起纯真是什么模样，我是从哪儿来，还有我并不是真正的孤独。曾经，有很多年，我也不曾孤独。

长大后，我尝试着去理解我爸。在一个只有三条主干路的小县城，他知道历史更迭，知道风云变化，却没有用。他做一个平凡的公务员。所以，他才心有不甘，才埋下很多的恶因。当然，也可能这些原因都不是，我爸只是性的冲动。

关于我经历过的很多事，我都不曾向你提起。而你也很克制，并未向我问起。我想，终有一日，你会慢慢知道。在我离开之后，你可能会都懂。或许，也可能你更加不解。不用试着去真正了解一个人，意义不大。我看你做记者就好了，写写报道，说说事实，至于小说家关心的问题，其实很多时候是无解的。关心又如何？并不能改变这个世界。

你曾经很想改变世界。我明白你。你印象最深刻的，是在游戏厅我给你的钱；而我记得最深的，是小学毕业，你在我的纪念册里写的话。你写："大鹏一日同风起，扶摇直上九万里。"你的愿望真是大，乘风万里，真是好。

我也要乘风而行。多年以后，我终于明白自己要怎样做了。

你和我说的那条新闻，讲福建宁德深山地区一座寺庙的住持，原来是个杀人犯。杀人后隐姓埋名，从河南逃到这个几乎荒废的寺庙，香火不旺，灯油燃心，居然十几年没被发现。最后被发现也是偶然。但被抓后，他说终于可以放下了。不知道，他放下的是什么？他这中间居然还和当地女人结婚生子。你和我说这个新闻，我说如果自己是那个住持，就不会再去招惹尘世，还去做俗世的那一套？

谢谢你告诉我的这条新闻。我要乘风而走了。

你在叫我吃饭了，我闻到了饭菜香。看来，留恋俗世也不是没有道理的。这是我们吃的最后一顿饭，为了避免我在吃扣肉的时候流泪，我打算把这封信烧了。我哭的样子不好看，而且也没有眼泪了。

就此收笔，祝你顺利。

十

"人不应该从孤独中逃脱，必要的不是从孤独中恢复正常，而是把它看作必然之物主动接受，并在孤独中探索未知的新的途径的精神。"

——安部公房

春夏河的孩子

一

在我年轻的时候,"东区"是经常去的一个地方。它并没有确切的地名,叫"东区"是约定俗成的叫法。它依附在海城大学的东面,狭长的地带,像块农耕地,上面种了十几间门面。有卖莆田卤面的,水煮三鲜的,还有文印店,花店。当然,必须要有一间录像厅。我想你看到这里,听到我提起"录像厅",是不是瞬间闻到了一股混夹着烟味、汗味,以及男人们呼吸出的二氧化碳,并经过空调过滤之后的一种浓烈味道?现在,年龄小一些的朋友已经不知道"录像厅"了,这让我谈起这个故事的时候,多少有些尴尬。

我是从小镇出来的。录像厅对我来说,并不会陌生。很多"知识",是在录像厅里完成,或者是受到启发的。所以,当我来到一座大城市,上了一所大学之后,看见"录像厅"三个字莫名地就有种亲切的感觉。在和陈夏混熟了之后,我曾对她说,有时候来你这里,好像是回到了家一样。她那时头发是最时兴的挑染,画了很重的眼影,常常穿着一条洗得发白的牛仔短裤。她在前台电脑上打游戏,听了我的话后,嘲笑地说,你这是有受虐倾向吧?

你不了解我的过去。我妈有时管得严,烦了,我就偷跑去录像厅看片。我想了想后说,我不打游戏,太浪费时间。看个片什么的,刚刚好。

看个片?正经的,还是不正经的?

什么?我愣了下,接着才明白她说的是什么意思。于是也就笑笑说,人在青少年时期,应当像海绵一样吸收各类知识,良莠不拒。

陈夏白了我一眼。她从抽屉里拿出了一个大本子。大本子的封面是一个三点式的女郎照,我对这样的照片很熟悉。有一段时间,海对面的台湾地区喜欢搞这些泳装美女沙龙照,或者是泳装美女MV。我后来也搞拍摄了,回头一想才明白,那些照片和MV,打光都是瞎糊弄,逆光曝光都不怕,只要能看见"泳装"就行。有的时候,我就很伤感,摄影应当是高雅的,艺术的。

大本子里放的是老片子的目录,我说这里面感兴趣的都看过了。陈夏又拿出了几张盗版光盘的盒子,港产的、好莱坞的,我知道这些是新片。但这些盗版,有些是"枪片",有人在电影院里偷拍,而后再偷拿出来翻录,质量差到令人发指。我还想埋怨几句,但看见陈夏的神情,忽然间也没了兴趣。我摸了摸鼻子,选了个片子,《无限复活》。张柏芝、郑伊健主演。张柏芝还带着一点婴儿肥,跟着周星驰拍了《喜剧之王》而出名。

我刚选好,前台的电话响了起来。陈夏接起电话,却没有出声，我想大概没自己什么事了，于是就准备上楼。忽然有人叫住了我。陈夏从前台探出身子，说，哎，晚上陪我去干件事。

好事还是坏事？

坏事。

在三年前生了一场大病之后，我的脑子出了点状况。具体来说就是到了晚上很亢奋，睡不着，总是会想起过去的事。但认真想一想，却只能想到个轮廓，具体细节非常模糊，甚至是全然忘记了。只是隐约记着有这么一件事。比如和陈夏认识这件事，具体的经过在我记忆里已经如烈日下的冰块，融化蒸发，消失无踪。

陈夏问我，咱们是怎么说上话的，还记得吗？

应该，就是很自然吧。我来选片子看，你把菜单给我，一来二去……哎哟。

陈夏从后面踢了我一脚，我忍不住叫了一声，周围的乘客看了我一眼。我略微有些窘迫。我回过头，警告陈夏，你要是再敢动手动脚，我马上下车回学校！

随便。脚在你身上，走不走都是你的自由。

陈夏这样说，让我觉得她有种艺术家的气质。我认为她读过很多书，她没否认，却并不愿意多谈，只说家里书多，乱七八糟的。我不太确定和她认识有多久了，不过从能闲聊两句开始，我想怎么着也有一个学期了吧。我经常没营养地和她开玩笑，她却很少说话。她在东区的录像厅前台上班，我为此感到有些遗憾。

喂，你怎么不说话了？陈夏又踢了我一脚，22路公交车快要到终点站了，车上的乘客只剩下我们俩。

我在找和你的共同话题。我转过头，说，和你聊天吧，你又不喜欢说自己的事。我到现在都不知道你家里是干吗的呢！还有，你有兄弟姐妹吗？

你是户籍警吗？查户口来了？

这不是你让我晚上来的吗！你说要和家里人吃饭，拉上我一起。我多不好意思啊，都不清楚你家里有什么人，见面时候都不知道该说些什么。还有，你怎么能把和家里人吃饭，说成是"坏事"呢？我离家五百里，能吃上顿妈妈做的饭，求之不得呢……

你话太多了，啰啰唆唆，能含蓄一点吗？陈夏嚼着泡泡糖打了个响，要不是和前男友分了，我也不会找你来。

陈夏，我要把话和你说清楚，我和你也不是太熟，你话伤人了。

"终点站到了，要下车的乘客请从后门下车。"公交车后门打开了，司机扶着方向盘，一副看热闹的表情。我坐着不动，陈夏起身，用黑色高帮鞋踢了我的脚，说，你们这种小资产阶级知识分子就是这样，面比纸薄，就告诉你晚上有龙虾和鲍鱼，你到底走不走？

我很不情愿地下车。海滨城市的秋天，白天依旧热烈，个体热量消耗太大。到了这个点，又坐了那么久的公交车，我已饥肠辘辘。陈夏看了我的模样，倒是笑了，而且觉得有些愉快。我很少见她笑，她冷漠的时候居多，虽然我觉得她的这种姿态往往是装出来的。我说，陈夏你应该经常笑，你笑起来，至少比你哭好看。

你见过我哭？

有一次，包间通宵场，我出来放水，看见你在前台抹眼泪。一边吃泡面，一边掉眼泪。我那时很想给你点碗莆田卤面，你说一个女孩子，半夜三更守录像厅，和男朋友分手，没胃口吃饭，到凌晨了肚子还是饿了，你说换谁看了都心疼呢。

你纯粹就是有病。我哭是因为……

陈夏说到这里忽然就打住了，好像有什么见不得人的秘密藏在心底。我笑了笑，看四周，已经走到了一处小区门口。这个小区看起来挺高级的，因为门口有年轻的男保安在站岗，一身挺括的制服，双脚跨立。

阿夏，快过来吧。

有个人在喊她，我看过去，一个和她年纪相仿的女孩子走了过来。走近了再细看，竟然和陈夏长得那么像，就像复印的AB面。如果不是两个人穿着不同，我想根本分辨不出谁是谁。我摸着头，你俩是双胞胎吧。

你好，你就是陈夏的朋友，林小河，对吧？我是陈夏的姐姐，陈春。

陈春落落大方，身上穿碎花淡黄底的吊带裙，一件镂空的小披肩恰到好处地遮住了裸露的双肩。我又看了眼陈夏——这都穿的什么呀。我主动伸出手，要和陈春握手。陈春有些意外，但还是微笑着和我握了手。我说，第一次见面，请多多关照。

客气了。我也不是长辈，和你一样的年纪，关照不了哦。我们互相学习。

山里人，你少恶心了，年纪轻轻什么不学好，偏学人讲客套，俗气得要死。

陈夏的说法，我觉得有指桑骂槐之虞，我是无所谓。我看了眼陈春，她脸色依旧，仍然面带微笑，陈夏，快带你的朋友进去吧，妈亲自下厨，做好菜等着了。今天是我们俩的生日，爸给咱们都准备好礼物了，诺基亚滑盖手机，刚上市的呢。

陈春，那是你的爸，不是我的爸。陈夏很淡定，眼睛里有道光。还有,我不会给你捐骨髓。

海滨城市的秋天,到了夜晚有温差,越晚越觉得风凉。我站在两个女人的中间,左右张望。

二

这两年因为疫情的关系,居家待的时间多了很多。过去一直闲不住,不喜欢在家里待着,疫情来了有大把休息时间,刚开始还觉得不错。但疫情反复,三不五时出现病例,居家时间又觉得有些频繁和过久了。直到有一次听闻认识的一位大姐在家里走了,这才觉得一个人居家有些危险。这个大姐早年在航空公司工作,退休了后因为离异,孩子又在外地工作,所以就是自己住。她住的是楼中楼,下楼梯的时候摔了下来,撞到脑袋,动弹不得,身上也没带手机,就这样躺了两天最后走了。后来是她孩子一直联系不上家里,让物业上门去查看,这一看,才发现悲剧了。

我听到这个事的时候,很是有些唏嘘。我想自己也是一个人生活,要是哪天在家里不幸了,也是个无人问津。郭风却不以为然。他在我家里坐了快一个晚上了,大红袍喝完换喝白芽兰奇了。他说,我隔段时间就会上门找你的,你放心好了。我说,等你找上门,我估计都已经风干了。他说,那倒不会,海滨城市,南方的天气,你也知道,湿度大,不可能风干的。就是身体会膨胀,恶臭,估计一两天邻居就能发现不对劲了。

你再说下去,我就赶你走了。我举起杯新茶,忽然觉得有些恶心,于是又放下了。你特意过来,就是为了和我说赵大姐的事?

你这个人就是无情。赵大姐怎么说也算是带我们"出道"的。刚毕业那阵子，要不是她从航空公司介绍拍机载广告的活儿给我们，我们怕是早就已经从城市里滚蛋了。

那要看对"无情"怎么定义了。观点不能非黑即白，好似无情就是不好。有时候，"无情"意味着不拖泥带水，两害相权取其轻。我在心里想着这些话，经过论证，发现我的这个观点还是能够成立的。我默默想着，郭风看了我一眼，碎骂，又在肚子里想事情了，肯定是不可告人的。过两天是你生日了吧，9月18日，处女座。生日一过，就是正式"四张"的人了。往奔五去了。

你到底想说什么？你怎么越老话越多？

我的话不多不少，是你不怎么说话了。和过去比，简直是两个人了。郭风往小香炉里插了支"星洲沉香"。我爱人说她单位有个女老师，离婚一两年了，想找个伴，她就想着给你牵个线。女老师姓董，不到四十，马上就升正教授了。

我忽然笑出了声。郭风见了，也跟着笑了。笑着笑着，他就说，我见到陈夏了。也不能说是"见到"，是看到跟她有关的材料。她代表一家公益组织，向我们街道捐了一批防疫预备物资。物资还没到，材料先到了街道。我不是也在负责一家爱心机构吗？街道就让我们对接。那家公益组织总部在北京，不在我们海城市。一开始我们还觉得奇怪，后来我看到陈夏材料里写明了，想为家乡做点事。

陈夏做公益的角度，有些独特啊。沉香袅袅生烟，我看着这缕烟，如大鹏直上九万里。海滨城市，物资不至于匮乏吧。她有公益的心，捐给内陆小地方比较合适吧。

谁知道呢。你不是最了解她的那个人？

你这就是在说笑了。都过这么多年了。我忽然有些明白，说，你今天来，就是为了和我说这个事？

主要是给你做"红娘"。关于陈夏，我想了很久，后来想到了你家之后，再决定要不要告诉你。你们俩在一起，太苦了。强扭的瓜就成了苦瓜。苦不堪言。

郭风走后，我对他的话回味了很久。我觉得他的话并不是太正确。我与陈夏之间，从当年认识开始，并不是一对"强扭的瓜"。我们是顺其自然，我们并没有强求些什么。在很多地方，我和她不一定能达成共识，或者说是具有相同点。但在这一点上，我们颇为相似。关于世界，我们处之泰然。我曾经对陈夏有个判断：刺猬。她为此有些不悦，觉得我把她描写小了。我说，难不成说是"豪猪"？陈夏让我滚。

一言一行，好像又真实出现在眼前。月上西楼，农历八月的月亮，有着饱和的美。我在偌大的屋内踱步，越走越快。不时走到窗前，张望另一个天空的月儿。有那么一瞬间，我的记忆格外清晰。好像我的脑子没有出问题，没有做过手术。我正感到兴奋，觉得上天对我还不错，但转眼就觉得头痛欲裂。在那里，山崩地裂，所有跟记忆有关的东西如被攻陷的城墙，崩塌倒落。

我想到了我的妈妈。她曾经遭受过的，即我现在经历的。不知哪一天，我也许就能再次见到她了。

过生日的那天，郭风把我叫出来，说一起吃个饭。我开始是说不用那么麻烦的。因为身体的缘故，我这两三年过得很平淡。社交基本没有了，也很少在外头吃饭。还有就是怕扫了大家的兴。很多东西我不能吃，酒也不能碰，大家聚会热热闹闹，我一个人坐在那里，杯箸不动，旁人看了必然觉得特没意思。我自己都觉得没劲，特别矫情。

就在家里吃。今年你的生日连着中秋节，兆头特别好，月圆人团圆。郭风这样说了，我好像也没有拒绝的理由了。郭风两口子都会做饭，对象是本地人，做海鲜更是拿手菜，她做的一道豆腐蒸鱿鱼是一绝。郭风有两个孩子，老大是女儿，老二是儿子，儿女双全，很是幸福了。郭风劝过我，找个人结婚，生个孩子，有个后。不然你赚那么多钱干吗呢？我说赚了钱就得都留给孩子？正常的生活我也不是不想，但时间一拖，这个念头就淡了很多。再说了，我现在的脑子是个定时炸弹，有可能一辈子不出事，但也可能下一秒就完蛋了。这对人家不公平。

郭风听了我的解释后，笑笑，没有多说什么。他后来还是提起过这个话题，还要介绍对象给我，我知他是好心，也并没有什么意见。和郭风相识一场，而且能那么"长情"，我觉得是件幸事。他要给我过生日，我说简单几个菜就好了，谁想到了他家却发现，满满一桌的好料。为了照顾我，没有红肉，桌上摆的都是白肉。比如清蒸龙胆，上面只是浇了薄薄一层油；还有白灼小管，没有油星，原汁原味。家里两个孩子亲热地叫我"叔叔"，我很享受，给他们也带了礼物。孩子还小，见人不生，这点我要珍惜。我知道少年后就有自己的想法了，也会有叛逆。有过青春期的孩子，多少都如此。因叛逆而伤过很多人的心，我是见识过的。

我自己在家吃就是很简单。我用蒸锅，有三层，白米饭、排骨汤、青菜，一个锅就搞定了。我拉开椅子坐下，我当这里是自己家的，这么丰盛，可以吃了吧？

再等一下，很快。郭风坐到我对面，打开一瓶红酒。喝一点？润润唇。再等一下，陈夏会来。

哦。没听你说呀。

怕你提前知道了,就不想来了。

那倒不会,只是有些突然和意外。

我和郭风对视了一下。陈夏很快也到了。郭风爱人给她开的门,很热情地将她迎进了门。陈夏还是瘦瘦的,但现在的瘦是胶原蛋白的流失。我看了,心下难免百味杂陈。她的穿着倒还是随性和自然,白色的短T恤扎进牛仔长裤里,脚下是一双四季马丁靴。我起身和她握了手。

好久不见了。

我们不约而同这样说。郭风的儿子听到了,好奇地问,叔叔阿姨,你们原来就认识吗?

是的,我们是年轻时候的朋友。

来,坐下来吃饭吧。

郭风招呼大家入席。他事先没有和我说陈夏要来,现在也没解释她为什么会来,或者说没有把陈夏出现的前因后果说明,但我并没有太在意。有的时候,久旱逢甘露,雨后遇日出,或者是东边日出西边雨,失之东隅收之桑榆,世界会维持一种可贵的平衡,以及提供一个良好的际遇。我把与陈夏在十几年后的重逢,当成是人生中的必然,一如她当年的出现。

饭后,郭风让我和陈夏先到露台坐坐。今晚的月亮明媚沉醉,在月下切生日蛋糕,别有风情。他们两口子在做准备赏月的其他点心,两个孩子被电视里的动画片吸引了。孩子毕竟还是孩子。我看着陈夏,笑着问她,你的孩子也快上初中了吧?

初三了。去北京后就结婚了,很快也有了小孩。陈夏转头看了看屋里,走到露台的边角,给自己点了根烟。现在孩子跟他爸生活……哦,你戒烟了?

我指了指自己头，戒了。

那我抽烟不是不好意思？陈夏猛吸了一口，而后弹掉了燃烧的烟头。

其实是不要紧的。我原来想这么说，但转念一想又作罢了。我看着陈夏，觉得她变了，又似乎没有变。陈夏见我看她，于是笑了笑，是不是觉得我老了？我摇头，说你现在的样子，倒让我想到了另一个人……

陈春，是不是？我觉得人生挺有趣的。年轻的时候，处处要跟她不一样；却没想到老了，反倒觉得我和她越来越像。不是说样子，而是，怎么说呢，那种感觉。

我在心底微笑了。是啊，意会而不可言传的感觉。只有我们才懂。

三

说老实话，从陈春家回来后，我的肚子是饿的。虽然那天晚上，陈春，或者陈夏，两个人的妈妈很是热情，不断给我夹菜。我想，肚子又饿了，可能跟22路车回程太长有关，也可能是我在饭桌上并没有放开了吃。我的食欲和食量，完全是在上大学之后被"开发"的。我记得很小的时候，自己是很挑食的，我吃不下饭，妈妈会去家外头的小吃摊给我买牛肉汤面。妈妈那时的工资是每个月两百元。

你有没有分析一下，为什么前后判若两人？现在饭桶的原因，是什么？

陈夏真的很没礼貌，开口闭口都是中伤人的词语。我很想和她说，请你搞清楚，我们没那么熟吧？只是陪你去了一趟你妈的家,并不代表我们之间关系紧密了吧?但这些话被我吞在肚里,因为没人逼着我要跟陈夏的,没有人。

喂,你怎么不说话了?我这碗里的花蛤给你吃,我不吃这东西。

陈夏把她碗里的花蛤一一挑出来,而后放在我的莆田卤面里。我觉得有些奇怪,你不是本地人吗?在海边长大的,怎么会不喜欢花蛤呢?我一个从山里来的,来到这里都喜欢吃。

我从小吃淡水货,很少吃海鲜,红肉吃得多。陈夏又补充了一句,我不是在这里出生的。别睁着好奇的眼睛看我,我不想继续说了。现在轮到你了。

什么?我吞下一口面,想了想才明白她话里的意思。嘿嘿,事情是这样的。不知道从哪部电影里看到的,如果觉得悲伤了,那就多吃点;吃得多了,忧伤也会被带走。

幼稚。这种电影里的鬼话,你也信。从什么时候开始相信的?

从我妈走了以后。

我说了这句话,又埋头吃面,过了好一会儿,忽然发现有些安静得离奇。我抬头,陈夏用难以言说的眼神看着我。我实事求是地说,原本我觉得那不过是一句平常的话。但透过陈夏的眼神,我才觉察到那句话也许有着不平常的含义。我不想去深究。

别这样看着我了。我快速地把剩下的面吃完,而后起身去付钱。莆田卤面店的老板是个瘦高的仙游人,说话经常"l/n"不分。他接过钱,挤眉弄眼地说,你小子厉害哦,录像厅的美侣(女)都好上了。我知道他老婆就在后厨,于是笑笑说,要不要我告诉嫂子,你那天偷摸了隔壁花店老板娘的奶子?

看到莆田卤面店老板敢怒不敢言的样子,我心里乐开了花。

还是陈夏的皮靴把我踢醒了,我只好跟着她走出了卤面店。其时,夜已深透,天穹如铁幕笼罩,玉盘一样的月亮已经隐去,星光亦不再。东区这里有两家大排档,到了这个时间,桌子都摆到了户外。喝酒聊天的,有学生,也有附近的居民。陈夏从他们中间走过,男人的目光就紧紧盯着她。她浑然不觉,又或者是习以为常。回到录像厅,我说,你刚才在东区路上走,像是个明星,大家都关注。

那些人太低级了。

陈夏和兼职看店的女孩子打了个招呼,让她先回去了。我看了看她,又见到前台放着的、坐面已经裂开的沙发,一时百感交集。我想,到今晚这个时候,自己的任务应该是完成了。我打算向她告辞,但她却留住了我,让我陪着再坐一会儿。我说宿舍楼过11点就要锁门了。她嗤笑了一声,又不是女生宿舍,男生宿舍楼,翻个墙就进去了。我忽然厚起脸皮,要不就在你这里留宿好了,你看呢?陈夏没有回话,直接抄起桌上点片子的大本子,一把砸向了我。

哎哟。没留神,我被砸中了头。你这人真是个怪物,陪你一晚上了,不道谢也罢,却还要打人!

我要你清楚,我不像你带来录像厅的女孩子。

你这是什么跟什么?我哭笑不得,盗亦有道,我不至于那么浪荡。就算夜深人静,可能和陈夏发生点什么,我也不想要了。我要走了,踏出几步,又忍不住回头,你考虑清楚了?真不给你姐姐捐骨髓?急性髓性白血病,如果骨髓配对成功,治好的概率还是很高的……

你是学医的吗?

再见。我朝陈夏挥了挥手。上公交车投币的时候,我看见你拿出钱包，里面夹了你和陈春的合照。小时候的合照，两个人长得就似一个人。

给我回头。陈夏拿出钱包，取出了那张合照，三两下把照片给撕碎了。

起先是震惊，后来又想通了什么。我苦笑了一声，牵起陈夏的手。她倔强地将手甩开。我再次靠近她，拥伊人入怀。这次，她没有拒绝了。她也抱住了我，紧紧地抱着，生怕我逃离的样子。

我从未见过如陈夏这样的女子。当然，这句话逻辑上有点问题。世界上不可能有两片完全一样的叶子，更何况人了。但我的意思，相信大家能够体会，就是说陈夏太独特了，"像是奇葩一样的存在"。

和郭风一起去教室的路上，我对他陈述了上面那句引号里的话。进教室前，我又着重强调了一遍。郭风只是笑笑，看还没上课，把我拉到后门的阶梯外，说点根烟再进去吧。我和郭风抽着最便宜的"中南海"，混合烟型的味道，有点苦，干涩，猛吸一口会觉得胸很闷。后门空地上种了几株箭竹，还有一些花草，并裸露了几块已经开裂的土地。

你也有些异于常人，和陈夏在一起，也许还挺配的。郭风说，你要去租小型摄像机，拍那个什么鬼故事，是真的？

真的呀，找新闻系实验室的那个助理租的，学校的机器老是老点，但比外面的便宜啊。你答应了要当我制片的。

制什么片，就是替你打杂呗。找演员的启事我已经发在校园BBS网站上了，我说没报酬的，吓跑了一大片。

那不是还有留下来的，留下来的就是好同志，是有情怀的当代年轻大学生。我把烟头弹掉,我真想把陈春、陈夏俩姐妹拉来演。双胞胎,美女,一个是大学好学生,一个是东区录像女王,反差如此大,绝了。

你可以去试试。试试陈夏会不会把你揍趴下。

郭风也把烟灭了,看了看我。我觉得有些奇怪,看我干吗,脸上长花了?郭风说,你命里带桃花,小心驶得万年船。我觉得好笑,正准备从后门进入教室,他把我拉住了,说,你真不记得怎么认识陈夏的了?第一次认识,不是在录像厅里,没有印象了?

我凝思良久,最后还是摇头放弃。郭风于是跟我说,一年前在普陀寺公交车站,忘记了?我认真想一想,终于想起来了。

我印象里,后来陈夏她爸也来了。

老陈,在一定程度上,满足了我对"爸爸"这个角色的想象。我没见过我的爸爸。我还未出生,他就已经不在了。我是你们口中的"遗腹子",至于你们将要流露的怜悯和同情,敬请先打住。我妈妈对我很好,我的大伯父也视我为己出,我上大学的费用就是靠他给的。但伯父在我心底,一直就是长辈的形象,我崇敬和尊敬。可是,对于老陈,我却有了爸爸的感觉。

这个感觉,一度让我觉得有些羞赧,使我刚开始时不敢直视他的眼睛。

经过郭风的提醒,我想起了第一次见陈夏,是在普陀寺公交车站,那时也是第一次见到了老陈。虽如此,在我第二次见到老陈时,我却并没有一眼就认出他来。那天是近黄昏了吧,我待在录像厅,用前台的电脑看一些老片子。这些片子都是郭风从校园网下载而来的,他刻好光盘,我给带到了录像厅。校园网资料多,而且在校内下载速度很快。看见网络那么便利,我忍不住想,那日后还上录像厅看吗?

在看什么?《阳光灿烂的日子》。

我一抬头,一个五十岁左右的男子在看着电脑。他长得瘦高,头发灰白相间,看起来不怎么打理,显得有些长了。上身穿了一件白衬衣,袖子还卷得老高,下身一条蓝色的牛仔裤,配着一双大头皮鞋。他这样的年纪,这样的随性打扮,也蛮有个性的。我以为是普通的顾客,于是拿出了点片的大本子,你想看什么片子?最新的,好莱坞、日韩,都有。

你看我像是来看片的吗?我倒是想问问,你是谁,怎么在这里?

听到有人这么说,我有些警觉了,于是站起了身。我再认真看了看他,我帮朋友看店来着。你有事?

朋友?陈夏又不在店里,她跑去哪里了?

她下午去学车,让我帮忙看一下……不是,你到底是谁?

我是陈夏的爸爸。

哎呀。我急忙从前台走出来,不小心膝盖碰到了桌脚,痛得我叫了出来。我说,老陈,哦,不,陈叔叔,我真是帮陈夏看店的,陈夏也不是偷懒不在。来兼职看店的那个女学生,下午要考试,陈夏下午要学倒车入库,实在没办法了,问我能不能帮忙,我说当然没问题……

当然有问题。你也是个学生吧?下午不上课,跑来录像厅,好像也不对吧?老陈咧开嘴角一笑,坐了下来,并示意我也坐。你和陈夏,算是好朋友?

我考虑了一下,能够陪着她去见了妈妈,还有双胞胎的姐姐,应该算是"好朋友"了吧。于是我点了点头。做完这个动作之后,我忽然有些吃惊,我向来说话是很少犹豫思考的,但面对老陈,不知怎么的,却天然地具有一份小心。

我见过你的。阿夏在店里的时候,我有时从店外面经过,看见你和她有讲话。老陈架起腿,拿出一包"金桥"烟。你也来一根?算了,做学生还是少抽点。我第一次见你,就有印象了。

在普陀寺公交车站。我不好意思地挠了挠头。那一次我和郭风准备去市区逛逛,等车的时候见到一个很有个性的女孩子,我以为也是学生,于是大着胆子和她搭讪。她戴着太阳镜,没理我。后来见到一个中年男人来了,跟着他上了公交车。这个事就像是我过往生命中,所有无足轻重的经历一般,我很快就忘记了。但我忘了,并不代表别人会忘记。

老陈似乎看出了我的窘相,没有再追究下去。我们俩马上陷入到了无话可说的境地。老陈看起来话不太多,这点陈夏随他。在沉默了很久之后,老陈看着有些难以开口,我见了马上善解人意地说,叔叔,您有什么话,尽管说。

是这样的。你和阿夏是好朋友,她朋友也不多,我想她会听朋友的话。你能帮我劝劝?她还有个双胞胎姐姐,生重病了,需要阿夏,那个。她不同意,我能理解她。可是,手心手背都是肉,怎样我都想救。

原来是为了这个。我听着老陈的话,慢慢低下了头。

四

和陈夏分手以后,我不是没有认识别的女人。有两三个还到了要成家的地步。但总是差那么临门一脚。我无父无母,孤身一人,渴望家庭,却又常常心生胆怯。我知道自己再无法遇到像陈夏那样的女人了，我怕自己无法像对待她那样，对待其他的女人。这也许有点搞笑，细想又有点矫情。可我真实如此，别无他念。

有遇到特别优秀的女人。我说句客观的话，你别介意和生气。

我开着车，行驶在环岛东路上。陈夏想去东区看一看，即使那里早已被拆除，丝毫未剩。说话的时候，我稍微犹豫了一下。但又转念一想，自己真是多虑了。我与陈夏之间，再无瓜葛，也不可能再有幻想。所谓小心地说话，绝对是多余。

那怎么不和人继续下去？你是不是又耗了人家的光阴，最后又是不明不白？

并没有。我想了想，决定不把真实的原因告诉陈夏。原因好多，工作的缘故是个主要原因。早期和郭风还是有为青年，想冲击电影圈。剧组嘛，经常全国各地跑外景；剧组又都是临时班子，一朝相会，他朝各自东西，没法稳定下来。

真是这个原因？我在北京也认识影视圈的，人也是有个家庭，好好生活。拍片毕竟不可能一年到头吧，鸟倦总要归巢。陈夏摘下她的太阳镜，认真看我，是跟剧组见了太多漂亮演员，眼花缭乱，或者左拥右抱，不舍得上岸了吧？

呵呵，你知道刚才你说的话，有点让我恍惚。好像你又变回到了过去的样子。我笑着说，也许那才是真实的你吧。

林少河，我问你，你还相信这个世界吗？

我，嗯，让我好好想想。前面掉个头就到了。

看着前方，我岔开了陈夏的问题。她何等聪明，又何等知晓我，只是笑了笑。但这样的笑，不像过去了。如在以往，必定是嘲笑，而现在则像是参透。我忽然觉得心里有一点点的痛。车拐进辅道,停在路旁。在校园围墙外,种满了绿化的花草树木,郁郁葱葱,绿化车刚洒过水,有水滴挂在草尖与花瓣。我和陈夏下车,面对着这一丛丛的美丽,一时竟无从说起。我们走过的东区,如今早已是荡然无存。后来的人,再无法知晓,"东区"这个名称究竟意味着什么。

喏,就是这样了。你走的那年就拆了。你肯定也是知道的。

陈夏点了点头,说,我在网上看到过照片,这些年为了生意上的事,我不时回来,却从来没来这里看过。我想一段历史,终究是历史了。它结束了……

那为什么你回来,不来看看我?我打断了陈夏的话。你刚才那样说,好像在谈一件再稀松平常不过的事,这让我觉得有些难以接受。当然,也许只是我想太多了。

陈夏戴上太阳镜,看着我,那么我想请问你,去看你的理由是什么?分手亦是朋友?再续旧情?不是吧,我们不会这么油腻,都不是那样的人,对不对?

过去和现在,并不必然画等号。我说,边走边说吧。人不会一成不变,性格也许会固定,但看问题的角度也许会前后不一。这个,与观念有关吧。年轻时候有多义无反顾,现在就有多患得患失。

陈夏听到这里,停下了脚步。因为戴着太阳镜,我看不见她的双眸,还有眼角的细纹。她问我,你年轻时候,不是不管不顾,什么都不怕?

南方的阳光落在她的身上,我很想问她,在北方,可曾怀念过这里?话到嘴边,又一闪而过,不再提起这个问题。我说,有一年跟郭风去内蒙古,有家煤矿公司要拍宣传片,虽然地方远,但人家出的钱多,我们也就去了。我是第一次去草原,到了那里一看,这才明白过去书里讲的,天苍苍、野茫茫,到底是个什么概念。那简直就是无边了。拍最后一组镜头的时候,我和郭风下矿井,按理来说,那是个绝对安全的矿井,可谁知道就出问题了。缆车下到一半突然就卡住了,矿道里的灯又全灭了,我害怕极了,心想不会是瓦斯泄漏,今天就把命交代在这里吧?在地底下待了一个晚上,后来通电了,他们才把我们拉上去。在伸手不见五指的地底下,你不能掌握自己的命运,完全听天由命,我真是怕了,惧怕。

陈夏像在听一段说书,听入迷了。而我只是在陈述,一句又一句,我已不记得上次说那么多话是什么时候了。陈夏问我,你就因为这件事,不再拍片了?

算是导火索。当然还有其他原因。我看了眼校园的围墙,依稀看见三三两两的大学生走过。回来后我念了个在职研究生,毕业后我把公司的股份都转给郭风了。那个时候郭风除了开公司,也热心做公益,认识了现在的爱人,她在"海大"教书。后来她见我闲着,就介绍我去一所高校,普通的三本学校那里的实验室,负责摄影器材、机房建设什么的。再后来,我又生病了,过平常日子的心态就更强了,在婚姻问题上也更保守了——我不能害了人好姑娘。

陈夏默默听着,我们又往回走,走回到了东区的地方。要上车前,陈夏又摘下太阳镜,看着我说,我爸走的那阵,还是要再次感谢你。多亏了你,帮着料理我爸的后事。我也没想到,那个时候在明斯克出了问题。

都过去了,过去那么多年了。你爸很看得开,他没有怨言。这点,我告诉过你。我对着陈夏,慢慢地诉说,一些过去的记忆又开始浮现。陈夏爸爸走了之后,好像很自然地,我和她之间就断了联系。我换了手机,邮箱停用了;她亦是如此。但这个也只是托词,如有心,天涯咫尺罢了。

我说上车吧。陈夏似乎斟酌了一番,她回望了一眼已经消失的东区,而后才说,但你和陈春之间发生的事,我永远无法忘记,也不会原谅。

哦。我哑然失声。

五

第二次见到陈春,是一个秋雨绵绵的日子。

那天大概是周末吧,我前一晚和郭风扛着借来的摄像机,跑去市区拍滚滚车流,回宿舍后又热烈地聊天了很久,入睡晚,醒来之后已近中午。宿舍有人告诉我,陈夏打电话来找我,让我去东区。我简单洗漱之后就赶到了录像厅。陈夏问我想吃什么,我说吃水煮活鱼吧。她说了声好,接着就出门去餐馆订菜,准备打包回来吃。

前台桌上放着刚泡好的铁观音,我喜欢喝茶,在略有凉意的天气里喝茶,一口下去真是舒心畅意。喝了半壶茶,陈夏已把打包好的水煮活鱼带回来了。陈夏支起一张折叠桌,上面铺了几张旧报纸,一盆水煮活鱼就放在桌上。打包回来的还有白米饭和一瓶大可乐。中午没什么人来看录像,我和陈夏吃得安心。陈夏吃鱼很仔细,每根刺挑出来还齐齐整整放在纸巾上。我看得入神,陈夏用筷子敲了下我的头,认真吃饭。我问,你吃鱼的习惯真好,从小就爱吃?陈夏摇了摇头,不爱吃,刺太多了,麻烦。只是小时候在河边长大,我爸钓鱼,家里经常吃。

你在河边长大?难怪以前你说不怎么吃海鲜。我也是在河边长大的……

我话还没说完,就发现陈夏脸色有些不对劲。我也顺着她的目光往外看,陈夏的妈妈和陈春撑着伞站在门口。陈春戴着口罩,天气虽只是略有凉意,但她却已经穿上了长外套。我赶忙起身,阿姨,陈春,快进来,快进来,外面下着雨呢。

在吃着饭呢,打搅你们了。

陈阿姨一脸抱歉地说,我听了却觉得有些心酸。一个妈妈以这样的语气,对着自己的女儿说话。陈夏无动于衷,自顾自吃着。我只好硬着头皮说,哪里打搅了,你们坐,你们坐。我找出了两张塑料圆凳子,陈春坐下的时候,我发觉她好像更瘦了,脸色有些暗淡而发黄,双眼是无助的忧伤。陈春向我致谢意,我轻轻点了点头。

阿夏,你不接电话,去家里又见不着你。我问你爸,他说最近都没见你回家睡,我前天晚上来过录像厅,你又不在。

你这么关心我的起居饮食?那以前你去哪里了?我是生是死,你以前关心过吗?你带着陈春去外面的世界,锦衣华食,多好。还回来做什么?还来找我干吗?

阿夏,当年我和阿春离开,你以为我心里会好受吗?阿春跟着我在外面,也是吃尽苦头。那个时候做服装生意,运货到北方,阿春就是跟着我坐大货车,一路吐,一路走……

别再说了!现在是怎么样?比谁更惨,是不是?陈夏将筷子扔在桌上。过去不讲,现在来讲亲情了,我问问你,要不是快死了,还会想起我吗?

陈夏直视着陈春。陈春戴着口罩,看不见她整个的表情。但她的眼里有泪花,我看得分明。我虽是外人,但亦觉得刚才陈夏的话有些过分了。

陈夏，你怎么可以这样对你的姐姐？你要埋怨，要生气，都冲着我来。过去的事，和你姐姐有什么关系？你们那个时候那么小，做决定的都是我们大人，所有责任都在我。但是，有些话妈妈要和你说清楚……这么多年，我一直努力试着在补偿，你爸爸说要住得好点，换房子，我马上支持；说要开录像厅，我也出钱；你爸爸还说不可能让你一辈子待在录像厅的，想让你出国读个书，我也在准备钱。

陈阿姨身子在发抖。陈夏不想听了，也并不想做什么回应。她想走，陈阿姨在门口叫住了她，算是妈求你了，好不好？那是你的姐姐。她心里记挂的只有你这个妹妹，她自己还没赚钱，却总想到你，她有的，你也要有。我买什么给她，也都会寄一份给你。

是她生病，为什么她不开口？陈夏忽然变得很冷静，她说她是姐姐，会一直跟我在一起，为什么她会选择和你走？不说了，我累了。

看着陈夏离去，陈阿姨拿着伞，也追了出去。雨开始改了风格，绵柔细雨，落成了铿锵有力的雨点。录像厅里一下子变得很安静。陈春坐在椅子上，默然无言。我也不知该说些什么。一出活生生的家庭伦理剧在我眼前上演。我竟不知是真还是幻。我给陈春倒了杯热水，她接过，向我微微一笑。但水杯也只碰了碰嘴唇，并未真正喝。她见了略带歉意地说，刚化疗结束，医生说要控制不能被感染，所以饮食喝水我都比较小心，请不要介意。

你这说得客气了，我当然不介意。我笑了笑。她真是很有礼貌，教养很好。我一想，如果是换成了陈夏，那会是如何？真是不敢细想，头疼。

陈春又把口罩戴上了，苦笑了一声，谁叫我摊上了呢。医生说我得这病，不幸中的万幸，通过亲人骨髓植入，如果排斥不严重，器官不受感染的话，预后还是比较理想。至少存活期还能长一点。

几年呢？我话出口，就觉得冒失了。我这是一种条件反射了，谈到恶性疾病，总忍不住想起自己的妈妈。我要解释，陈春善解人意地笑，没关系，我不会在意。谈点其他事吧。陈春停了片刻，问我，你和阿夏是在一起了吗？我还不知道她有男朋友呢。谈恋爱这事，阿夏自己喜欢就好。少河，你可要对她好哦。

我其实想解释一下，我与陈夏之间，"火候"还差一点。但又一想，这多少有些复杂，索性就不解释了。半开玩笑说，你要劝劝陈夏，让她对我好一点，尽量动口不动手。

陈春笑出了声。门外是秋雨落在大地上的声音，一两个行人匆匆而过，一把雨伞弥漫着氤氲。她开口说，人间真是很美好啊。她说完后，有很长一段时间，都无人再言语。

我们宿舍是南北通透，虽然是在三楼，但实际在底层还有自行车的停车场，因此算来宿舍应该是四楼。没有电梯，四楼的层高还是我们能够接受的。再加上我们宿舍还有独立卫生间，有阳台，因此条件算是相当好了。我和郭风一般不在宿舍抽烟，要抽也是到门口走廊上抽。熄灯后，男生宿舍楼在一段时间内几乎就是陷于群魔乱舞的状态。

如果你仰望夜空，看见云雾遮掩的月亮，那也许他们会发出狼吼。

我听见走廊底有人突然大声叫唤，于是就对郭风这样说。郭风说那不是狼变，而是失恋了。

看来你很懂。

这就跟熟能生巧一样，失恋多了，自然就明白了。

我听了一愣，后来笑骂他真是有病。郭风也跟着笑了，笑过之后就问我，和陈夏是怎么回事？他进一步解释，这个女孩子不一般，你要么就干脆不要招惹，要是喜欢上了，就不要像以前一样三心二意。你不用辩解，跟我说没用。你是什么样的，陈夏会不懂？她虽有些暴躁，但人不坏吧？她能长大成人也是不容易。

郭风说的有道理，我似乎没有什么好反驳的。

现在又加上个她姐姐，陈春。这下关系就复杂了。

你别乱讲，否则兄弟都没得做了。没你想的那么龌龊。

是你自己讲的"龌龊"，我可什么都没说。

郭风在微笑，秋风袭来，将夹在手指间的烟吹得一明一亮。我骂了声，要踹他，但他预先知道了我的图谋，闪到一边，并快速地搂住我的脖子，把我撂在地上。从上大学时候起，他就说自己有童子功，是练家子出来的，擅长南拳。我一直不信，但现在相信了。我顺势就坐在地上，狼狈地笑了。

我是提醒你注意。那两姐妹都不容易，你要么就伸手相助，要么就干脆只是旁观，切勿置喙。

郭风，你刚说得太有文采，我忍不住想鼓掌了……两姐妹是八岁时候分开的。她们爸妈离异，各自只能带走一个。姐姐呢，小的时候身体不太好，妈妈觉得要多照顾，自己带在身边比较好；再加上她重新找的男人，是做生意的，比较有钱，所以就把姐姐带走了。陈夏心里一直过不了这个坎。

我想起来，郭风伸出了友谊的手，我犹豫了一下，把他的手打开，自己站了起来。我给自己点了根"中南海"，换作谁，心里大概都会这样想——为什么带走的不是我？为什么是我留下？陈夏的脾性是有因果关系的。

陈春呢？你了解她？

不可能了解的。肤浅的认识。我笑了笑，你问这么多，这么详细，是干吗？

为了我们的片子能成功拍完，有机会参加大学生纪录片赛，好不容易能拍片的，我以后养家糊口还指望这第一步。郭风变得面无表情，你不要多情，不是为了你。既然拍了，我不想因为你的原因，半途而废。你这个人，说不定头脑一热，一头扎进两个女孩子的"战场"里，深陷不拔。

呵呵，战场。我笑出了声，但笑声结束之后，我又觉得自己有些面目可憎。夜如果再继续深下去，露水将爬上草尖花瓣，而一个人的心底也将漏夜寒凉。那个夜晚，我和郭风站了很久。我们撑在护栏上，那里的痕迹已经永垂不朽。

六

一个身患重疾的病人要动手术之前，必须经过好几道烦琐环节。它不像是在菜市场买肉，跟郑屠说一句"给洒家来十斤扇排"，而后眼见郑屠手起刀落，十斤扇排就剁在案板上了；手术远比这个复杂多了，不是昨天看病，今天就能推进病房动刀子切除，后天就能出院了。绝不是这样的。我妈妈在我高二那年查出脑部有肿块，活检后确定是胶质瘤。医生说要先化疗，缩小肿瘤，然后再做切除手术。真要做手术前，还要检查各项指标，以确定身体是否适合。妈妈上手术台前，医生说化疗效果不好，可能下不了手术台了，家属什么意见？我能有什么意见？我一个高中生，爸爸也早就不在了，我能知道什么？后来是问了妈妈的意见，又在大伯的拍板下，签了字同意做手术。后来的结果，就是妈妈没有下手术台。

在万象城五楼的一间新式川菜馆里,我向董老师这样娓娓道来。川菜馆里火爆的烟火味,和我所进行的陈述,形成了一种肉眼可见的对比。很意外,董老师并不介意,还听得很认真。郭凤爱人介绍对象给我,之前我已经婉拒过好几次,但这次我却想见一见。在重遇陈夏之后,我内心深处的冻土已经有了松动。那个时候我才明白,我以为是永久冻土,其实并不必然。

我和董老师边吃边聊,新式川菜做过改良,不太辛辣,因此整体用餐氛围还算融洽。她的专业是会计,我的专长是摄影,我讲一些拍片过程的见闻,她听得进去。聊到后来,我决定还是把自己的一些真实情况告诉她。我跟董老师说了自己得过病的,这个病大概率是从妈妈那里遗传来的。我先讲述了妈妈的一些遭遇,董老师听完后小心问我,那林老师头上开的刀,也是这种胶质瘤?

那倒不是。比较幸运的是,我被发现的恰是颅内肿瘤中的良性。很难得。但我也必须很坦白地说,这种病变,谁也说不准呢。也许一辈子相安无事,鸡犬相闻,阡陌交通;也可能烽烟四起,兵荒马乱。

林老师描述得可真有趣,还没见过人这样用词造句的。

董老师很得体地用纸巾掩了掩嘴角。她戴了一副银色边的大眼镜,是今年流行款;身上穿的虽不一定是应季的裙装,却是实打实的名牌,是价格不菲的名牌。万象城一楼有专卖店的那种牌子衣服。

董老师,我呢,大概就是这么情况。工作事业现在都是其次,我现在主要是顾及身体。您看呢?

挺好的,说明你这个人实在。不过也是遗憾,林老师这个年龄，正是做学术出成果，有成绩的时候。董老师调整了下自己的身子，让自己看来更加挺拔。我的情况，不复杂。我呢，并不是太想一个人走完下半生。那样有点孤单。我想找个伴，希望是相濡以沫。不过，我不想要孩子。

哦，有什么讲究吗？

不是身体的原因，是心理上。董老师莞尔一笑，我实话实说，孩子那么可爱和天真，我不知道我们大人的世界，会给他们带来什么。孩子，有时好辛苦的。

是啊，真是不容易。没有哪个孩子是容易的，但也都这么过来了。

董老师听我说完，直视我的双眼，似要把我看穿的感觉。

半夜醒来，我看看睡在一旁的董老师，一时又是感慨又是觉得有些魔幻。都是过来人，发生关系毕竟比较自然，但也自然得有些麻木。激情过后，似心里空荡荡的。我不知道董老师有没有这样的感觉，不好意思问她，只得默默地把这个问题埋葬。

我打着哈欠，忽然就笑了。董老师有些羞怯，问，笑什么呢，林老师？是不是觉得我的身材不好？我赶忙否认，哪里哪里，我见过的也不多，经验不足。董老师大笑。我说是刚才想起宋小宝演的一个清宫小品，他男扮女装，演的是"咖妃"，意思就是他脸黑，像是咖啡一样。小品里面有句台词，他说"昨夜晚得皇上召见，这一夜未眠，我这身体呀，甚是乏累呢"。我学完宋小宝的台词，董老师骂了我声"讨厌"。后来我就搂着她，很快两人就睡着了。但到了后半夜，我还是醒了。

是一梦惊醒。具体梦里发生了什么，细节部分我已想不起来了。只是觉得惊心动魄，可歌可泣。我的后背已渗出汗水。我隐约觉得有人在找我。在黑暗中,我拿起手机,有陈夏给我打的电话、发的微信。看完后,我站在窗台前,见前方灯火或明或亮,像是给人以希望,又像是让人陷入绝望。

有事吧?在想某个人?

董老师也醒来了,应当是看见了我手里拿的手机。我点了点头。她默不作声,起床把衣服一件一件重新穿上。

林老师,我们走吧。我没开车,请你送我回家,然后再去找那个人吧。

我想自己好像并没有什么挽留的借口,也没有需要挽留。我们互相之间坦诚相待,敞开心扉,只有真实而没有欺骗。我送董老师回家的路上,路上车辆绝少。疫情的原因,城市里的夜生活已经褪色了很多。夜归人也不再买醉,不再游荡。

我听郭风提过那个女人。叫陈夏,是吧?这么多年了……董老师颇为感慨地叹了一声。陈夏这样的女人,让我觉得肃然起敬。林老师可能要好好珍惜,毕竟大家的生命都挺宝贵的。

董老师下车后,又再说了一句:"没有人能永远青春,除非这个人已经不朽了。"我笑了笑,还真是呢。我说,谢谢董老师啊。她听了,哈哈大笑。

七

陈夏一直对我和郭风要拍纪录片的行为不理解。她说你们俩是念工商管理的,拍纪录片是要玩艺术的,你们弄这些干吗呢?而且纪录片没有市场的,你看录像厅里放的片子,哪一部会是纪录片?我听了后,故意问她,那录像厅应该放什么样的片子呢?

很简单。拳头加枕头。林少河你不要用这样的眼神看我,我说的是事实。

我看也不一定，片子再好看，也不是个唯一理由。你那儿录像厅的包房里，学生情侣在里面，真是冲着看电影去的？现在网络开始普及了，上面什么片子没有？你说来的人里头，有几个像我这样，是真正热爱电影艺术？

林少河你敢说没有带女孩子到包房看片子？陈夏正喝着一罐可乐，越讲越生气，一把将可乐砸向我。谁知道你在包房做了什么？太龌龊了！

我将可乐罐子拾起，扔到了垃圾桶。我说，陈夏你这么生气，我倒还有点开心呢。这说明你在乎我啊。

臭不要脸。

陈夏双手支在天台的护栏上。远处，一行白鹭在树梢飘逸而过。大海上，点点船只闪烁，有些孤帆远影的味道。录像厅的天台简直是像是香格里拉般的存在。我有一次和陈夏说，在乌烟瘴气的录像厅，有那么一片天台，真是不可思议。陈夏为了我这句话，曾经一整天没理我。而在这个初冬的傍晚，我和陈夏拾级而上走到了天台。前台有兼职学生在看着，我觉得今天的氛围不错，陈夏看来心情也是美丽的。所以，我决定再次，而且是严肃地向她提一件事。拖一天，对陈春而言就是多一分的受难。老陈眉头紧锁的样子，刻在我脑海里，恒久不灭。在我的感觉里，他应当是一个洒脱的男人，但在儿女面前，所谓的洒脱和超脱，都是放屁。还有陈阿姨，我不知道如果再一次接起她的电话，我该说些什么。

我劝过你好几次了吧。你都没有回答我，还阻止我说下去。这都是为了什么呢？你和陈春，是亲姐妹。她如果走了，这个世界上，你就永远无法找到和你最为相像的女孩子了。我靠在天台上，和陈夏各自望向不同的方向。互相背离。片刻后，我又说，陈春等不起了……

你那么关心陈春？

我送过人走，陈夏，人一走，就真的什么都没了。

陈夏忽然转过身，看着我，而后嘴紧紧贴着我的唇。我一时没反应过来，后来有感觉了，马上用力抱住了她。我还要吻下去，但她却挡住了。

快放我下来，你是爱情片看多了是不是？把我放在护栏上，是想我摔下去吗？陈夏跳了下来。风越过海平面，在预料之中到来。海风吹起她的秀发，不期然间，有泪花浮上眼眶。陈夏平静地说，我明天去办住院。我自己去医院做了些检查，各个指标还行。顺利的话，应该很快就能做手术了。

你，你这就是答应了？

意外么？这不是大家一直期待的？

前后一个月时间了，你终能想通。

林少河你少用那种恶心的目光看着我。现在世人给我的任何道德上的肯定和表扬，我都不接受。陈夏有些激动，抽了根烟。

那是什么原因？

陈夏瞪了我一眼，没有回答。有一声鸣叫，不知名的海鸟叫声从黝黑的海面上传来。天色彻底暗后，我和陈夏走下了楼梯。她跟兼职学生交代说明天开始暂时不用来，起先她还有些意外，待后来明白之后，还不舍地跟陈夏说，要她多保重。陈夏和她抱了抱，拍了拍她的肩膀。她拿出一张白纸，要我写上"停业一周"的告示。我说一周时间够吗？陈夏拍了下我的脑袋，你这就是"何不食肉糜"的现代晋惠帝。开店不用交租吗？一周后我要还是没法来，我爸可以来啊。他看店。

送走最后一拨客人后,陈夏和我陷入了暂时性的面面相觑。我把录像厅的大门掩上,而后牵着她的手走到了一个无人使用的包房。陈夏说这里脏。我说今天没人开过这个包房,要不我再打扫一下?陈夏摇了摇头,算了。我笑了笑,包房里放的电影是《泰坦尼克号》。要看的片子,提前把光盘放在前台的总机里就行了。如果不换片,就循环播放下去。

在我和陈夏云卷云舒之后,她躺在我的怀里。她说,我让你陪我去见我妈、陈春的那次,你跟我说曾经看到我边吃泡面边哭。其实,那次哭,是因为刚得知陈春生病了——我一想到啊,就忍不住流泪了。我以为跟我无关,却还是没忍住。你说我丢不丢人?

傻孩子。她是你姐啊。

系辅导员找我和郭风谈过一次话。其实以前也谈过,只是说得蜻蜓点水,辅导员以为我们都是聪明人,一听就懂。每次谈过话,最后都以一句"都是成年人了"为结尾,意思就是各自要为各自负责。

这一次的谈话有些不同。首先是形式不同。他请我和郭风到东区的海鲜排档吃饭,边吃边聊。其次,则是谈话内容深入了很多。从我们大学入学第一天开始谈起,聊到学业,甚而聊到了个人生活。辅导员是一片苦心,我和郭风心里明白。否则的话,依了我们的性子,早就掀桌子走人了。我们是谁?我们是不羁放纵爱自由的热血青年。

不学习,经常逃课,考试挂科,就是"不羁放纵爱自由"?只想追求女生,感情一个接一个,就是"热血青年"?恐怕这个社会不是这样定义的吧。

辅导员是研究生毕业后留校，和我们年龄差不了很多。他用师兄又兼长辈的口吻说话，对我们而言，也是煞费苦心。我和郭风不可能装作哑巴，一晚上无动于衷。郭风话不太多，看起来也没有太多的倾诉欲望。我端起玻璃杯，敬了辅导员一杯雪津纯生。

辅导员，我酒量一般，但喜欢喝酒的那个感觉。怎样的"感觉"呢？像是李太白的《将进酒》我就很喜欢。天生我材必有用，千金散尽还复来。哎，不好意思，我有点托大了，怎么能把自己跟太白比？我和郭风不是不想学习。只是对于咱们现在这个专业，实在提不起兴趣。

为什么？辅导员不高兴了，也许是酒精开始上头了。他沉下脸色。那当初就不应该来上学啊。

嘿嘿。我笑了笑，顿时觉得一阵苍凉扫过心田。我是答应过我妈，一定要考上"海大"。不上"一本"，对不起她。她要走的时候，昏迷状态了，但只要清醒了，就睁开眼睛对我说，不要难过，赶快把妈妈忘掉，一定要考上大学。一定要。我呢，还没出生爸爸就走了，我妈带大我。我知道我从小就没爸爸，我妈就跟我说，自己要争气。我的任务就是学习。对我这种小地方出身的人，考上大学是唯一的选择。我妈走的时候，我刚上高三。以前我看新闻，说有人读高三，家里头有人走了，为了能考上大学，家里瞒着不说。可我没办法啊，我整个家就我一个人了。谁也瞒不了我。我大伯父陪了我一阵，但他年纪也大了，我就劝他不用担心，我会考上好大学，好专业。读工商管理嘛，我以为是出来就进工商局之类的。后来发现也不是。嘿嘿。

辅导员听完我的话，打火机点了好几次，才把烟点着。我笑了笑，我还有些话其实没有讲。上了大一，我才发现还要学什么微积分、代数，还有财务金融，都根本不是我想要的。还有就是想我妈了。后来，我想是因为高三一年没想她，一到大学，开始想了，然后就崩溃了。

郭风拍了拍我的肩膀，他见过我的哭。但这个时候，我却对他笑了笑。他也报之以微笑。他说，我的经历没有少河坎坷。我是单纯不想学，确切说不想照着家里的意愿学。从小学开始，我爸妈就给我制定了路径，学什么、玩什么，有什么爱好，交什么样的朋友，都是他们说了算。他们给我温饱，吃穿不愁，但我真的烦了——让我学什么，我偏不学；让我交什么样的朋友，我偏不交。

你等会，稍微打住一下。我转过头看郭风，你爸妈要你交什么样的朋友？我是不是你爸妈说的反面？我也不坏吧……

你自己体会，怕说多了你心里难受。

去你的。

我捶了郭风一拳，他回之以一掌。一场血雨腥风眼看就要开始，幸好辅导员叫住了我俩。他朝我俩都扔了根鸡骨头，你俩是不是有病？过去的就不要再说了，我心里已经明白了。你们有梦想，或者"梦想"这个词太高级，你们接受不了。那我换个说法，你们有自己的想法，这没有不对，我也支持。但我要你们明白，既然这么辛苦考到"海大"来了，相信也不是笨蛋，聪明人就把该完成的学业完成了。最起码，毕业证要拿到吧。

辅导员结账完，临走的时候丢给我一句，你长点心，别给你妈丢脸，她在天上看着。听完这句话，我在原地愣了一下，待辅导员走远了，我才弯下腰，双手撑着膝盖，眼泪大颗大颗往下掉。那个时候，我真的想我妈妈了。

郭风在旁边等着我，静静地看着我，直到他的手机响了。他接起后又递给我,是陈夏打来的,说打你的手机一直没接,关静音了吧。我接过电话,很清楚地听见陈夏在那头说,我明天做手术了。

八

做公益这个事,我其实可以不用特意回来的。甚至都不用我操心,交代给公司里的助理,她就会帮着处理的。我这次回来,主要是一次性解决很多事。

到了机场,陈夏下车后对我说。

我就说你不会浪费时间的。这么大间公司,上上下下都离不开你。

陈夏只笑了笑,没有什么太大反应。这不免让我想到,若是换成过去的陈夏,或者是我记忆中的陈夏,她定然不会这样反应的。她可能会说,我的事,要你管。当然,她现在已经是了不起的企业人才,手下管着好几百人,像是"要你管"这么直接的表述,怕是再也不会出现她的嘴里了。

怎么不说话了?是不是在肚子里笑话我?陈夏穿了半截袖白上衣,藏青色七分女装西裤,脚上是精致半高跟皮鞋。是不是觉得我完全变了?

浪子回头金不换。

有病。陈夏白了我一眼。登机时间还早,喝杯咖啡吧。

因为疫情的关系,机场冷冷清清,没有多少旅客。这座城市以旅游闻名,疫情之下,很多人都减少了出门,城市里的旅游显见得萧条了很多。我和陈夏走在机场大厅里,空空落落。我印象里,过去即使不是旅游旺季,机场人也是很多的。不能老提"过去"了。我在心里叹了口气。我去买了咖啡,递给陈夏。她说去外面喝吧,我猜想她是想抽烟了。到了机场外,她果然拿出了烟,也朝我露了一根。

知道你戒烟了,就当陪我抽一根吧。天南海北,下次再见面不知是何时了。

我似乎没有什么好拒绝的理由。我吸了一口,而后将烟酝酿在喉咙,刺激得咳嗽了几声。我笑着说,我现在是个软蛋了,保命最重要。年轻时候不知道好歹,肆意挥霍,有时拍大夜戏,烟真是一根接一根。

不抽最好。烟这个东西害人。陈夏一边抽,一边又像是讲起与自己无关的事。我爸就爱抽烟,身体不好一定是和这个有关。对了,他走之前,和你说了什么没有?

陈叔叔在一个台风天去朋友家喝茶,巷子里的路灯被吹碎了,天太暗他没看清路,一脚踩空从阶梯上滚落下去。南方城市的巷子,往往不是一条直直的道,经常有台阶要爬。陈叔叔就是这样摔倒的,后来被人发现才送去医院。但到了医院已经太晚了。他的手机里有紧急联系人,医院打给我,我就赶了过去。陈夏那个时候在白俄罗斯的明斯克,和她妈一起在谈当地的一个代理项目。陈夏知道消息要赶回来,却又遇上当地百年难遇的暴风雪,航班统统取消。她赶不回来,是我帮着料理了后事。

陈叔叔的走,好像是个标志性的转折点。你赶不回,我们错过相见;待你回来了,我又和郭风去拍外景,又一次完美错过。自那以后,我们就再也没联系了。我喝了一口咖啡,烟夹在手指间,烟烬将坠未坠。你离开海城,跟着陈阿姨去往北京开拓市场以后,我和陈叔叔不时地会见一面。他是个老文青了,我从外地拍片回来,有当地的手工艺品都会带个给他作纪念。他见了,很高兴。他会跟我聊天,什么都谈。

陈夏慢慢垂下眼帘。我笑了笑,摸了摸她的脸颊,你不用自责,你能去外面的世界,他是很高兴的。他完全支持你的选择。他不孤单,他有自己的消遣方式。录像厅关了,他就自己在家弄音响设备,自己找最新的电影看。他还去朋友那里下棋,喝茶,对了,还有钓鱼。一个人自得其乐。

这么多年,我一直在后悔,经常假设,如果我留在爸爸身边,没有去妈妈那里,他是不是就不会走得那么早?但他总是安慰我,说我陪他已经够久了,我妈妈身边没人。我姐姐不在了……那天在东区,朝你发火,实在没必要。我不该再纠缠你和我姐之间的事。都已经过去了。

如果我说,我和陈春之间,什么都没发生,不知道陈夏是否相信?那年的夏天,并不是陈夏心里所猜想的那样。我原本想要解释,但这会是个漫长且忧伤的故事,何况陈夏说了那句"都已经过去了"。那么,我想自己也就没有必要再多说了。我长叹了一口气,陈夏很认真地看着我,问我,你真的就不想说些什么?

你到底是想让我说呢,还是不让我说?"都已经过去了",这句话也是你说的。横是你,竖也是你。我笑了笑,陈夏你可不能欺负老实人啊。

陈夏也跟着笑了。她戴上了太阳镜,遮住自己的眼睛。走吧,我去坐飞机了。林少河,再见了。她居然伸出了手,我想了想,也伸手跟她握在一起。

陈夏回来这段时间,做了公益。于她家事而言,则是把她爸爸和她姐姐的灵龛,一起放在了观心禅室。她还在禅室多买了两个位子。她若真是孤身一人到老,那么百年之后,又会是谁来捡拾，将她安放在自己的灵龛里？我不敢去想这个问题，无法想象，也不忍去想。

你这就是想太多了。郭风觉得有些好笑。她还好好的，这是其一；第二，她有钱，自然会提前交代，有人帮着做；最后，最荒唐的，你怎么就咒她孤老终生一样，她这往后就不会再交男朋友？而且说不定也会有孩子呢。

我和她聊过，我们的观点觉得孩子太辛苦了，不想让孩子经历自己经过的。但这个世界又是说不准的。有可能，陈夏就突然结婚了，又突然有孩子了呢。

郭风把正在看手机短视频的手放下，怔怔地看着我，你还是忘不了陈夏。

也许吧。你这话的意思，董老师也跟我说过。

考虑一下，你和董老师郎才女貌，很是般配。郭风在实验室里调试着融媒体矩阵，见我没说话，于是抬起头。我不开玩笑的，说认真的。

疫情期间，学校没有特殊原因，外人不能入内。郭风很久没来我学校了，趁着给学校捐送防疫物资的机会，他来找了我。这批防疫物资实际上是受陈夏所托。她把物资全权交给郭风处理，怎么分配由他来决定。他做这些公益完全是义务，来不了钱，却好像很投入。

你现在是把公益当作主业，公司当作副业了吧？陈夏才走，你就马上把防疫物资都做了分配。连要分别送哪几家单位、送多少，都理清楚了。

大环境影响，公司生意现在也是一般。我现在也不喜欢跑外地了，有电视剧在本地拍，从大组里接些活来承包做就好了。空闲时间多了，我就多做些公益。当作积德吧。郭风按了个"关闭"键，大屏幕上的融媒体矩阵很快就消失了。他坐下，笑着问我，你到底是怎么回事？刚才说你呢，一下子就转移话题到我身上了。我好心且认真问你一句，考虑下董老师吧？

董老师，是个好女人。我说。

郭风直视着我的眼睛，过了片刻，他好像明白了什么，于是朝我骂了句，你他妈的真是长不大，做事情不考虑清楚。不想和人在一起，就不要去动她，一个手指头都不要。董老师她不一样！

每个人都不一样，更何况是女人，差别更是巨大。我也坐了下来，面对着郭风。到我们这个年龄，谈感情是不是一件很矫情和奢侈的事？你不用回答，我就是提出这样的问题。我和董老师之间，简单直接。我们谈得来，第一次见就很坦诚，互相都讲了些内心里的话。我们有感觉了，就发生了关系。她知道我和陈夏之间的往事。她还说，如果我忘了陈夏，我和她之间是可以长久下去的。

那你怎么回答的？

我说，我和陈夏之间早已彼此忘记。郭风，你相信吗？

郭风没有直接回答我，他望向窗外，第一片发黄的叶子已经开始落下。这个城市终究要结束每年一次的漫长炎热。

九

阿夏真是个傻孩子。她跑来跟我说，她答应捐骨髓给阿春，但有个条件。你知道她提什么"条件"？她说要给她一大笔钱，她想出国去留学，去看世界。我说，阿夏，你也是我的孩子，你有这样的要求，我怎么可能不答应？就算你不愿意捐骨髓，我也一样会提供这样的帮助。这是一个妈妈应该做的,怎么能说是"提条件"呢?何况,这么多年了,我没陪着她,是我亏欠了很多。

外科手术室的红灯还亮着。只有等"手术中"三个字变成绿色了,手术才做完。这是一项艰巨的手术。是决定一个命运的手术。死生面前,皆为小事。只有生,才有资格谈及其他。陈阿姨陆陆续续和我说话,我有时听,有时又不安地看向手术室的大门。我问,是为了陈春的病,专程回来的吗?我听陈夏说,你们本来是待在省城了。

是一个原因。还有一个原因,是为了这里空气好。我家那位,有哮喘,医生建议到空气好的城市生活。一年前,我们其实就回来了。我先生长住,我和陈春时不时过来。她毕竟还在省城念大学。直到半年前,她查出那种病。就干脆休学,回来看病兼治疗。

陈阿姨忽然不说话了,站了起来。她家的那位到了。跟在他后面出现的,却是陈叔叔。他出去买了肯德基,怕我们等久了肚子饿。两个中年男人照了个面,微微点头。陈阿姨处在这两个男人之间,一种难以言说的感觉油然而生。我不忍看下去,去找了陈叔叔。陈叔叔去肯德基之前,问过陈阿姨,但她表示不想吃这些快餐。同时,她也确实不饿。她还补了一句,自己的女儿在里面手术,做人父母的哪里还有心情吃东西。

我刚听到这话时,就有些哑然失笑了。陈阿姨说这样的话,用意自然很明显了。但陈叔叔显见得并不在意。他出去买了肯德基,很快又回来了。我要了一份鳕鱼套餐,和陈叔叔坐在了另一头。我吃的时候偶然抬起头,见陈阿姨的先生,轻搂着她的肩膀,一时就觉得似是天涯海角。但陈叔叔只专注于吃他的炸鸡翅。

　　陈叔叔，真放下了？

　　啊？你什么意思？哦，你说春夏的妈？早就过去了，多久以前的事了。陈叔叔终于啃完了鸡翅，我适时地递上了纸巾。我和她都是下乡知青，但我比她大，也早去几年。她当时是华侨子女，长得漂亮，一来就引起了轰动。本来知青下乡接受再教育，大概两年就回城了。但我俩呢，出身成分不好，所以就迟迟不能回城。后来我们从乡下到了县城的镇上，因为有点文化，给安排到了邮电局。我们开始认命，认为这辈子没办法回海城这个大城市了，再加上你陈阿姨年纪也大了些，我们俩就把婚事给订了，接着又生了双胞胎陈春、陈夏。

　　那不挺好？小桥流水人家，男耕女织过一生，多么桃源生活。

　　傻孩子，瞎说了。陈叔叔笑了笑，喝了口不加冰的可乐。男耕没用，还得女织，对不对？你陈阿姨是好强的人，后来政策慢慢放开，大家都能回城，她就一心想着回来。可回来，我和你陈阿姨原来的固定工作就没了。邮电局是个好差事。回到海城了，原来工作没了，又找不到新的工作，怎么养活？但你陈阿姨坚决回来，1990年回来了，陈春陈夏也八岁了，我一直没找到正经固定的工作。你陈阿姨却遇到了个机会，那个男人……她要走，我也没办法。只怪我自己没赚钱的本事咯。苦就苦了陈夏，我们只能各带一个，她是妹妹，却跟我吃了很多苦头。

　　苦尽甘来嘛。我刚说完这句，又觉得不妥，只好转移话题。那个，陈叔叔，您和阿姨是在哪里下乡的？

　　我们开始在乡下，后来到了县城里。那是个叫"上行"的县。

哎哟，我的家乡也是那里啊。

我还没说完，忽然发现手术室门上的灯变成绿色的了，于是赶紧走了过去。接着，大人们也都赶过来了。

这个病不好说。看陈春的命了。

陈夏买了一碗关东煮，我和她分着吃。她突然冒了这一句，而后又埋头吃着海带，好像刚才的话没说过。我放下了筷子，没了什么食欲。骨髓移植手术蛮成功，陈阿姨从广州请来的医生做的手术，说是这个方面国内顶尖的医生。手术虽然是成功的，但接下去三年时间很关键，如果这中间没有排斥反应，那就说明预后效果好，存活时间也长。如果反应不良，有感染，那就危险了。

你有空多陪陪她。好像也只能做这些了。良久，我才开口。我是经历过这些的，但我亦不知道要怎么安慰你。

不用安慰，我们家里都有心理准备。陈夏虽然话是这样说，却还是轻叹了一声。我们也不敢想太多，走一步是一步。我妈，说只能让自己忙一点，忙起来不会经常胡思乱想。

什么意思？我很警觉地看着她，心里浮起了隐隐不安。你康复后有段时间了，但我不像过去那样能经常见到你了。

我和我爸我妈都谈过了，书我是念不下去了，当然我不念书不代表我没文化。林少河你别得意，我读的书比你多多了，你只是比我好在有个大学学历。所以，你现在要好好珍惜。

我失笑一声，这都是哪跟哪。我说，陈夏你就直接说了吧。陈夏这才说了，大概意思就是，陈阿姨现在比任何时候都需要身边有人。她让陈夏到她身边帮忙，帮着打理公司的生意。边学边做。陈叔叔也同意了这样的安排，陈夏总不可能一辈子待在东区,窝在录像厅里。去看外面的世界,在妈妈身边,总是比较安全和放心。

那陈春呢?留在海城?

陈夏点了点头。我爸爸会帮着一起照顾,爸爸说,过去和阿春在一起的时间太少了。现在像是调了顺序,我陪我妈了。陈夏表情复杂地笑了笑,这间录像厅,我爸说就开到六月底,刚好这个学期结束。五年前盘的这间店面,时间真是很快。

听了陈夏的话,我顿时觉得万分惆怅。所有事物似乎都是这样的,在时间上,都是一段又一段。有开始,总有结束。没有人能亘古,没有什么感情能够地久天长。我忽然问陈夏,我们能走得下去吧?走很久?

陈夏大声笑了起来,而后飞快揪住我的耳朵,你如果有二心,我饶不了你!

我不会有二心的。但我以为,陈春陈夏姐妹,也是我的姐妹。陈夏不在海城的时候,我有空时就会去看陈春。家里请了护工,还有陈叔叔,其实我的作用不大。可我受陈夏所托,不是照顾陈春,而是在她身体好的时候,陪着她在城里多走走,说说话。大四的时候,我和郭风去学了开车,主要是为了拍片的时候方便。拿到驾照后,我和郭风借了一辆车,去接陈春出来走走。陈叔叔拿出了一顶假发,陈春微笑着拒绝了,她戴了顶太阳帽。

陈春,你想去哪?我们都满足你。我把着方向盘,兴奋地说。

郭风拍了下我的头,认真开车,别激动过头了。车上坐着我们的陈春呢。

"我们的陈春",这句话真好。我很喜欢。陈春坐在后排,淡淡地说。我从后视镜看她,难得的一抹亮光闪现在她的脸颊上。

但也只是闪现，而后很快就消失了，又是蜡黄而浮肿。我不忍看。陈春也看到了我，朝我一笑，我竟然很是慌乱地转过头，装作在看前方的路。陈春说，请你们载我去东区吧。听说，那里很快就要拆了。我点了点头，我们也听到这个消息了。一个时代行将结束。

用"时代"这样的说法，是我们在托大了。属于我们的一段时光要结束了。除去我们，并不会有其他的人关心东区。当我们走到东区，我说了这样一段话。一百米不到的直线长度，东区小得那么微不足道。我们在"录像厅"门前驻足。房东还没把店面租出去，据说是因为都知道要拆迁了，没有新店来租。录像厅大门紧闭，透过茶色的玻璃门，依稀见到前台，还有破旧的沙发。

我问陈春，为什么想来这里看看呢？

她说，你们抬头看，录像厅的招牌上写着什么？

我和郭风闻声抬头，招牌上那朴实的字，告诉我们这间录像厅并不只是一个简单的、没有生命的地方。它是有呼吸的生命体。我看得出陈春有些激动，大概多少往事涌上心头。据说，生命行将结束的人，会将人生如放电影一般，在心间过一遍。一年后，陈春没有撑过去，排斥严重，发生感染，多器官衰竭而亡。

在那个斜阳西照的傍晚，我担心陈春撑不住，轻轻搂住了她的肩膀。她伸出手挽住了我的胳膊。她说，你们是不是觉得录像厅的名字很美？

我与郭风皆点头。

十

董老师，你真的要想清楚了，现在选择离开没问题的。我命不好的话，脑子一发病，很快就走了。我在给爸爸和妈妈的墓碑描字。红色的漆，一笔一画描上去。我不常回来老家，碑上的阴文，早已红漆脱落。

你要是走了，我就自己一个人过，或者再找个伴。董老师笑了起来，现在想太远，有点不切实际。你我都是一个人过的，孤单找伴，人之常情。

好，那我就跟我爸妈说了。我描好红字，跪在碑前。爸妈，几十年了，我领了个女人来了，请你们看看。她叫董老师，她不嫌弃我。

说完，我起身，摸了摸墓碑。人世真是难以一言尽之，想着曾和你相伴的人，有一天却躺在了地下。地下那么潮湿阴冷。我还在想着，董老师则提醒我，是不是还要点鞭炮？我说是。我把鞭炮点着，扔在了炮桶里。沉闷的鞭炮声，一阵阵传来。硝烟开始弥漫，太阳露出半个身子，多少驱散了农历三月的微凉。

董老师极目眺望，远方山头葱茏。她忍不住慨叹，你的家乡绿化得很好。我说，上行县，一个山区县嘛，树木本来就多。董老师转过身，将风吹乱的秀发挽起。她微笑着，你还没说完那个故事呢。你说陈春陈夏姐妹的爸妈，上山下乡的地方，就是这里——上行？

对。先在上行的乡下，后来进到了县城里。说是县城，那个时候也就两条主街，一条母亲河穿城而过。陈叔叔和陈阿姨，就是在县城的镇上结婚，生了姐妹俩。

你坦白说，你和陈春之间……

她在生命的最后，只是比较依赖我。送她走的那天，我哭得很伤心。陈夏是误会了，我其实是想到了我的妈妈，所有的悲伤借着那场哀悼，倾盆而出了。陈夏真是误会了，她在收拾陈春的遗物时，发现了写给我的一封信。信里最后，陈春谢谢我，让她知道了恋爱的感觉。陈夏觉得我很无耻和下流，我那个时候毕业了，和郭风忙得到处找活干，也没精力解释。我和陈夏，就这样走到尽头了。她往北飞，我留在南方。

会觉得遗憾吗？

人生很多事都会遗憾啊。

董老师听了，沉默了一阵。我们都明白，无非是那二三事，久久无法释怀。太阳最后露出整个身姿的时候，我说，关于那个漫长的故事，我和你讲了那么多，也要结束了。

最后一个问题，那个东区录像厅，究竟叫什么名字？

我们县城里的那条母亲河，叫作"春夏河"。我们这帮孩子啊，小的时候，必定是在那条河上游过泳，打过水仗的。那个时候，陈春陈夏姐妹俩，想必也在春夏河上玩耍过的。我心想，这么说来，我和姐妹俩，也许早就见过面了呢。

红色海水升起来

从本质上而言,我关心蔬菜多过关心泥土,关心自己胜过关心世界。一直以来,我对此有种隐约的感觉。而在最近一次的火山岛旅行未遂之后,这样的感觉得到了验证并更加深刻。这实际上是我的第二次火山岛之行,与第一次类似,都是未能完成登岛。我不太确定,两次都未能登岛,是否与我所关心的内容有关。但我唯一能确定的是,不会再有第三次了。

在我年轻的时候,我认识了苏燕。必须坦白地说,我和她进展得很快。对于进展快速的原因我曾经做过猜测,有两种可能,我本想找个机会与她探讨一下,但很可惜,在共同经历了一场不眠之夜后,我们分别了。那场不眠之夜发生在我们的第一次火山岛之行。那趟旅行是我当时所在的研究生班级组织的活动。活动组织者,也就是我的班长,他说同学们自愿参加,也可以带"家属"。所谓"家属",你们都知道的,并不是真正意义上成家后的眷属,而是一些被称作"男朋友"或"女朋友"的人。这些男女朋友中,有些是长情,有些是苟且。

你问我，怎么鉴别？我说，通过观察。比如说，大家坐在去往火山岛的中巴车上，"长情"的坐在前排，女生剥一个茶叶蛋递给男生："给。"男生把茶叶蛋塞在嘴巴里，蛋黄屑沾在嘴角。女生马上就打开保温瓶："喝吧。"于是男生就喝了一大口。我觉得他们甚至都不需要对话，连多说一个字都是废话。而那些"苟且"的呢？他们大概都坐在中巴车的后排，越后面越好。他们以为没有人知道他们在做什么，但实际上那一件外套盖在他们的腰间，旁人多看一眼心下就明白了。

当我略带兴奋地对苏燕说起这些观察时，她不冷不热地说，你观察得那么仔细，可以去写小说了。我哈哈一笑，当时完全没料到，有一日我真的成为一个写小说的。她问我，什么叫"苟且"？我挨近了她，那么近，以至我能很清晰地看见她耳郭上的绒毛。我闻到了她脖子间的香水味，忍不住嗫了一口。快回答我刚才的问题！她掐我的大腿。我痛苦地想了想后说，要给"苟且"下个定义很难，但我可以举例。比如说坐在倒数第二排的小非和小美，小非是我同学，小美是他的网友，前一天晚上他们才聊QQ认识，第二天就约出来玩了。再比如说最后一排的，他们虽然都是我的同学，但你知道的，都快毕业了，男的要南下深圳，女的留在厦门，这是典型的"毕业就分手"。所以，也是"苟且"。

明知道不能长久，像火柴一样烧了就灭，为什么他们还要在一起苟且？

火柴不燃烧，那有什么作用呢？

我自认为这个反问句的回答不错，但看得出苏燕并不满意，因为她马上追问，你说，我们是长情，还是苟且？

这个问题让我有些措手不及。我感觉给自己下了一个套。其实，我们心中都有数，只是我或她都不愿把实际情况讲明白了。很多事情，不是非黑即白，不是从一个极端到另一个极端。应当允许有灰色地带出现。

你没必要啰唆那么多吧？苏燕对我表示鄙视。怎么你在评价他人的时候就那么理直气壮，而在说到自己的时候，就畏畏缩缩？

我不是惧怕或是抗拒，我是担心有些话破坏了气氛。我调整了坐姿，手不再搂着她的腰。此刻，我们正在前往火山岛的路上，你可以听到一路的欢快。在前排，班长阿明还带领大家唱歌呢。"对面的女孩看过来，看过来。"大家欢笑，是因为这是一段旅程，而不是去往地狱。不论是长情，还是苟且，谁都无法预料未来，在这趟旅程中，我们唯一需要做的，就是享受，乐在其中。

如果知道结局必然痛苦，那就不选择开始了吗？我加重语气问了苏燕一句自认为有哲理的话。我希望她能在旅程之中好好反思，然后在旅程结束后给我一个回答。但遗憾的是她没能回答我。在即将到达火山岛前，我们的中巴车出事故了——整辆车被撞飞到路的另一个方向。

我和陈静的相遇相当奇妙。在第二次去火山岛之前，我完全不认识陈静，完全不会料到我会遇到这样一个女子。虽然我和她都写小说，而且同在一个省，但我们互相之间都未耳闻对方。这一情况很可能有两个原因：第一，我们的水平，或者说名气，实在太低；第二，也许是因为我们都不太关心世界。我倾向于认同第二个原因。这体现在我和她身处人群中时，总是难免局促，手都不知道该搁哪儿。我们脸上可能挂着微笑，但身体却是紧绷的。而且,陈静对于群体行为的不适,更甚于我。我问她为何,她说以前不是这样,她犹豫了一下,没再说下去。我忽然觉得她是有故事的人,我对她产生了兴趣。

在前往火山岛的大巴上,我和陈静开始是分开坐着的。一前一后,旁边都没坐人。我坐在靠窗的位置,看着高速路上的指示牌一个接一个划过,厦门、漳州、漳浦。我忽然想起十二年前,我也曾经走过这段路途。那时是中巴车,现在是大巴车,人都变了,但火山岛没有变。回想第一次未遂的火山岛之行,我不知道是该高兴还是沮丧。但有一点我是知道的,那就是我内心深处对第一次未能成行仍是介意的,并未因时间变迁而改变。也因此,当被邀请参加小说家采风活动,并前往火山岛时,我在想了三秒钟之后,接受了邀请。主办方在电话里问我,有没有什么特殊的要求?我说就是晚上想一个人一间,因为失眠。多出的房费自付。

窗外风景看多了,就发现重复率太高。我闭目养神,随身带着的芥川龙之介的《罗生门》一直未动。车在爬坡,前排忽然掉落一个东西并滚到了我的脚边。我捡起来,原来是一个保温瓶盖。陈静探出半个身子,带着歉意地说,吵到你休息了。我将瓶盖递给她,嘴里说着"还好",但心里却疑惑,她怎么知道我在闭眼休息呢?我看着她拧瓶盖,侧着脸,波浪卷的头发不长不短。虽然烫过,做过造型,但我很确定,她是自然卷。因为我曾无数次抚摸过苏燕的头发,她也是自然卷。

我忽然有了很强烈的冲动,想和陈静说说话。即使不知道该说些什么,我也想坐在她旁边。我说,我和你坐一块吧。未经陈静同意就坐到她身边了,而她对我的唐突要求并未有太大的讶异。我坐在她身边,我们继续保持沉默,因为谁也不知道该说些什么。对于厌倦寒暄客套的人而言,互相挨着、互相靠近,其实是一件尴尬又难受的事情。因为我们一开口,既不可能谈天气好不好,也不可能问对方的家庭,更不可能问最近读了什么书,写了什么小说。

对了,小说。我心内一动,忽然想到我们都是写小说的。

那么,你是为什么要写小说呢?

这句话一出口,我自己都觉得讶异。这样问话的方式,好像我们已经认识了很久。可实际上,也就在去往火山岛前一天,我们才见面。前一天是报到,我们在酒店大堂碰面,在晚餐时又碰面,然后就到了现在,坐在一辆大巴车上,两个人互相挨着。

陈静似乎并不觉得有何唐突异样。她手指卷了卷头发说,因为没有别的能力。

所以说,你的意思是,没能力的人才写小说?

大概是吧。陈静似乎为了宽慰我,或者说不那么伤人,又补充说,我并不是针对你,我针对的是所有写小说的男男女女,包括我自己在内。

不不不,你说得很正确。我几乎要给她鼓掌了。我说,我也是这样认为。有能力的都去闯世界了,没能力的就去写小说。我这样说并没有贬低小说作者的意思,我反而觉得这样很实诚——我对此不以为意,我写小说就是这样的心态,也正因此,我老老实实地写,没有半点花哨。

王林,你是在解释什么?我并不在意你对自己的解释,别人也不会在意。你自己心里清楚就好了,何必说出来?陈静说话很直,没有给我留什么情面。那么,现在轮到我问你,你为什么写小说?

我笑了笑,暂时没回答她的问题。我本来想告诉她,因为我曾遭遇过一场车祸。但这个话题说起来就长了，在一辆颠簸的、密闭的大巴车里，我实在无太大意愿说这个话题。我将这层意思告诉了陈静。她想了想，然后很平静地看着我。

哦，其实我也不太想听。

大巴车在天福服务区休息。车门打开后，男小说家和女小说家慢慢出来，去洗手间。我没怎么喝水，走到一个人比较少的地方点烟。我刚点着，就看见陈静也在不远处抽烟。我们几乎同时发现对方，然后相视一笑。她笑的时候好看，但笑容只是一闪而过。

我朝她走去，然后两个人默默地将一根烟抽完。

重新上车后，我对陈静说，我本来想说一句话，但后来想到一个故事，就不想讲那句话了。

哦，我想知道那个故事。

故事是这样的：村上春树说自己的青春期是在三十岁结束（还蛮长的）。为什么呢？因为有一次他和一位漂亮的女士聊天，气氛还算不错。那个女士和他以前热恋的一个女孩长得很像，于是他就对那位女士说，你长得真像我过去认识的女孩。那个女士听了微微笑道，男人嘛，总是喜欢这样说话。当村上春树听到这句话的时候，顿时觉得自己的青春帷幕已经落下，已然"站在不同于以往的世界"。

我听过这个故事。陈静笑了笑。那你的青春是什么时候结束的？

肯定是比你的早结束。也早过我结婚生子之前。在我二十五岁遭遇那场车祸之后，我的青春就结束了。

那你的青春也算蛮长的。在我们老家，二十五岁的男人基本都当爸爸了。运气好的，四十岁不到喜当爷了。

我说，是啊。然后就两眼放空不再说什么。在那场车祸之前，我以为自己的青春会很长的。说不出什么理由，我觉得这是一种本能。就像有一次，苏燕问我，会不会跟她结婚。我听到这个问题后笑嘻嘻地捧着她的脸，看了又看，然后又捏揉着她的脸颊。她把我推开，哎，你真的很幼稚，你倒是回答我啊。我把两手一摊，我不论回答"会"或"不会"都不足以解决问题，问题的关键是你要出国，而你出国了，我肯定是还待在中国。

我先去美国念书，你接着也过来呀。我姑姑一家在美国，她会帮助我们的。而我们会结婚，这不就是对我们未来的确定？

未来，我完全没想过是怎么一回事。你知道的，我从来不读科幻小说，就算是那些软科幻的小说，我也不喜欢读。你还知道的，美国是一个充满幻想的国家，那个国家的人民热衷科幻故事、科幻电影，这就和我截然不同了。比起眺望星空，我可能更在意脚下。

王林，你真的很糟糕啊！你到底在说些什么！

苏燕朝我大叫，也许是真生气了，整个身子在发抖。那时我们待在我租的房子里，四壁简陋，我想把她抱住，但她把我推开了。我其实应该意识到她也不过是二十二岁，尚未大学毕业的女孩子；而我毕竟比她年长，好歹已是研究生，理应更懂事一些。但我其实并没有表现出自己有多懂事，她把我推开，我有点儿生气了。我没有想和她争吵的欲望，我丢下她，跑到阳台。

那是早春的夜晚，天穹上没有一颗星星。我站在阳台上，胡乱想着。我喜欢苏燕，她也喜欢我，这是可以肯定的。但若说到未来，说到结婚，这是我万万没想到的。那距离我还很遥远，我二十五岁，从未想过以后会如何。为什么不去想呢？我反问自己。我没有现成的答案。我能确定的是，和她的相识是一场偶然，就算没有和她相遇，我想也会和李燕或者黄燕相遇吧。

苏燕紧实的胸脯贴着我的后背，环抱我。她的胸脯很温暖，即使透过层层衣服也感受得到。但她的手却格外冰凉。我忽然觉得有些愧疚。我转过身，想捧起她的脸看清楚，但她却紧紧埋在我的胸膛。我闻着她的卷发，摩挲着她的颈。苏燕，很多事情是这样的：不是你想了，就会有；也不是你做了，就会有结果。

但如果连想都不想，连做都不做，那不是什么都是空的？

我稍稍松开她，但接着又把她抱得更紧了。我无法再说下去了，她也应该如此。我们心中其实藏着无数的话，翻江倒海，但一句也说不出口了。我说，我们一起去旅行吧，班级组织去火山岛。与其进行争论，不如去旅行。走进广阔天地，我们也许大有作为。

走进广阔天地我们也许会迷路，那就更加找不到对方了。

我觉得苏燕最后这句话很正确。在听完了我的上述一大段对过去的叙述之后，陈静这样说。在我看来，你确实很幼稚。大巴车在高速公路上行驶已经有一段时间了，目的地火山岛也越来越近了。我和陈静的交谈好像自然而然就展开了，没有什么铺垫，而且一下子就谈论得那么深入。她问我，你平时也这样吗？在一个几乎是陌生人的面前，这么容易就敞开心扉？

我说不，我几乎很少说话，更不用说谈论这么具有深度的问题。我想，大概是因为这是第二次火山岛之行，而我又遇见了你，一个似曾相识的朋友。

让我猜猜看，你和苏燕的火山岛之行，最后没有成功是不是？在得到我的肯定回答后，陈静笑了。那你觉得，我们这次火山岛之行，能不能成？

这很难说,谁也不知道接下去的一秒会发生什么。陈静,有些事其实是天注定的。你不用紧张,我不是在宣扬什么宿命论,而是在说一个客观事实。人的意志在天意面前是被碾压的。你看看盖茨比,他最后被枪杀,其实就是天注定的。对他那样出身,急迫想改变命运证明自己,又妄图拥有追不回的旧情人,是注定要被一枪崩了的。其实,就是一种"因果"。

那么,我的婚姻失败的"果",就是我自己种下的"因"?

这个问题我现在不好回答。我动了动身子,直面陈静。首先,我没听你的故事,我不知道你的婚姻是怎么个失败法子;其二,婚姻失败,是两个人一起努力的结果。不用感谢我,第二点不是为你开脱,是我总结历史经验得来的。

陈静不冷不热地笑了几声,然后望向车窗外。王林,你认为我们这次登陆火山岛,最后是否能成功?

根据我前面说的,你可以很容易得出结论——我不愿意对未来做预测。因为既然天注定,那么,有些事情必然发生一定是有它的道理的。有些事发生了,就顺其自然吧。也因此,我不愿回答陈静的问题。我说,如果最后我们真的无法登岛,那么这大概也算是天意了。

大巴车在前亭镇停了下来。这里距离火山岛只有不到二十分钟的路程,但从前方传来的消息,我们有可能要在前亭镇逗留比较长的时间。具体多长时间?采风团领队拿着手机问道,我们一行二三十个人,原本预定了今晚住在火山岛度假村酒店,明天上午登岛,要是现在过不去,晚上你叫我们住哪里?总不可能在镇上凑合吧?

领队表情略微有些焦虑。车上的小说家们有些坐不住了,围上去问前方怎么了。领队抹了把脸,笑了笑说,不用太担心,就是行程稍微调整一下。前阵子不是刮台风嘛,火山岛也受到影响,部分山路被滚石堵住了。虽然后来清理了,但今天上午又有滚石落下。为了安全起见,火山岛下午开始关闭,排查隐患确保安全。本来说酒店也暂时不能入住,后来还是说通了能住宿,但就不能在那里用餐了,都忙着"救灾"去了。

那晚饭在镇上解决吗?有饭菜就行。我们小说家本来就是"苦行僧",什么苦都能吃。

一个胖胖的男小说家嚷道。但他的话马上就遭到了诸多同伴的驳斥,有的说你简直在胡扯,世上见过像你这么胖的"苦行僧"吗?有的笑骂他,回去不许和老婆同房,当然也不许同任何一个女人上床。还有的拍着他的后脑勺,你这是一竿子打翻一船人,小说家注定就是苦命吗?我们酸甜苦辣都能吃,不然怎么写小说?大巴车门打开,众人嬉笑怒骂着"裹胁"那个胖小说家下了车。我和陈静走在最后头,脚踏上陆地,这才觉得安稳了。坐在车上,时刻都觉得像是在海水里晃动,身未到海岛,心已波水荡漾。

因为是3月,整个大地还在慢慢苏醒,因此前来旅行的人并不多。大巴车很随性地停在路边,大路两旁的饭店门口总是站着望穿秋水的老板娘。领队带着大家向一家海鲜饭店走去。在队伍的末端,陈静忽然问我,会不会是因为有你在,所以使得我们都没法登岛?我摇头,我在或不在其实都无法改变什么。在这件事中,我并不是起决定性因素的那个,我的存在与无法登岛之间,并不存在逻辑关系,也无法推导出一般规律性。起决定作用的,还是……

我们俩几乎同时抬头看了夜空,然后都笑了,互相看着对方。就在那个刹那,我觉得世间还是挺美好的。这样的美好,让我想起了与苏燕的初识。在饭店里,我忍不住和陈静讲述了那段初识的故事。她放下筷子,问我,是不是因为今晚有酒,所以你愿意对我这样的"陌生人"讲这样的故事?我将杯中的酒喝完,摇着头说不是这样的,主要是因为你,遇见了你,我想起了苏燕。陈静呵呵笑了起来,你的说法太怪异了,遇到一个女人想起另一个女人。你在这个当下怎么不是想着我,而是想着别人?我苦笑着又摇头,确实是这样的。在过了若干年以后,我喝酒,如果又遇上另一个女人,那么可能我会想起你。陈静听了不作声,沉默了很久,然后问我,你知道我现在很想对你说什么吗?我说我知道。她说那就好,"混蛋"。我说你说得太正确了,同样也是在这个叫前亭镇的地方,有个叫苏燕的女人也对我说了这两个字。

在经过了十二年的时间之后,前亭镇已经发展得有模有样。至少在深夜,这里还能买到夜宵。但在十二年前不是这样。前面我已经提到了,我们一行人参加班级组织的活动,乘坐中巴车前往火山岛,但遇到了车祸。这场车祸发生在傍晚,它是这样发生的:一辆东风货车想超车,但车头却撞上了我们的车尾,在撞击力的作用下,我们的车旋转了360度,并越过隔离栏,撞上了对向车道的车。于是,这样的结果就是,一辆好好的金杯海狮中巴的车头及车尾都被撞烂了,坐在后排的那两对"苟且"以及坐在前排的那对"长情",当场身亡。

我和苏燕幸存下来,我们只是擦伤了一点皮肤。接下来发生的一切,我现在已经无法全部记得,就像老式黑白电影,放着放着,画面突然就空白,我唯一印象深刻的是,苏燕一直裹着一条红色的毛毯,那是救援人员给她披上的。她裹着毛毯,直到住进了前亭镇镇政府值班室。天色黑了，救援人员将我们送到了镇上，让我们在值班室过渡一晚。那时的前亭镇有些荒凉，一到晚上店铺就关门了。镇政府食堂的一位阿姨给我们煮了海鲜粥，值班室里有简单的淋浴间。去洗一洗吧，我要扯下苏燕身上的毛毯，但她却拼死抓着不放，像是海里溺水的人抓着救命的浮木，一丝一毫也不想放手。我说别这样，粥要凉了，身子已经很脏了，我们好歹活下来了。这个时候，苏燕突然像疯了一般，抓着毛毯朝我扔，同时对我拳打脚踢。我躲在墙角，用手护着头。那时我的心里一直在重复着一句话，苏燕，我是男人，我不会还手的，但也请不要再打了。

后来怎么样了？

临上大巴车之前，陈静忽然回头问我。我已经讲述了很久，讲到连喝下的酒也醒了。可是我却想吐，抑制不住地想呕吐。我忙跑到一旁的榕树底下，嗷嗷吐了。榕树厌恶地往旁边躲，露出了鄙夷的眼神。我说大树啊，你不要嫌弃我；大树啊，你可还记得十二年前的那一夜，苏燕打我打累了，我抱着她躺在床上，一直到天亮都没合上眼。你可还记得，我们都说了什么？

榕树说，这些我都不记得了。我只记得，你们离开小镇的时候，带着一条红色的毛毯。

我和陈静过了一夜。在天亮之前，她穿好衣服出了门。根据我的要求，采风团组织方给我安排了一个单间。单间有两张床铺，我睡一张，那空着的另一张自然就要我出钱了。我说无所谓的，这一点小钱我还是出得起。陈静坐在另一张床上，脸有些微红。我说要不要抽一根？她说好。于是我们俩在酒店客房里抽着烟，床头柜上摆着"严禁吸烟"的牌子，窗户打开了半扇，火山岛的海风乘势而入。

这家酒店在火山岛的山脚下。陈静问我,你觉得明天我们能上岛吗?我说,我不做预测性回答的,有时候希望小,但没想到却有意外惊喜。就比如,我这次能遇见你。我掐灭了烟,我原本对这次火山岛之行并不抱太高的期望。因为你知道,在经历了第一次"未遂"的火山岛之行后,我的很多想法发生了改变。但这次采风活动,却比我原本预期的要好,原因就在于我遇上了你。陈静身子微微一动,然后又笑了。她起身也把烟掐灭,我感觉你这话曾和苏燕说过吧。

我看着她,一笑。我和苏燕之间的情况又有些不一样的。我那时认识她,刚上研究生一年级,她好像是大三吧,二十出头的样子。我们一起参加电视台的一个节目,那个节目录制需要一些青春的高校男女。在节目组的安排下,我和她配对成一组。我原本以为参加节目录制,拿了补贴走人就完事,但没想到我会遇上她,而且在节目录制完之后就牵起了她的手。我们在夜晚的轮渡码头散步,我听着她对过去的诉说,在人群之中很自然地牵起了她的手。她的手湿了,她说她容易汗手。我说别紧张。人生充满想象和未知的美好,原来以为只是一次平庸的节目录制,却没想到让我们相遇。来,让我把你手心的汗擦去。别紧张。

估计你和她第一次上床,也和她说,别紧张。

我听了陈静的话,讪讪一笑。还真是这样呢。我绕到她的身后,从背后紧紧抱住了她。如果换作是你,应该就不会紧张了吧。我在她耳后根说着话,吹着难闻的酒气。那一刻,我非常痛恨自己。

我一样也会,因为你毕竟是一具陌生的肉体。陈静压抑着低声惊呼,别这样。

在经过了一段时间的静默之后,我问她,你很久没这样了?她说是。自从诺诺走了之后,就没再碰过男人了。陈静嘴角一咧,坐直了身子。她说,诺诺自己在家玩,她爸,就是我前夫不在,她翻过窗台从四楼掉下去。她才五岁,那么小,掉在地上一动也不动。就是有一摊血,红色的血,被压在她的脸下面。

你先等一下。我忽然跳下床,光着屁股,像是逃命般奔到洗手间,抓着马桶又嗷嗷吐了。这一次,比在榕树底下呕吐得更厉害。但奇怪的是,马桶居然没有和我说话,也没有表示任何情绪,只是静静地让我抓着,静静地看我呕吐。

陈静问我,你说我们这些故事,是不是很好的小说题材呢?

我整个人颓然地坐在冰凉的地上。陈静,其实我们有些地方还蛮像的。遥想起我在这篇小说开头的那句话,是不是真的挺有道理的呢?

"火山岛,是由火山喷发物堆积而成的。火山岛景区内保留了典型的第三纪中心式火山喷发构造遗迹和后期风化侵蚀的地形地貌景观。在距今4600万年至70万年之间发生过八次以上的火山喷发。"

在火山岛脚下,采风团里那个胖胖的男小说家快快地念道。这是一段宣传板上的文字,宣传板很大一块地屹立着。还念什么?其他人喊道,快走吧,领队都在催了,咱们去别的地方也是一样的。胖小说家说,怎么能一样呢?就好比蛋,鸡蛋跟恐龙蛋能相比吗?是一样的吗?大家听了哈哈大笑。陈静听了忽然抓住我的胳膊,对我说,其实本质上有什么差别?我们只要知道都是"蛋"就可以了,哪里需要去管是鸡生的,还是恐龙生的?蛋是结果,生蛋是过程,结果与过程不可能并重,二者只能选其一。

红色海水升起来

我停下脚步，和陈静对视，然后才回答说，所以我们还蛮像的。

　　陈静听了不再言语。我们一起坐在大巴上，此后直至采风行程结束，我们俩再也没说上一句话。我选了一个靠窗的位子，望着即将远去的火山岛。在多年前的那一天，我也曾和苏燕一起离开。我们坐上了当地政府安排的车辆，准备返回厦门。临走前，我们对有关工作人员说，我们想留下来，遇难的是我们的同学、朋友，我们想帮忙。工作人员关上车门，你们赶紧走吧，他们的父母赶过来了。我和苏燕听到这话，瞬间像落入大海里，沉没到底。

　　在车上，我们都很疲惫，因为一夜未眠。我本来试图和苏燕说说话，告诉她，我们从相识到牵手到上床，进展如此顺遂，大概是因为我寂寞，而她也寂寞，在需要抚慰心灵的情况下，我们两个彼此年轻的肉体碰撞在一块。而这种碰撞注定在产生刹那间的快感的同时伴有疼痛。那么，这种疼痛要持续多久呢？

　　我看着苏燕，一时不知该怎么说话。

　　苏燕转过脸庞，用她青春的又带着哀伤的眼眸看我。王林，你是不是暗地里一直有一个女朋友？她是你同学，她在深圳实习。你让全班同学帮你撒谎，你以为一次旅行就能挽救我们的感情。可现在，你知道结局了，火山岛没法去了，路上还死了六个人。这个结局是你想要的吧？但我想你也不会关心这个，你更关心的是自己，外面的世界和你并没有关系。

　　我张张嘴巴，哑然失声。从那刻开始直到现在，我渐渐说话少了，和别人交谈的欲望也越来越低，我常常只和自己对话。回到厦门后不久，我开始写起了小说。在我和苏燕相处的最后一段路程上，我和她各自怀着心事，再无言语。在火山岛即将消失在视线之前,她打开车窗,将身上一直披着的红色毛毯扔了出去。毛毯滚啊滚,从马路上滚到了海岸边,紧接着那块红毛毯慢慢变大,大得将整片海水覆盖。

海水像涌出的血,红色的血,一浪一浪地升起来了。

夜　奔

晚上喝酒之前，阿达问我这是第几次来上海。我说第二次。第一次是因为你结婚，这次来是第二次，遇上你离婚，总要来看看你。阿达听了一愣，然后举起酒杯，冲着他的那帮上海朋友喊，你们都听见了，刘晓虻绝对是一等一的好兄弟，你们要向他学习！

有人嚷，向他学习什么？你离婚心情不好，我们是有求必应，夜夜陪你在这里买醉。阿达放下酒杯，你们都不懂我，我心情好得不得了，你们不晓得，只有晓虻才懂。念大学的时候，我有次在大街上见城管在赶一个摆摊的残疾人，我看不下去骂城管，城管被骂火了要打我，就晓虻一个人出来帮我，替我挨了好几拳！阿达说完激动地搂着我的肩，我笑了笑，小意思，那时候也年轻，挨一顿打都没事。要是现在，我会装作不认识阿达。阿达和我闷了一杯。DJ把音乐声调得太喧嚣。阿达贴着我的耳朵说，兄弟，我心中有数，你是个好人。我又喝了一杯，为了"好人"这个词。

出夜店散伙的时候，阿达喝得已经快站不稳，是被其他人扶着进了车里。车开走前，他一把拉住我，兄弟，你放心，我不会亏了你。亏？我一时没反应过来，他却已呼啸而去。算了。阿达的手下帮我拦了一辆出租车，还给司机一张百元钞。他说达总交代，明天白天公司司机来宾馆接你，然后我会陪你在上海逛逛，晚上他再请你吃饭。我婉谢，你不用管我，白天我是有公事要忙的，吃饭到时候再说了。那个人似乎觉得没有完成阿达交办的任务，还要坚持的样子，我摇头，你去和阿达说，不用和我客气，我的脾性他是知道的。那个人只好说好，这才放出租车走。回虹桥宾馆的路上，我刻意留了半扇车窗，深秋的凉极为惬意。司机朝后视镜看了我一眼。

师傅，去军工路。我忽然对出租车司机说。

前一晚睡得迟，到宾馆已经是凌晨3点的光景了，但早上7点我又自然醒，和过往的每个早晨一样。我在花洒下使劲地冲洗，脸颊有些微痛，我摸了摸，事前并没有料到青茌的手劲竟然那么大。我摇了摇头，粗糙的胡楂如雨后春笋生长，我该去刮一刮了。

9点。陈台长的时间观念很好，我在宾馆大厅等了片刻，他就来了。我忙跑出去叫司机把车开过来。陈台长今天穿得比较休闲，鼻架上还有一副茶色太阳镜，有些复古，应当价值不菲。他坐在车后排问我，其他人呢？我在副驾驶座回头，何主任他们几个先去摄影棚准备了。陈台长"嗯"了一声，因为戴着太阳镜，我看不出他的表情。摄影棚的资料就装在我的包里，我犹豫着是否要给他看，于是试探着问了一句。他摘下太阳镜说，不必了，我心中有数。

心中有数是个什么意思?来上海考察前,他从未提过看摄影棚的资料,他既然没开口,我自然不好自作主张把资料放在他的案头。何主任倒催过我几次,摄影棚是他找的,他心里焦急我能理解,但于我是不必也不该乱了分寸。于是我只能含糊回答,陈台长会看的。"会"这个字我自认为用得就比较妙了,它表示将来时态,无法确定具体时间。但又不等于说陈台长不会看,因为买摄影棚是件大事,不管他最后同意还是否定,资料总归是要看的,不过就是个时间问题。以我的理解,我这样处理是合适的,否则我这两年就白当他的秘书了。

摄影棚是军工路上一座老国企厂房改造的。凌晨时我见它的第一眼,已经震惊于它的宏伟,是那种已经不多见的苏联建筑风格。但陈台长就不一样了,任由何主任把摄影棚赞成一朵花,他表情淡然,仍旧是没有摘太阳镜。棚里要录节目的演职人员都等候着,何主任带头鼓掌欢迎,陈台长摘下太阳镜和他们一一握手。这时他的脸上有了微笑。青苎也在里面,陈台长和她握的时间有点久,因为她是节目的一号主持人,换个说法,她简直就是《冲刺8090》节目的主心骨。很多人看节目,就是冲着她去的。她伶牙俐齿,齐耳短发掩映着欢腾的大眼睛。

青苎不错,台风符合节目定位。陈台长夸了一句,而后又像是随意的口吻,问她觉得这里的摄影棚和在海城的旧棚相比,哪个感觉好?青苎没多想,几乎是脱口而出,新棚和国际接轨,旧棚可以把节目的 cost 减下来。她张口就夹了一个英文单词,我恍惚了一下才反应过来,她说的原来是"成本"。栏目组有一个老外的团队,她隐约有了国际范,率先接轨了。陈台长听了一笑,各有利弊,青苎你这是典型的各打五十大板的做法。青苎听了也不窘,我们都是替陈台打工的,只要台长喜欢,您指哪儿我们就往哪儿开枪。

陈台长乐得大笑,周围的人也跟着附和。我以旁观者的角度来看,陈台长那么严肃,青苤却能把话说得那么有趣不逾矩,这个本事绝对是天生天成。我嘴角淡淡一动,青苤笑着笑着就望向了外围的我,四目相对,我捕捉到了她眼睛里一闪而过的东西。我不确定这个东西是真还是假,也许这就是问题所在,就是她凌晨时分给我那一个耳光的原因吧。

考察摄影棚,除了硬件设施,主要的还是看录制节目的效果如何。何主任问陈台长,《冲刺8090》要连录两集,中午大家就是吃工作餐,您的意思是?陈台长坐在二楼导播室内,看着一楼舞台说,你不用管我,你盯着节目就好了。何主任有些尴尬,对其他工作人员交代了几句,然后就下楼了。他是节目部主任,录节目要在现场督阵。我看着他下楼,背影有些异样的感觉。陈台长忽然开口要摄影棚的资料,又问我造价大概是多少。我说不含二期配套改造,大概要花两千万。他点了点头,然后对周围人说都忙去吧,不要围在这里。我知道他这时需要清静思考,于是给他泡了一杯铁观音。铁观音是从海城带来的,我随身携带,他只喝这种茶。

晓虻,有事我再叫你。陈台长此刻也不再需要我,我只好下到一楼。远远地望着青苤,她和嘉宾们热络谈笑,互动做游戏,看起来是那么放松洒脱。我承认,我远不如她,虽然我大了她好几岁。心里不舒服,我跑到摄影棚外抽烟。烟我只抽一个牌子,"中南海"。十块钱蓝色软包,上不了大台面,我就自己抽着解闷。老厂房到处赤裸着粗笨的水汽管,还有一排矮墩墩的烟囱。我从未见过那么萌的烟囱,嘴角一笑,对着这群烟囱弹去了半截烟。烟落在半空中,我见到了青苤。她双手插在短风衣里,及膝洋裙被裹在了风衣里头，露出如玉光滑的小腿，真是好看。青苎，我现在好想抱你。真的，一刻也不要放开。

青苎轻扬高跟鞋，将一颗小石子打在了我的皮鞋上。你想好了没有？她问我。我朝四周看了看，节目录完了？她有些鄙夷，放心，没有人会来，灯光有问题，他们都在棚里忙着呢。又似乎让我放心，继续说，我没问导播室的人，自己找出来的。我有些无奈，青苎，这是什么话？她揉了揉鼻子，这不是你想要的吗？纸包不住火，但在你的世界里，这是可以做到的。我觉得这个时候我理应为自己解释几句，却怎么也开不了口，我只好向前，伸出手想抱住她。她往后退，刘晓虻，大白天的你确定要这么做？这一次你抱了，我就不会离开了。我停了下来。

哎，刘晓虻，你能不能勇敢一点？

你明白吗？我不是不勇敢，只是不知道该如何勇敢了。我想对青苎说，但她已经没有多大兴趣了。她甩了甩头发，我的时间不多了，刘晓虻，今晚一定要给我个答案。来，或者走，只能二选一。

阿达打我手机，我正要进导播室。他说昨晚真是抱歉，本来是要陪你好好玩的，但反倒先把自己灌醉了。我说这有什么要紧，主要目的就是看你，见你状态不错我也就放心了。阿达嘿嘿一笑，没有接我的话说下去，只说等你忙完公事我来接你，晚上我选了家日本料理馆，清静，咱们好说话。我说好，昨晚闹腾得有些凶，脑壳现在还隐隐有些重。但忽然又想到青苎说的话，她给我下了"最后通牒"，要我晚上答复。

我看了看时间，已经快中午了。我问陈台长要不要回宾馆吃饭休息一下。他起身往楼下望了一眼，外卖盒饭已经送进棚里，像座小山一样堆在入口处。他手一指，就吃那个，简单点。摄影棚有一条长桌，陈台长享受了一定的待遇，一个人独坐在桌子的一头。这样一来他就显得有些空落落，好像没人愿意搭理。我重新泡了杯铁观音给他，顺势就坐在了他的左手边，好像是理所当然。他喝了一口茶，忽然对我说请青苤过来一起吃饭。我说好，不能有任何的犹豫。青苤刚从化妆间出来，换了一双平底鞋——她有肌腱炎，职业病，这是我知道的。她有些意外，看了我一眼，然后就径直走到了长桌旁，坐在了陈台长的右手边。于是，就形成了这样一个有趣的画面：我和她分坐在陈台长的两侧，好似左膀右臂，又像是黑白无常。青苤吃饭时几乎就没看过我一眼，我多数时候也只是闷头吃饭，听陈台长和她说话，聊得最多的是家常话题，对节目反倒一个字都没谈。吃完饭，陈台长看着青苤，忽然有些感慨地说道，你和我女儿差不多岁数，工作起来也是从不喊一声苦。青苤此刻露出谦逊的微笑，陈台过奖了，这是我的本分。叶紫是博士，她念了那么多书，在学校做学问适合她嘛。她说得淡然，我忍不住瞄了她一眼，但又很快闪过。陈台长轻轻点头，但又有些意犹未尽地补一句，她情商还是不够，要向你学。青苤得体地微笑，没有再说什么。我心头却是一紧，虽知道他可能无意一言，却以为他有所指。

　　回宾馆的路上，他一直闭着眼睛。我透过后视镜看他，几次觉得他要张口和我说什么，可细看却什么都没有。我以为是错觉，但实际上并不是。送他到宾馆套房门口的时候，他突然停下脚步向我要了根烟，我看他抽烟的样子，知道他有话对我说。果然，他一开口就问我怎么看买摄影棚。我考虑这个问题其实很久了。几个月前何主任就在台长办公会上提出这个意见，当时会上常务副台长明确同意，但另外两位副台长没有表态，他们是听陈台长的。买摄影棚的利和弊，从台面上来说，其实青荏的那句话已经一语概之。但是没法搬上台面的理由，却没那么简单。我想了想说，如果这是桩单纯生意，两千万在财务上也还可以承受。不过，这次何主任完全和常务副台长是一边，难免不让人怀疑是在搞"山头"。常务副台长才调来没多久，但闲言碎语已经很多，说您就要退二线了……陈台长继续抽着烟，楼道里弥漫烟雾，似乎是才瞥见墙上挂的"禁止吸烟"，他把烟掐了。

他们这么容易动我？这十年来，是谁把一个地方台搞成今天这个规模？甚至在华东区也是数一数二！市里有人一直看我不顺眼，但我的政绩摆在那里，他们哪里能这么容易动我？明着不行，就来暗的，调个副台长来，要一步步分化队伍，逼宫！陈台长稀疏的头发此刻显得有些愤怒。我心中却哑然失笑，他糊涂了，竟然用了"逼宫"这个词。陈台，这里是过道，要不要进去说？我只能用这个理由，让他不再讲下去。他听了看我一眼，忽然笑出声，你以为我生气了？他们想弄我，也嫩了点。摄影棚售价，你不认为有问题？我说，难道是高了？但又不太可能，上海的地价就摆在那里。陈台长摇了摇头，不是高了，是低得蹊跷。

我不清楚他话里的深意，他似乎也不想向我解释。我俩属于信息不对等，他不论各方面都站在我的高处。他推开门，又想了想说，叶紫就是个孩子，你比她大好多，就让着她一点，多哄一下她。我说好，然后目送他进房，把门关上。我站在门外，对着房门好一会儿，忽然心里一阵阵发慌。

阿达亲自开了车过来接我。宾馆大堂门口停了不少好车，但他的红色迈巴赫还是非常扎眼。他边开车边对我说，红色的全上海就我这一辆，华东区共有两辆，另一辆是个温州老头子的，都快六十岁了。你说,这个岁数了才开这个车,还有什么乐趣?他转过头问我,我笑了笑,我记得念书时候你对我说的,行乐要及时,五陵年少的马蹄疾。阿达也跟着笑了,我那时说这话是不是挺招人烦的?他说着就不笑了。迈巴赫的稳定性超乎寻常,延安高架上左腾右闪把一辆辆汽车抛在身后,视其如凡夫俗子。我暗暗抓住了扶手,阿达忽然补了一句,我就是觉得人生要大开大合,千万不要委屈了自己。他说完又特意看了我一眼,我有些哭笑不得,你这怜悯的目光,好像我的人生遭了多大的罪,其实我没有。

其实你有。阿达已经把车开到了料理馆的门口,倒好车。你今晚出来和我吃饭,必须经过你的"老板"同意吧?他要有事,你走得了?你不得在他身边时刻待命?做秘书的不就是这样的工作?

工作嘛,这是离不开的,而且这几年来成了我的家常便饭。我屈膝盘在包厢榻榻米上,又说,就算没当秘书前,我的日常也是这样。阿达没再接着说下去,拍了拍我的肩膀说,兄弟,都不容易。毕业十年了,我们中间就见过两次,这太说不过去了,今晚上咱们好好说话,好好喝酒,夜店太吵,这家料理馆雅致,环境轻松。阿达说吃得轻松,但才喝了一口大麦茶,门就被拉开,两个年轻明朗的女子,盈盈笑着走了进来。我觉得似乎都有些脸熟,阿达介绍说这是谁谁谁,原来都是演过一些电视剧的,大概女三号这样的类型。我隐约有些印象,阿达说了她俩的名字,但我最后还是一个都没记住。阿达说的话题或者笑话,她俩都能适时地应和,笑声如银铃婉转。如果不是因为心中有事,我也许会好好欣赏她俩的美。就像对待青荏那样,我总是对她的笑容着迷,兴起就咬住她上扬的唇不肯放开。叶紫曾经有一次和我探讨，问我对她是否有原始的冲动，我没有犹豫，回答她有。但实际上，只有对着青苙我才有不可抑制的冲动，原始的，不加掩饰。她有一座森林，愿意为我敞开，我恣意地在里面撒欢。但我不知道这种欢愉还能不能继续下去，她留给我的时间不多，我理应尽快拿出答案。

你只要诚实面对自己内心就好了。阿达轻轻说道。这顿饭吃得有些寡淡，阿达看出我的心不在焉，于是吃到后来示意那两位女演员先走了。我说，这样不太好吧？阿达撇撇嘴，你还顾及别人的感受？她们若不是因为我有用，能招之来挥之走？我问，你的有用体现在哪里？阿达皱眉，你这话说得傻气了。什么东西"有用"你会不懂？你要是不懂，会待在你的台长身边？你会和那位叶紫姑娘好？她是台长的女儿，这个对你是不是有用？那么，这就说到了青苙。如你所说的是真，那她也是个好姑娘，不然不会甘愿忍受这样的局面吧？我又问，什么样的局面？阿达哼了一声，清酒喝多了上头。

两个都惦记，你还敢问我这个，问我那个。

阿达，你为什么就这样生气了呢？我说，你对女人不是也这样？不然要走到离婚的地步？你错了。阿达摇头，既然用钱能解决世上所有男女感情，那么，我亲爱的晓虻，我们还要婚姻干吗？更不要说爱情了。晓虻，关键是要"有用"啊。阿达说得语重心长，我沉默无语。陈叶紫，是我老板的女儿；青苙，我很喜欢她。我可以和叶紫做爱，但只有在青苙身上我才是流连忘返。但只因她叫作叶紫，所以好像能打败那个叫青苙的女子的一切。阿达忽然拍了拍我的肩膀，我们换一个话题，老是在女人话题上打转，没劲。可他欲言又止，我忍不住说，阿达你什么时候变得那么羞涩了？有话尽管说。阿达嘿嘿一笑，我是不太有把握，怕你误会我是"利用"你的意思,但其实也是对你有好处的。军工路的摄影棚,和我也有关系。我心中打了一声鼓,怎么说?我感觉是八竿子打不着的,你怎么也牵扯进来了?阿达说,你知道我是做房地产生意的,我也是经人介绍认识了你们那位新来的常务副台长,他提议和我一起合伙搞摄影棚的事。这件事对我"有用",我自然就参与了。具体来说,一旦你们台把摄影棚买下来了,对周边地产绝对是提升价值的作用,而周边的土地其实我已经事先买下来了……

你不用再说了,我大概已经知道了:阿达买下了周边土地,以后台里要开发摄影棚周边的配套工程,需要扩大用地范围,只能和阿达谈,必须经过他的同意。那时是否坐地起价就很难说了。但这些还是其次,我对阿达说,真买下摄影棚,陈台要发展用地你不同意,但你又和常务副台长是一个战线,那么,你们不就可以用这个牵制陈台?阿达,你说我说得对不?阿达笑着说,你的脑袋瓜还是很灵嘛。我说,那我算是你的什么?有用的伙伴?阿达暧昧地把手一摊,我把你当一世的兄弟,你不要把我的好意想歪了。你是台长秘书,又和他女儿处朋友,你说几句话促成买摄影棚的事,自然有你的好处。至少是六位数。阿达比了个手势,拇指和小指向两端跷起,活像一头跃跃欲试的斗牛。

我看着那对牛角笑了,而且笑得心里发疼。阿达,你还是不了解我呵。现在窗外是一片黑夜,我要是如你一般相信"有用",那早已在夜里奔跑,而断不会一步又一回头。阿达,你明白啊?我想他不会明白了。出日本料理馆的时候,他又拉住我的胳膊,晓虻,你再考虑一下,这对你对我都有好处,对你的好处恐怕更大。你想过自己为什么不自由吗?我摇头,什么意思?阿达给我烟,我从裤袋里摸索出压瘪的"中南海",他看了,说你还是没变,好这口。我们俩开始抽烟,抽到半截时他才说了,晓虻,你本来可以爱得自由,你那么喜欢青苤却不敢下决心,就是因为属于你的太少,自由意味失去,你害怕失去。他在绕着弯子,我干脆就把他的话挑明了,你就是说我没有钱,腰板不够硬,是这个意思吧?阿达把烟抽完,一脚踩在地上,反问我,你说呢?我笑了笑,已经没有多大的说话欲望了。

阿达坚持要送我回宾馆。他叫了司机来,你坐我的车,你先走,我再抽根烟。我坐上车,他忽然又拉住我,晓虻,你再考虑一下,或者,就算是帮我一个忙……我心里很想说,阿达,你还记得当年那个当街骂城管的少年吗?他那个时候多么意气风发,我多想他永远留在我记忆里不要变。后来,我一想又算了,这些话就不说了,说多了就是矫情。我笑着说,你这是要拉我上"梁山"?阿达一愣后讪笑,我不是柴进,你也做不了林冲,林冲是条汉子,只专情一个女人。

好的,谢谢你,阿达。你这是在拐着弯笑我孬?我没有再细想,汽车飞驰在"魔都"的大地上,我感受到了它心情的波澜起伏。

到宾馆后已经 11 点了,我想此时必须给青苤打个电话,即使我现在仍然下不了决心,但也希望她能再给我一点时间。如果接通电话以后,她的语气还是那么坚决,只给我一个晚上的时间,那我可能会去求她。是的,你没有看错,我用了个"求"字。这可能意味着低声下气,但一想到将要失去她啊,我觉得脸面实在算不了什么太大的问题。

但老天爷给我开了个玩笑。连续打了三次,提示我的都是"用户已关机"。青苤,你这是在考验我,还是在耍我?我都快疯了，无论如何你也要开机的呀，你不是要个答案吗？不论我选择离去还是留下，你都要给我个说话的机会吧？难道是坚持要我和你面对面，以这种方式宣布我的答案？我脑袋已经发热，站在宾馆大门觉得呼吸沉重，胸口一阵阵地发闷。忽然有人拍我的肩膀，我惊魂般转过身，是何主任。他也许对我的反应感到意外，疑惑地问我，出什么事了？像是天要塌下来的样子。我苦笑，只好说晚上和同学喝酒喝上头了，现在难受。他"哦"了一声，鬼祟地朝四周看了看才说，陈台晚上找我谈了摄影棚的事，这个老狐狸鬼精，多少猜到了我的意图。我不明白何主任为什么要和我说这些，但一想到他和阿达是认识的，或许是要把我当作自己人看待？我不喜欢这样的感觉，晚上和阿达这顿饭，可能是"最后的晚餐"。何主任见我不说话，以为我在认同他，于是愈发紧密地靠近我，压低声音说，阿达这个人不错，年纪不大但老练讲义气，你要是能帮了他的忙，促成了这件事，实际上也是帮了我，绝对不会亏了你的。

哼，都把我当成什么人了？我在心里大骂，很想吐口水到他的脸上，就算他会唾面自干，我也要这么做。何主任又拍了拍我的肩膀，还朝我笑，我的喉咙已经绷紧，千钧一发之际手机响了。是陈台长打来的电话，让我去见他。走的时候，何主任朝我意味深长地点了点头，我面无表情，活像被深埋千年的一尊陶泥兵马俑。估计是因为我的脸色，陈台长见我时有些吃惊又带着不满，你今晚喝很多酒了？不会喝又偏喝那么多，身体哪里受得了？他这样说，虽有责备但听得出关心的意思。夜阑人静，他把我当自己人看待了，因了我与他女儿陈叶紫的关系，甚至更高看一眼了吧。我不敢再想下去。

阿达是我大学最好的同学，是好兄弟，他离婚了我去看他，不知不觉就喝多了。我这样为自己解释,陈台长喝了一口铁观音,淡淡地说婚姻的事勉强不来,别人的婚姻你去安慰人家,可能人家并不需要。我很想说,前一天一起喝酒的时候,阿达和我一杯又一杯地闷,这是不会有假的。但又想到今晚在日本料理馆,忽然觉得自己不能太乐观,"人"这个东西很难讲,也许陈台说对了。但陈台显然无意了解更多,他问我刚才遇见何主任了没有。我点头,他冷笑了一声,说这个人真不知道是狠呢,还是蠢,竟然跑到我这里来,软硬一起上,非要我答应买下摄影棚。我自然不理他,没想到他还吓唬我,问我知不知道常务副台长的背后是谁。我火了,就算是天王老子来了我也不怕!我还在台上,不违纪不犯法,我背后就没人?真是太天真太幼稚!陈台长在气头上,我只好附和他说,是啊,这真有点不知好歹了。不过摄影棚的条件优惠,开党委会表决的时候,总不好反驳吧?陈台长这时忽然像胜利者一样笑了,我从可靠渠道打听到了消息,原来那家老国企周边的土地已经被一家房地产公司买走了,这就是说摄影棚周边配套不掌握在我们手里,而这家公司买地的时间又在最近,这也未免太巧合了吧?虽然我现在还不确定,但凭我的感觉,这件事常务副台长、何主任他们是脱不了关系的!

其实还有一个人脱不了关系,但我已经没有兴趣告诉陈台长了。整件事看起来复杂,其实又简单,我不想讨好或损害任何一方,只有选择闭嘴这条路。我改变不了世界,又不想那么轻易被世界改变,所以我选择沉默,这总可以吧?陈台长最后看了我一眼,说叶紫喜欢和你在一起,你对她好,我心里清楚。今年到这个时候是道坎,过了这个坎,我会把台里一些人抹去,你会有进步。末了又补充,我只能说到这里了。我心里说,幸亏你说到这里,我此时已经握紧拳头了。他用了"抹"这个字,像黑板擦从粉笔字身上碾过。我像逃亡一样从陈台长的套房里退出来，然后小跑着到了宾馆外的花园。清冷夜光照得我脸色发白，我对着池塘倒影不忍相看。鼻子忽然严重酸塞，我想自己快控制不住了。我给青苎打电话，求求你，接电话吧。

电话响了，不再关机。谢天谢地，青苎，终于听到你的声音了，你手机关机我心里有多难受你知道吗……

我在录音所以关了手机。青苎在电话那头说，充满困惑。晓虹，你怎么了？

这一夜，我跑得很辛苦。我还要讲下去，忽然发现自己发不出声了，好像要哭，却哭不出来，只能徒劳地发出"啊"的声音。我想，我可能要去看医生了。

这一夜草席微凉

台风造访前的倒数第三个夜晚,我开始思念青苤。我的微信好友里还有她,手机电话簿上还有她,但我感觉自己正在永远失去她。

在这样的夜晚想起她,主要是想告诉她,台风一来我就要被放逐在天空了。这个说法看上去有点儿浪漫,但事情的实质是,我被告知要去挂职了。在发生了这样那样的一些事情之后,单位人事部约我谈话,这样吧,我们不绕弯了,新领导已经上任,你的位子呢,不明说你也知道坐不下去了。现在的选择是这样:一呢,是你主动调整,换岗或者调走,但只能你自己提出来;二呢,就是现在有个机会,市委组织部要选派干部去挂职,给我们单位一个名额,在桃源镇,镇长助理。不要小看这个镇,弄得好一年后回来,组织上再提你一级,也不是没有可能。

当然,也可能什么也没有。

我笑了。桃源一梦。忽然想到一本书里曾提及这样的梦,在书里一直做这个梦的是个女人,她是谁?这本书叫什么名字?我重重拍了几下脑袋也想不起来。

刘晓虻,我们也不是在逼你,你也不要有怨气。凡事要有担当,是不是?

他们以为我拍脑袋是为了生气,但其实啊,他们根本不懂我,我只是试图进行回忆。在单位,去或留,不是个问题;去挂职,不要说桃源,就算是月球,也不是个问题。问题的关键是,我正在失去一个人。

最后一次见青苼已经过去快半年了。

在春天冷峭的夜晚,很偶然的情况下遇见了她。她一个人低着头顶着风走在单位小广场上,我从后面看见她,如果不是因为开着车,我想自己会飞奔过去,然后从身后紧紧抱着她。就像在上海时的每一次紧拥。她曾问我,为什么要抱得那么紧?我说,因为我们是冬天里相拥取暖的人。她说,死相,鸡皮疙瘩掉一地了。我说,对你的心,永远不会老。她不说话了,和我抱得更紧了,仿佛两个人的身子要融合在一起。

时至今日,这样的情景不会再发生了。在那晚,我开着车,赶上她,然后请她上了车。她戴着黑框眼镜,长发扎起,素颜,看上去像极了一个大学生。她说是啊,准备去澳大利亚留学,读博。我踩了下刹车,文科类的博士,还要跑去袋鼠的故乡?但我没这样说,我只说,我怎么都不知道?她反问,你为什么会知道?

我听懂了她话里的意思,油门踩得重了。后来,我们在一所海边的大学后门分手。我把车停好,在那个时候,我下意识竟然想要和她握手。她看了,眼睛直直看着我,那个眼神的意思是,你确定吗?我尴尬地缩回手,她却隔着20厘米的距离和我拥抱。头枕在彼此的肩膀上,身子隔空,有一种"失去",我们在互相用力地促使它发生。

现在，距离那一面已经过去很长时间了。台风到来的那一天，我就要到一个叫桃源镇的地方挂职。我渴望见上青苤一面。这个愿望，能实现吗？

在海城，每到夏季，台风的造访是一件比较平常的事。但对不是生活在海边的人来说，也许台风是终生难见的一景。我刚毕业那年还在当见习记者，接到线报说有几名游客被困在了海边的礁石上。我赶去采访时，边防武警已经把人安全救到岸边了。这群游客听说台风要来，兴奋地跑到海边想问候一下台风，没想到涨潮了，海要将礁石淹没，他们这才意识到问题的严重性。

要是再晚一步，他们不是被大海淹死，就是被台风刮进海里淹死，左右逃不过大海的宠溺。

关于"宠溺"的话题，我分别和青苤还有另一个女子讨论过。和青苤说宠溺，是在上海的一个晚上，那天我得知一些真相后拼了命奔跑，跑到她的身边，和她说，这个世界对我不太友好，我的选择是和你在一起。那个时候，青苤在录音室待了一晚上，配音配到嗓子都冒烟了。她无力地坐在24小时便利店的里面，好像还点了一份关东煮，过了很久才看着我说，问题是你能和这个世界背向而行多久？再说了，你做了陈台长的秘书这么久，以前的"账"，说不认就不认了？

我那时一阵语塞，还真没法用言语去反驳她。那个当下我唯一能用行动证明的，只能是连夜奔跑到她的身边，然后对她说，和世界的关系以后怎么样我并不能预测，但我知道自己会永远宠溺你。

打住吧。青苤忽然用食指和中指挡住了我的嘴唇。永远，太可怕了；宠溺，这种太过张扬的话，最好少说。她的话给我泼了一盆冷水，我听了很伤心，我连命都不要了跑到她面前，然后她就这样回答我的滚烫？我低下头，青苎捧起我的脸，我问你刘晓虹，这样的话你和陈叶紫说过吗？

我想了想，然后想不起来了。在经过了2015年、2016年的两个春天之后的今天，我还是想不起来有没有和陈叶紫说过"宠溺"。

现在再想起这些，我觉得脑子有点疼。在台风来临前的倒数第二个夜晚，由于台风外围副高压的作用，这座城市整整一天都很燥闷，在这个状态下，每个人的精神都有些勉强为之。我躺在家中床上，右手边空落落，一想到右边曾经也有过欢喜的人，脑子就更疼了。算了算了，千万不要再去想了。两天后去桃源镇挂职，或许地如其名是个世外桃源呢？我转了个身，床上铺的草席被体温焐热了，换到另一头会凉快些。

手机突然炸响。都这个点了，还有谁打来电话？阿达在电话另一头说，12点都不到，怎么能说晚呢？我就在你家楼下，去吃蚝干粥吧。我放下手机，心里还是有些讶异。在2014年深秋，我和这位大学最要好的同学，一起在上海虹桥一间日本料理店吃过一场不愉快的饭后，彼此就再也没联系了。如果他知道我这两年来人生状况不断下跌，也许会觉得意外吧。

黄金也会跌价，人生也没有道理一路走高。阿达吃完粥，站在店门口想抽根烟。他随手要给我一根，但我拒绝了。他摇着烟盒，说，你还是只抽"中南海"？

我说什么海都不抽了，戒了。他一听这话特别意外，叼在嘴里的烟都忘了点。他说，真戒了？我说不是戒，是不抽了。"戒"这个字，太凶了，我不喜欢用这个字；还是用"不抽"了的好，口气低一点,心理负担不会那么重。他低头了片刻,接着也把烟收了,一个人抽烟没劲,你这个人,整天搞这些有的没的,就要显得自己和别人不一样,是不是?

我不想回答他的问题。默默走在路上,稀薄的路灯将我的影子照得断断续续。实际情况是,自青苧走后,我就没了抽烟的欲望。她在的时候,譬如在上海,我每次都会靠在床头,点上一根烟,她会拉起被角,幽怨地看着我,官人,我把自己都给你了,你不会始乱终弃吧?我弹了弹烟灰,放心,我是个有担当的男人。青苧"扑哧"笑出声,说我是猥琐大叔,还捏我。有她在,我抽烟的欲望会强烈很多。又譬如回到海城,每次吵架后我也会点烟,在青烟缥缈中静一静心。至于吵架的原因,很多,我也不想去回忆了。

快到公寓大门口,阿达把我叫住,你也不问问我这次来海城的原因?

我回头看着他,你是一个商人,无利不起早,来海城,或者是看中了哪块地,想搞房子,或者是哪个领导和你相好,你过来和他联络一下感情。

阿达冷笑摇头,你这就是不懂行情了。现在什么形势?知道分寸的领导现在都懂得规避,不想被人抓住把柄,能不见的人就不见,能不喝的酒一滴也不沾。至于搞房子,大公司日子都不好过,我也难独善其身。

那你来做什么?以前我做秘书,跟着领导,你找我是有利用价值。现在我什么都不是了,找我有什么用?

阿达又摇头,你说这些话,证明你真是幼稚,不成熟。你说利用,我更视作帮助。好了,既然是你自己提起来的,那我就直说,那次你不愿帮我向陈台长说情,最后上海军工路那座旧厂房改造成摄影棚的事也就随之黄了。你事后想想，这个结果真的好吗？

我心里在笑。阿达的如意算盘砸了，原本指望海城电视台拿下上海那块旧厂房，改造成摄影棚后，他买在周边的地就会随之升值，结果什么都没有；而海城电视台也失去了一个在上海设立拍摄基地的绝佳机会，现在再回头，那片旧厂房早就被别的大电视台以高价收走了。

很多人都输了！阿达忽然有些狂躁，对着我扬起双手。他的司机在不远处紧张地看着，那握紧的拳头仿佛时刻要向我扑来。你更是输得彻底，位子、钱、女人，统统都没了！

我实在懒得在夜深如黑水的时刻和阿达争执。我就问你一句，你找我到底有什么事？

阿达愤怒，你怎么可以说得这么轻松？你以为是我要找你吗？

我等着阿达告诉我，是谁让他来的。但他却平静下来，终于抽了根烟，在烧到烟蒂的那刻，清了清嗓子，无所谓了，谁让我来都一样。你现在的样子，水火不侵，你去挂你的职，去那个叫桃源的地方，去过你想要的生活。

他最后一句轻飘飘的样子，让我很反感。尤其是不告诉我，是谁让他来找我。

台风到来前一天，我回单位办个手续。主要是填些什么表格。经办的人事部小姑娘大概见我的样子有些苦，于是在我转身离去的时候，小声地和旁人说，感觉我们欠他的啊？

她自以为说得小声，但我却分明听在了耳朵里。或者她故意就是要说给我听的，这也有可能。我装作没听见，但她那句话却一直绕在我心里。她说得对,没人亏欠我,当然我也没有负任何一个人。

你真的这样觉得?蔡扬质问我,在一家名叫"九毛九"的成都面馆里。他和我同年进的台里,他一直当着记者,不像我,走着走着就有些偏了。现在,他在喝完最后一口肥肠面的汤后,看着我说,不负任何人……那么,青苎呢?还有,陈台的女儿?

在这样一个干燥的中午,身处人声嘈杂的小店里,我额头上已满是汗水,酸辣粉让我舌尖几乎开花,我实在没有兴趣回答蔡扬提的问题。我叫住店里伙计,要了一瓶玻璃瓶装的冰冻可乐,喝了大半瓶后心里才舒坦一些了。

你说的这个问题,容我想一想。

我手里握着瓶盖,中午从单位办完事出来,原本只是想打个电话问候一下蔡扬,没想到他生出那么多话来。我在单位里聊得来的同事没几个,蔡扬算是其中之一。但他今天中午这样问我,我还是有些不舒服,觉得他的问题不礼貌。我在上海决定了要和青苎在一起,那么,原本陈叶紫这头就必须要和她说清楚了。在没回海城之前的那几天,我感觉是和青苎最快乐的日子。我们早起吃生煎包,中午吃大排面,晚上吃刺身,然后就一起睡觉。但回到海城后就有些每况愈下了。首先,我要向陈叶紫解释清楚,为什么去上海之前还好好的,但回来以后就要分手了。我直言不讳向叶紫说出了"青苎"的名字,至于我不愿和世界和解的真实原因,因为太过复杂,所以也就没多详细向叶紫说明白。当然,陈叶紫也没多大兴趣知道。她的知识可以用于严谨的科学,但未必能用在世间的灰色。她很克制,在来回了好几趟确定我是认真的之后,在大学校门口对我说完"那你多保重",就转身进入校园再未找我。

坦白地说,我心里还有点空落落。

其次,和青苎之间有了争执。很多争执其实是毫无预警的,但在当时那种环境下,彼此心情都不好的时候,往往一个小拌嘴最后都会搞得无法收拾。青苎回海城后,原本主持的《冲刺8090》节目被收了,她去问台里以后怎么办,但从上到下总是语焉不详,既不说不开新节目给她,但也不说出个具体时间表。至于我,陈台的秘书一职自然不能再做了,正科的位子倒是保留,只不过成为办公室里的一个闲职。陈台无暇或无心再顾及我,他少了我一个,但自然会有其他人替补而上。直到我亲眼见到市委组织部和市委宣传部联合下来宣读免职文件。

所以说,人终究逃不过命啊。蔡扬忽然深有感触,像陈台那么强势,终究也是敌不过命运,上面空降一个新领导,他不得不走人。

哎,那你觉得我的命会怎样?

蔡扬怪异地看了我一眼,我是记者,只负责报道事实,不负责预测未来。但我有预感,人事部给你的两条路,最后都是让你不再回台里了。

可我去桃源镇挂职才一年哦,我还要回来的。

蔡扬不屑地笑了,反问我,你还会回来吗?

我一直在回味着他的问句。什么叫作"还会"?他的意思是,我的选择、我的愿望是不再回来了。我真是这样想的吗?桃源镇,或者其他什么地方,会是我余下几十年人生(如果运气好的话)要去的所在吗?我没有答案。在台风到来前的最后一个晚上,我躺在床上一直未眠。草席在我身下,热了又凉,凉了又热。

台风来了。它带来的体验是这样的：首先是雨，小雨转大雨；接着才是风，大风夹雨；最后是"哗啦"作响的震动声，来自广告招牌、树叶、窗户等等。在启动二级应急响应之后，电视台就要进入24小时值班状态。

但这次的台风只带来了雨，它擦着城市而过，去往毗邻的北边城市登陆了。电视广播里还在滚动播出着台风信息，这些都不再与我有关。在以前，遇到台风，我也要待在台里，现在就不用了。在台风到来的这一天，我独自一个人前往桃源镇报到。这个镇孤悬在城市最西边，距离大海遥远，距离山峰很近。我开车在路上，雨刮器二档，要是镇上的人都忙着救灾去了，我一个人去不是尴尬了？谁理我啊？

我眼睛酸胀了，看不清前方。车停在路边，车载广播在播一首歌曲。我一听曲子，张学友的老歌，《心如刀割》。这真是好极了。我拿起手机，点开青荏的微信，准备对她说如下的一些话：

"台风造访前的倒数第三个夜晚，我开始思念你。这并不是说自你走后，我就没想过你。而是，思念与想念，在我看来是两种不同程度的表达。我不是害怕，如果害怕，当初就不会冒险要和你在一起。但也因这样，注定一开始就是危险旅程。现在，旅程到了一半，你提前下车，我有些不知所措。我在想，如果自己再年轻一些，是不是会连命都不要……"

我打字到这里，差点被自己感动到哭，却被一阵电话打乱了。

喂，请问是刘助理吗？我是桃源镇政府办的何美，您叫我小何就好了。镇领导让我和您对接一下，今天因为台风，他们都下乡防灾救灾去了。您还在路上吗？天下着大雨，您路上小心哦。对了，办公室还来了位客人，说是来等您的。

在这样糟糕的天气底下，一座陌生的小镇上，居然会有一位先我而到的客人，这真让我有些讶异，甚至生出了一点不安。难道是她？我忽然变得有些激动。如果真是这样，那老天真是待我不薄，我那通要发给她却尚未打完字的微信，岂不是没有必要再发了？我重新上路，风雨中小车就像一叶扁舟漂在大海里。

导航将我准确无误地指引到了镇政府。雨小一些了。镇政府大门外两侧种了一些树木，桃树，或者还有其他种类的树木，但我只认出了桃树。为什么？因为很喜欢"人面不知何处去，桃花依旧笑春风"这句诗，我特意去识别了桃树。忽然想起来了，在一本书里提及的"桃源一梦"。那是格非写的"江南三部曲"系列第一部，书名就叫作《人面桃花》，里面有个叫秀米的女人一直在做着梦。从大门进去，余光瞥见木质的牌子挂在墙上，五块牌子，大概估计下，镇人民政府、人大、政协、纪委、武装部。

车才停好，一把宽边大黑伞就撑在了车门前。我看见一位年轻的女子脸上洋溢着笑容，您好，欢迎刘助理，一路上辛苦了。请您到办公室休息一下，我让食堂去准备中午的饭菜。

看手表，都已经是11点了。我9点出发，路上走了2个小时。我加紧了脚步，朝办公室走去。我的心怦怦直跳，等待我的人真是她吗？

怎么了，你脸上的失望要不要这么明显？

阿达见到我，笑了。我当然很失望，但有那么明显吗？我摇摇头，有些疲惫地坐在藤条椅子上。很久没有坐这样的椅子了，藤条间的缝隙有些硌着我的肉。何美很细心，桌上已经放着一杯泡好的清茶。我喝了一口，问他，你怎么会在这里？我们俩之间有那么深厚的情谊？阿达抽出一把椅子，和我面对面坐着，有些像电视访谈节目里的主持人要和嘉宾聊一聊人生的样子，又有点像在审讯室,警察对犯人。

要说和你情谊不深,那不客观,毕竟大学四年我们不能说是朝夕相处,但好歹一起喝酒弹吉他,一起打架的。我听到这里,稍微纠正了一下,那次是他路见不平打了欺负小摊贩的城管,我没打,但我旁观并为他喝彩。阿达笑骂我,不要打岔,听我把话说完。刚说到咱们的情谊,说很深,又好像不是那么一回事。要不然两年前你还在陈台身边,连替我说句话都不……

你到底有完没完?我失去了耐心。陈年旧事颠来覆去地说,有什么意思?我越过阿达,看向窗外,雨不急不缓地下,一点儿也看不出是台风来了。这个诡异而调皮的台风。我拿出手机,那条微信无论如何要打完发给青苎。今天是我来挂职的第一天,在一个叫桃源的镇上,这不知道算不算是一种天意,偏僻的静寂让我对"世外"这个词有了感觉。

你走神了。想什么呢?阿达顺着我的视线,发现身后什么都没有。他有些不悦,敲着桌子,并点了根烟。你现在水火不进的样子,我很讨厌,如果不是受人之托,我一点儿也不想理你。只是念在旧情分上。他将烟吐在我的脸上,嗤笑,你闷不出声的,女人缘倒还不错。是陈叶紫来找的我。意外是吧?事情说起来也不复杂,她和陈台在上海,她私下来找我,说我们的项目需要你,请我再来找你谈谈……

黄泉无旅店,今夜宿谁家?

你说什么?你什么意思!

我摇摇头,站起身走到了窗户边。台风雨带来的阴沉,将一整个桃源镇都笼罩在一种不自知的迷茫中。要准备吃午饭了,但窗外却让人恍惚身在黑夜。阿达问我说那句话什么意思,口气很不好,以为我在讽刺,或者诅咒他一些什么。但其实什么都没有。那句诗不过是我脱口而出。

阿达在我身后显得焦躁不安,急切地等我一个回答。不想再纠结那句奇怪的诗了,我叹了口气,转过身问,你们的什么项目?阿达忽然换了张脸,还一闪而过狡黠的笑。他说,陈台被免到二线,你以为他甘心等着退休养老?两年前我没有机会和他搭上线,两年后的今天他通过别人找到我。注意,是别人,不是你,刘晓虻。

有病。我在心里蹦出一个词。

他自然听不见。他继续说,桃源镇的书记,和陈台有很深的交情,这个书记要把这里打造成人间天堂,世外桃源。他请陈台想办法。陈台说世外桃源是不现实的,没有人来,镇上没法发展经济,有什么用?不过可以增加一些文化内涵。建议利用镇上的如画风景和悠久历史,开发一座融合山海特色的仿古城,适合影视节目拍摄。海城乃至周边都没有这样的地方,独此桃源镇一家。再加上陈台过去的人脉资源,想没有人气都难。然后可以在周边弄房地产。

最后一句话是关键吧?

该说的我都说完了。阿达似乎并不想理会我的话,他也起身,和我对视。念在过去旧情,我能做的也就到这个地步了。今晚你睡在这里,雨疏风不骤,想一想,明天一早给我答复。哦,确切地说,是你要给陈叶紫答复。我不过是传个声。哎,我算是怎么回事?

你是个烂人。

在台风异地登陆的这一晚,我夜宿在桃源镇政府值班室。何美告诉我,值班室有两间,一间比较大,但是都给镇政府工作人员轮流使用了；另一间，也就是这一晚我要睡的房间，虽然很小，刚容下一张床、一张桌子、一个柜子，但好在平时没人用，而且还南北通透。

我说这个条件可以了。来挂职，不是来享受。

何美陪我说了些话，问我吃得好不好，姜母鸭是镇上特色菜，改天再请我吃下镇头大榕树下的那家招牌店。今天台风，关门休息了，书记和镇长也不回来了，随行人员打了镇办电话，乡下的某个村雨下得大，有积水，有山体滑坡的可能，正忙着疏散。书记和镇长让我特意和您说一声，对不起。

这没关系的。在何美离开后，房间里就岑寂了很多。我躺在床上良久，看着手机的时间一分一秒变幻。在23点左右，我打开手机将原来准备发给青苙的那段话打完。在最后一句话，我补上，"也要和你在一起"。

我打完就发给青苙了。澳大利亚时间比北京时间快两个小时，我不确定她是否会第一时间收到。发出去之后，我又忽然有些不安。

"也要和你在一起"，这句话完全没有考虑她的感受。如果她已经忘了，或者不再在意了呢？还有用了"如果"，这种假设语气，最没有信心。她曾和我说过，最不喜欢假设，人生没有重来。还有，还有，我现在身在何处？

桃源，桃源，桃源。

我突然像触电一样惊起，脱离床铺，赤脚站在地上。我想撤回发出去的那条微信消息，不超过两分钟吧，应该还来得及。我赶忙点"撤回"，但所有结果都是不可逆。我紧握着手机，窗外的树叶在夜风中摇曳。暑气蒸腾的夏天，因为一场台风雨，消减了很多的燥热。

在接近凌晨的时候,我的手机收到了一条微信消息:"不用你的命。你来,我等。墨尔本。你租一间公寓住下,先给大家一定的空间。"

你是个烂人。忽然响起白天心里朝着阿达冒出的话。我接近颓然地坐在床上。慢慢将身子摊平,草席透出微微的凉意,我竟感到一阵前所未有的疲乏。

冬夜无声

我有点担心,陈叶紫会对我下点药什么的——如果我再不有所表示的话。当然,"药"这个字是广义的,可能是药品,也可能是农药。因为,我确实搞不懂她在实验室里研究的东西。

研究范围很广,现在研究的方向是脑电波。怎么解释呢?大概是这样的,把拓扑计算运用在脑神经研究上……嗯,总的来说就是追踪国际科研前沿。当前,澳门大学的研究成果不错。

陈叶紫向我解释。其实也不算解释,因为她说的东西我并不了解。与此类似,我所做的事情,也很难和她说明,更不用说引起共鸣了。这让我有点担心。这种担心从开始和陈叶紫在一起就已经存在了。阿达却认为这并没有什么。他以自己的例子向我说明,他的工程项目在华东地区不少,一年到头基本在外跑。他老婆和两个孩子则在上海。静安区,我买了最贵的学区房,本来是想让小孩上国际学校。但老婆是在静安区长大,方便。扯得有点远,我的意思是,我做的工程,商业地产,包括这次要和你的岳父合作"特色小镇",我老婆都不懂。但这些有什么关系?我懂就好,她不必懂。她和我说的事,我也不懂。

是前妻吧?她和你说过什么事?我问阿达,他一时竟然答不上来。

反正就是女人的那些事。阿达竟然掏出了一支电子烟。

还有一点,我要和你澄清,那不是我"岳父"。

都到这个地步了,你还有其他想法?

我摇头,我也不知道自己该有什么想法。陈叶紫也曾试探着想了解我的想法,不过没那么直接,不是让我作答,而是用做实验的科学方法,列出了几种可能。

在她的实验室里,我有点想抽烟。陈叶紫笑了,这怎么可能?实验室严禁烟火,都让你穿防尘服了,破例让你进来,你还想抽烟?我们去天台吧。

我拿出"中南海"香烟,刚要把烟扔进嘴里,没防备陈叶紫伸过手。她摸着我的脸。你变粗糙了,脸上细纹也多了。脸上不做表情的时候还好,要是一笑起来,眼角皱纹就深了,堆成褶子,能夹死蚊子。陈叶紫说完这些,也许是自己觉得不好意思了,有些尴尬地缩回手,目光飘向其他地方。她这样和我说话,我也觉得有点意外。这很像初恋才有的感觉,但真相并不是如此。我猛然回想起我们在床上的样子,她不哭也不笑,淡然平静,我也安静地做完。像是一辆车开进加油站,加油工惯常地给汽车放油、收油,司机重启汽车开走。

不好意思,我对这些不太熟练。

陈叶紫笑了笑。她对亲密的概念感到陌生,这或许和她爸爸有关?又或者是和她专业有关?或者两者都是?答案并不重要,重要的是我该有所表示。我仍然没有说话,她就继续说下去,好像是在实验室里待久了,许多话都被压抑着。她说,你的皮肤变差了，和吸烟有关。"红双喜"香烟在香港售卖，盒子上都会印个女性的照片，上面是她抽烟后脸衰老的模样。特区政府告诫：吸烟导致皮肤严重衰老。尼古丁造成皮肤血液循环不良，破坏皮肤内的弹性纤维组织，因此让皮肤提早老化。这是主要原因。说完这些，她特地看着我，你不觉得这一年来你抽烟更凶了？

嗯。我把烟重新放回口袋里。在桃源镇挂职的这一年，我烟抽得更多了。以往在市里，我只抽自己的"中南海"烟，周围抽的人也不随便散烟。但到了这里就不一样，镇里的人比较热情，见面就散一根烟。烟的牌子也比较杂，反正什么烟都有。尤其是来搞特色小镇建设的，阿达带的那个团队，哪里的人都有，也就哪里的烟都有。

陈叶紫说，什么烟都有，难道你就都要抽吗？人不是能主动选择？

看起来人是都能自己选择。挂职时间就要到了，现在面临两个选择。一是回台里去，中层领导调整开始了，十个处级的职位，理论上都会进行调整。二呢，是不回台里，待着继续搞特色小镇建设。如果留下来，那就意味着要从台里走人。

我向来对我爸做的事不在意。他这么大年纪了，还要掺和着做特色小镇，我也没意见。但因为这件事关系到你，所以我不得不关心。你到底是留还是走呢？陈叶紫又笑了笑，扶正了眼镜。你觉得回台里，还有机会吗？

她好像没有把话讲透。作为一名优秀的女科学家，她具有极高的智商，当然，脾气也很好。她不习惯把话说白，一是给大家留个退路，二呢，也许觉得姿态未必要这么低。追问，一定要给个答案，这是青茌的做法。我开始有点怀念她。已经一年了，不知道她现在过得好不好。她长什么样了？胖还是瘦了？

我说，叶紫，请再给我一点时间。

周一上午我不在桃源镇。回来的时候，已经快傍晚了。我把车停进镇政府院子里，阿达站在榕树下等着我。我挥了挥手，哪里都不想再去了。阿达叫司机先离开，说你跟着我的车走，不用你开。我还想拒绝，但他已经把车启动。晚上我们一起吃饭，你天天吃镇里食堂，也不腻？

我那大孩子都快到我老婆鼻尖了。昨天老婆给我发微信，我一看，好家伙。阿达开着车载我绕着桃源镇。时间来得很残忍，你留不住。但是呢，如果有成果，时间又是值得的。你看咱们这个镇，不过是一年的时间，已经有点雏形了。再过个半年，一期工程就能结束。游客现在不成问题，就等着好时机卖房子了。

你们的效率很高，这点我必须承认。我示意阿达停车。我们俩站到一处高地，眺望远处。这个事情其实都是你们在忙，我也没啥作用。

怎么没作用？阿达抽着电子烟。宣传推广这块，你功劳大着呢。利用了你在媒体的资源，很多钱你也帮我省下来了。

不是帮"你"。我是完全因为挂职的责任，尽力去做，不是为了你阿达个人。

还分什么彼此？阿达捡了块干净的地方坐。你不会到现在还怨恨我？都什么时候了。

天气慢慢开始燥热，白昼越来越长。当夏天完全落地的时候，镇上将变得无比热闹。那些放假的孩子，在父母的带领下，从城市到乡村，或者从乡村到另一个乡村，玩水、滑草坡、吃野菜等等。与那时相比，我分外珍惜现在的安静。

阿达，我能怨你什么呢？就像时间总往前走，我所珍惜的，最后不得不被打破。我已经和过去和解了,更何况是和你?我考虑一阵后,这样对阿达说。他是我大学同学,我仅有的至今保持联系的同学。他曾经来找过我,要我在上海的一个地产项目上帮个忙。这个地产项目周边,我们台原本想开发成摄影基地。我作为陈台长曾经的秘书,帮个忙问题并不大。但我并不想把某些简单的关系搞复杂了。到最后,阿达没有实现愿望;陈台长被退二线,干脆自己出来做项目;而我,名义上是挂职,但实际上是因为台里已经没有我的位子了。

我和陈台的关系也变得微妙。我一直躲避见陈台。尽管,特色小镇项目是他发起的,他常常来现场,但我总是躲着不见。就算见着了,也不会有眼神上的交集。我想,对这一点,陈台心中也明白吧。

那就是怨我了?阿达抽着电子烟,我又点起了"中南海"。有一阵,我曾经戒过烟。但复吸之后,我抽得更凶了。也就是这一年左右的时间。阿达瞄了一眼我手里夹的烟,你号称是不会变,果然;但也证明,你并不是个真正对自己狠的人,否则,你不会再重新抽。

阿达这句话说得不前不后,我好像明白他的意思,又好像不能理解得太透彻。

阿达说,事情已经到了你不得不做出选择的时候了。不能再拖了。你挂职这一年其实是故意给自己的缓冲,好像过了这一年会有什么变化。但你心里清楚,什么变化也没有。你还是你。现在看起来你有两个选择,但实际只有一个——海城台,你是无论如何也回不去了。连陈台都走了,你还有什么待下去的价值?陈叶紫待你不薄,挂职前不是她拉你一把,你会如何?像草一样到处飘。你以为青苎还会回心转意?你想太多了。

他说得口舌干燥,从车里取出了一瓶矿泉水。他靠在宾利车上喝水,弯月、小溪、村落,不知道的还以为他在拍某个广告片。

我说,你不用再说下去了。再说下去,我肚子都要闹革命了。

时间正好。阿达看了眼手表,他们也该到了。说着,他给我一个意味深长的微笑,好像藏有很多的秘密。但其实,我对他的秘密并不是太感兴趣。阿达拍我的肩膀,你当然不用对我感兴趣。但来的人,你会有兴趣。

我都忘了有多久没请公休假。我想去澳大利亚,但咨询了一下,手续有些麻烦,还得原单位批假,时间赶不上。那去哪里好呢?

镇政府院子在桃花山脚下,位置是极其不错的,靠山向阳,前面还有一条青花溪流过。也确实,闲暇的时候我就喜欢待在这里,看书也好,发呆也罢,总之就是舒坦。海城的家,在闹市当中,我很少回去了。偶尔几次,是为了见陈叶紫,太晚了就在家里住下。

我委婉地拒绝了陈叶紫。她得知我想外出,提出自己也请假,跟我一起。我说是这样的,一个人待得有点闷了,我想自己去散散心。陈叶紫说,你不是经常一个人?她说完这句就停住了,没往下说,意思点到就好了。我大约明白,给她回了一个平静的微笑。

老家离海城不算太远,自己开车三四个小时,吃完早餐出发,到家还能赶上吃午饭。但我并不想回去。父母亲大概已经放弃我了,虽然我是他们唯一的男孩。我还有一个姐姐,她在老家当着公务员，嫁的也是公务员，生了两个孩子，父母帮着带孩子，日子过得简单顺心。提到我，除了让他们糟心，并没有其他什么好。我没赚到什么钱，这也就算了；但问题是，我还没有成家。早几年，父母还急得不行，但过了三十五岁以后，我发现他们反而不催了。有一年，父亲对我说，儿大不中留。我开始没觉得什么异样，但后来一想，不是"女大不中留"吗？

飞往上海的那天，是个清爽的傍晚。到达虹桥机场后，已经是深夜。飞机延误，再好的时光也会被消磨殆尽。坐上出租车的那刻，忽然想起三年前的那一夜，在上海的奔跑。我揉揉眼睛，出租车司机看了我一眼，问我，是去军工路？我说不去了，去上海戏剧学院，我去那里转一转。

华山路的上海戏剧学院显得有些秀气。沿街的店铺大都已经关了，有一两间咖啡室还开着。我要了一杯拿铁，点了根烟，静静地坐在咖啡室外面。我给青苎发了微信，告诉她我在上戏。至于她愿不愿来见，那就看天意了。这么晚了，我没有其他地方可以去。

一个小时后，接近凌晨，青苎到了。咖啡已经喝完，咖啡店也已打烊。和我想象中的不一样，我们很平和地见面，我笑了笑，她动了动嘴唇。

你怎么知道我已经从澳大利亚回来了？

我原本是打算去澳大利亚，找你。后来看你发的朋友圈，发了一张准备博士答辩的照片。我查了一下，你在澳大利亚是做访学，博士还是要在上戏拿。现在有百度，很方便，查一查就知道答辩时间。

你这么做让我觉得不舒服。

呵呵。我笑了笑。

对不起。我先这样说，虽然我并不知道自己究竟为何抱歉。不过，事情是这样的，博士一般是三年，硕博连读是五年，你说去澳大利亚读博士，其实不是一年前心血来潮，而是早有这个计划，而且一直在进行。就算我和你在一起的时候，你其实已经是打定主意念博士。而我事实上并不知情。

我没有把这些话对青荭说。我把这些话吞进了肚子里。但她好像能懂我的心思。她拉着我从学校门口离开。她说，我给过你机会的，我在澳大利亚发微信给你，我等着你来。你没有来。你大概是经过计算，如果来等于是放弃了所有。

青荭，我其实并没有什么不可抛弃。我苦笑。我给你讲个故事吧。三年前一个晚上，有个人在上海不停地奔跑，他为了不把简单的关系搞复杂，拒绝了可以发财的机会。他拼命跑到一个心爱的女人面前，没有保留地……

算了算了，不要再说下去了。现在的天开始冷了，不要让我觉得更冷。青荭背对着我。你自问，是没有保留吗？那陈叶紫算什么？你应该有自己的生活，我有自己的日子要过。

我明白的。你要去一所大学当讲师了。这也是我查到的。

你的行为变得很可笑。你继续查下去吧，愿意查就查。

可是，青荭，你不觉得，我这也是没有办法的办法？我不敢联系你。因为，我们微信联系的最后一段对话，你还记得吗？你对我回复了"谢谢"。

我不记得了。青荭看着我，竟然微笑。

我也笑了，像个傻瓜一样。

青荭没有和我说"不要再来找我"或者"再见"之类的话。但我觉得以后应该见不到她了，而她也不会再愿意见到我。活着，大概都是如此。有的人来，然后又离开；有的人离开，再也不会回来。我小的时候总是对亲密的关系抱有期待,认为好就是一辈子好。但就像食物一样,人与人的关系也有保鲜期。只有石头不会变。但石头有感情吗?有一个错误的传说,精美的石头其实不会说话。

我赶紧跳上了一辆出租车,趁着青苴对我流露出厌恶。

你回来是没有任何意义的。

我在向人事部递交竞聘中层领导岗位的材料。人事部的小李负责接收材料,收完材料后,他看着办公室没有人,这才对我说。当年他进台里,还是我帮忙推荐的,因为他和我是同一个研究生导师带出来的,比我小两级。一度,我们走动得比较频繁。后来见面次数少了。我印象里,今天是他一年多来和我说的第一句话。

我笑了。

小李说,刘哥,中午我们一起吃饭吧,我请你。

我说心意领了,没什么话是不能在这里说的。

小李看了我一下,然后把办公室的门关起来。我坐在长沙发上,这间办公室我过去常来,不单是因为和小李的私人关系,还是因为人事的工作,经常来这里沟通。

刘哥,怎么能说没有关系呢?不是安排你去挂职了吗?这也是一种人事调整。再说了,这次中层调整,你不也来参加?

你刚才不是说了,我回来没有"任何意义"?

至少你争取过嘛。小李好像很懂我似的,给我泡了一杯茶。刘哥,你回来是不是要争一口气?无论怎么说,你都应该进这五个人的中层名单,不能说因为老陈台长走了,就把你晾了。

你想错了。我没有什么"气"好争。一件事,无"意义",

身旁的人都和你这样说了,而你非要去做,这就叫作"傻"。你今天说的这些话,我不是没听人说过。我一个同学,几天前在桃源镇请我吃饭,一起吃饭的你知道还有谁吗?他把你们人事部的主任,还有两个副台长都请来了。他请他们来目的是什么?就是要让我打消参加中层竞聘的念头,好让我下定决心去做桃源镇那个鬼项目。

刘哥你这话就不对了。那怎么能算是"鬼"项目?十几个亿的投资,你在那里干一干,一年拿到的钱顶你在台里干十几年呢。而且肯定还有干股,你怎么不要呢?你不能这么傻呀。

我还有更傻的事呢。呵呵。我和你说,我和青苙……这个故事太长了,不仅内容长而且时间跨度也长,说起来令人厌烦,我就不讲给你听了。我甚至为此写了两篇小说《夜奔》《这一夜草席微凉》。你知道的,我算是个写小说的,业余也写点小说。

小李一脸诧异地看着我,刘哥,我真不知道你还会写小说啊?

我也觉得有些意外,难道我没和小李说过吗?我记不清了,也许没和他说过。

刘哥,我们先不去说什么故事、小说之类的了。现在情况明摆着,你在台里根本没有"站位",谁的人都不是,竞聘是根本无望的。这竞聘都是个形式啊,怎么能当真?以为有本事就能上?

所以说,我这么做到底是为什么呢?

海城这里的迎亲习俗是要过了凌晨之后才从男方家出发。爸妈还有姐姐一家都从老家来了,帮着我张罗婚事。我这个原本已经被他们放弃的"老大难",现在解决终身大事了,他们比我高兴多了。尤其我爸,嘴上不说,但动作明显麻利了很多,对我也温柔了一点。在迎亲地点选择的问题上，不是在老家，而是在海城，他也没表示异议。

感觉不像是娶媳妇，倒像是"嫁"儿子，赶紧把我处理掉。不知道陈叶紫家里是不是也有这样的心态？按理，着急嫁的是她家。结婚前的一大堆事，弄新房、拍婚纱照、准备酒席，我们分头行动，每天累得连话都不愿多说。

这已经快到旧历年的年底。一天冷过一天。南方的海城，从未像今年冬天这么冷。我们敲定结婚的时间很快，要赶在过年前办了，所以诸事繁忙。母亲还有姐姐和我说了不少话，但总不在要点上，无非是些成家了就要像个男人一样的类似的话，我唯有点头。家里有她们，还有我那两个外甥在还好一些，话多，也热闹。要是她们上街了，或者不在家里，那气氛就尴尬了很多。我爸本来就不爱和我说话，我姐夫也是个闷声不出气的人，再加上我，三个男的待在家里，烟一根接一根抽，整个房子乌烟瘴气的。母亲和姐回到家，第一件事就是打开所有的窗户，姐还把她男人和我推到阳台。

姐夫问，再来一根？

我说好。

抽完了，姐夫摁灭烟头。结婚也挺好，有人管着。

我说可不是。然后笑了笑。

迎亲那天晚上，家里很热闹。伴郎是小李，他未婚，他和我说，刘哥我是打算一辈子不结婚的，当你伴郎没事？我说，能有什么事？小李笑了，那倒也是。阿达说自己当不了伴郎了，但可以帮我拉一票的人做伴郎团，跟着一起去迎亲，助助威。

我说你这是做工程的毛病。

阿达说随你怎么说，今天是你的喜日子，我不和你计较。结婚了就好，就不会整天不在状态，傻乎乎的，没魂似的神游。今后，我们关系更加紧密了。

听到他的话，我的身子往旁边挪动了一下。

在去往陈叶紫家的路上，小李忽然问我，刘哥，那件事你终于想通了？

车是阿达在开，小李坐在副驾驶座。车队一共是十二辆车，清一色的宾利。阿达说你岳父不在领导岗位了，排场一点没事，不会被上面查。我说随你。在车上，阿达听到小李这样问，皱了一下眉头。

我们为什么要办仪式？我不想不明不白地走。就算离开海城台，我也要把竞聘的程序走完。这是一种仪式。我把它当作告别的仪式。

告别什么呢？

小李追问，我笑出了声，望向车窗外。阿达拍了一下小李的脑袋，就你话多。你还年轻，等再过两年也就明白了。小李说，我是新新人类，我不打算明白。阿达通过后视镜看我，你这个人，就是想太多，矫情。

我没有理会阿达。手机收到一条微信消息，是陈叶紫发给我的，问我路上是否一切顺利。我说很顺利，半路上我会停车，就在沿海大桥上，把那些东西都烧了。这些东西包括《夜奔》《这一夜草席微凉》，还有结婚前写的《冬夜无声》。装修新房的时候，陈叶紫看过这些东西的打印稿。她没有作声，就是静静地看着我。我微笑，说这些东西我都不会保留。

车在大桥应急道停了下来。我将这些东西都点燃，然后抛向海面。阿达坐在车里，点了根烟。小李还下车，看我。我拍了拍他的肩膀，然后坐上车。车继续朝前行驶，没有一个人说话。

北风漫过天桥

你感觉到天桥在摇晃吗？

在经过了很长一段时间的沉默后，我问谢晓。我这突然的发问，让她有点困惑，以为我的话里有话，还有言外之意。但我用坚定的眼神告诉她，我并没有更多想表达的内容。谢晓马上质问，在听了我那么多的叙述之后，你竟然问我这样一个问题？我把两手一摊，没有更好的问题了。她转身，扶着天桥栏杆。现在，轮到她沉默了。

这一晚的沉默，其实应该是可预见的。这种沉默并不是发生在两个人之间，而是单方面——我听得多，而说得少。你要我怎么说呢，谢晓？我向来不太会安慰人，此外，多年过去，很多话我可能不太适合说了。大概在 2006 年至 2007 年之间，我和她之间往来频繁。此刻，再来回忆当初是如何相识，记忆其实已经有些模糊。我能记住的细节，或者说是片段，大概有两个：一个是我曾经给她送过零食小吃，另一个则是我和她相约吃饭。

零食小吃的片段有些琐碎，还有些冗长，因为不止送过一次两次。仅提其中一次的小细节。那是春节长假值班，我得知她也在单位，于是跑过去找她，并送给了她一盒贵州小吃，麻花。认真说来，麻花这种小吃全中国都有，并不能算是贵州特产。但放假前我才从贵州出差回来，急匆匆，没买当地特产，就算是麻花，也还是对方接待单位送的。我和她聊QQ，知道她为了值班早饭也没吃，于是抓着麻花就去找她。不过，令人略感尴尬的是，她妈妈也在那里。她妈妈打开保温壶，里面装的好像是一碗皮蛋瘦肉粥。

　　送零食的记忆还有几段，在这里就不展开说了。说多了，就变成了流水账，而且不免让人发笑。但也说不定，也许我在后面的叙述中，因为故事需要，还会再说一两段。谁知道呢，是不是？这世上的事，真是不好说。就譬如，2007年初冬的一个夜晚，我和她一起吃饭聊天，饭后肩并肩走在湖边小路上。在我以为气氛已经酝酿很好，想要牵起她的手的时候，她像是无意似的说起有个男性朋友要等着见她。那个时候，听到她这样的话，真是挺让人难堪。

　　在闽粤小厨，我们常常点两三道菜。有一道菜是凉拌鱼肚，第一次吃是谢晓推荐，我吃了，感觉很好，于是以后每次去都会点。她问我，不会吃腻吗？我说不会。当时是很爱吃这道菜，鱼肚鲜脆，颇有嚼劲。后来，我和她慢慢淡了，也很少吃了。现在偶尔吃，会惊觉时间居然过了那么久。看来当初对她的回答也是把话说满了，没有什么是不可能的。腻或不腻也许不是问题关键，主要问题恐怕还出在是否合适吧。在那个时间吃鱼肚合适，但过了以后，可能就不合适了。

　　在很多方面，"合适"还真是个关键因素呢。2007年深秋的一个傍晚，我等着谢晓一起下班走路回家。其实我住的地方和她的家是两个方向,但她说下班路上想和人说说话,于是只要不出差,我几乎都会在离单位门口50米的一棵大树背后等她,等她一起踏马路而回,严格地说,是先送她回家,然后我再坐公交车回自己家。那天傍晚,我照旧陪着她走路,但我内心却有着按捺不住的激动与兴奋,其中还带着些许的害羞。因为我画了一张画,画的是她,我打算将这幅画送给她。我小时候上过几天艺校,稍微能画上几笔。我总想着要送个特别点的东西给她,除了零食小吃之外。思前想后,我决定拿起快二十年未碰的碳素笔,画起了她的素描。

  在快到家的路口,我终于下定决心将那幅素描画送给谢晓。她看到画很吃惊,说没想到你还会画画呢,这画的是谁呢?我挠着头发,应该是你吧。她瞪着大眼睛,是要送给我吗?我点了点头。她接过画一边呵呵笑得腰都弯了,一边说这不像我呀。我也不知道该说什么才好,看她笑了我也就笑了,一个小玩意儿,你喜欢就好。那个时候,我送出"三脚猫"水平的素描,她当好玩的事儿收下画,这一来一回看起来有点儿意思。那时候我们还年轻,看起来还是合适的。但要是放在如今,这样的举动也许就显得挺傻气的,左右看起来都别扭,不合适。

  在那次送画的五六年后,有一次我因工作原因与她参加一个活动。在活动现场,我们相遇,周围都是些不认识的人。我们寒暄了一下,客气笑笑,找找话题聊聊。这中间,我问她,还记得当年我送你的画吗?她想了想,不敢肯定地说,好像是有吧?我和老公整理房间的时候,好像看到过那幅画。听她这么说,我当下就觉得,有些话题不太适合再继续下去了。

  但现在,我忽然觉得想再问她这个问题。于是,我扶着天桥栏杆,问她,你还记得那幅素描画吗?画的是你。她不看我,看夜的前方。好像有印象。你觉得如今再问这个合适吗？不要以为我忘了，你曾经问过我是否还记得那年你送我的画……我那时刚刚结婚，不要以为我不懂你的意思。

那真是好得很。我笑了笑。这样，我们就不用太费力了。

"你感受到天桥在摇晃吗？"王林，你当真以为我什么都不明白？这么多年后，你是不是期待着看这样的笑话？

谢晓，看来你并不是真的懂。我靠在栏杆上。天桥在摇晃，是因为桥底下车辆驶过，与地面接触形成震动。但你不用担心，桥并不会塌下来。这样的话，实际上我以前也说过，只不过对象不是她罢了。

时间还要再往前追溯。在认识谢晓更早之前，我和另一个女人（她那时的年龄和身份，或许称之为"女生"较为合适）也站在一座天桥上。城市里的天桥样式各异，数量很多。因为城市街道宽阔，车辆往来不息，路人要从这一头到那一头，除了过斑马线之外，天桥就是另一种选择。天桥的存在对城市而言，无疑是一种进步。我趴在天桥栏杆上，感叹在城市里就是好。我转而问柳怡，你觉得呢？

她的话不太多，很多时候是我在说。这就很有意思了。这跟若干年之后的情境完全两样了。若干年之后，我说话少了，而对方往往诉说得多。在2002年或者2001年秋日的某一天，柳怡无声地看着我，然后将略显凌乱的长发挽到耳朵后。城市里刮起了北风，扫去了连日来的氤氲之气。

城市里，能留下来当然是好。但要是留不下来，它再好也和我们无关。她说。

从小到大，我常听人说女孩子比男孩子要早熟。她们比他们早懂事，早知人间炎凉。我对此将信将疑。但认识柳怡之后，我慢慢明白了这大概是个普遍规律。她那句话，我隐约觉得很对，又隐约觉得带着些许的悲观。在乐观与悲观之间，我那时曾对自己做过一个评估，认为大致是七三开。而对柳怡，以我认识她的那三年时间来估算，大概是三七开，和我刚好相反。可能现在有变化，四六开，或者五五开，但已经不重要了。

导致我当时认为她比较悲观的一个重要原因，就在于我们在能不能上床、什么时间上床合适方面，产生了比较大的分歧。一开始，我们像大学里的每一对恋人一样，吃食堂，上图书馆，在月光下拥抱接吻。如同万物要生长，江河汇成大海，我提出了和她上床的要求。在我看来顺其自然的事，但她表示了拒绝。她摇头，能不能等到以后，譬如我们结婚以后？我说，如果你是真爱我，那么何必等到那个时候？结婚还很遥远，很多年以后吧。她说，我是爱你，但更怕失去你，给了你，你可能就不在乎了。

这是什么逻辑？这讲不通的！那个时候，我有些生气了。那个形势，有些像箭在弦上，不得不发。她拒绝我的理由，在我看来真是太过悲观。她是我的第一个女人，我曾对她许过诺言，她因未来而担忧的想法实在是没有必要。当然，在很多年后再回想这一段历史，会觉得她的担心不无道理，而我的要求，值得"商榷"。但话说回头，在很多年前的那段时间里，我提出的要求并无不合适。对于一个血气旺盛的男青年而言，如果我不谈那件事，而是谈卡夫卡或者卡佛，反倒就变得怪异而不合时宜。

后来，我们还是做了。这件事完成之后，并没有我想象中那么激动；而她见了白巾上的一点红色之后，也并没有表现出太多的悲观。我认为那是合适的时间做的合适的事，包括在那之后半年左右，我向她提出了分手。

这座天桥横架在厦禾路上。我勤工俭学，在课余去给一个初中生上家教。这个学生的家在天桥北边的一栋大楼内。每次，我结束家教之后都要走天桥，从北边走到南边，去搭一趟开往学校的公交车。柳怡在天桥上等我。在我提出分手之后的几天里，她大概默默承受了很多。我和她不同系，据一起上大课的她的同宿舍同学告知，她在夜晚掉了很多泪水。她的同学质问我，为什么要这样突然对待她，对待一段起初很美好的感情？我很想回答她的同学，你也知道是"起初"，对不对？但我没有向她解释原因。你，或者你们，尽管认为我是混蛋就好了。

我终于和她面对面。在一座天桥上，这个季节开始频繁刮起北风，将城市惯有的南方湿气吹散。我说，你来了，等很久了吧？她说还好，你吃晚饭了吗？我带了香肠餐包。我说不用了，在家教那里吃过了，主人很热情。谢谢。

你是在对我说"谢谢"吗？柳怡转过脸。为什么呢？

她问我，虽然没有把问题说清楚，但我知道她想要什么答案。但其实男与女之间可能并不存在严格意义上的答案。不要说正确答案，连错误答案都不一定有。我在心中酝酿了一番，然后才开口和她讲了一件事。这件事就发生在我的世界里，不能说因为这件事就直接导致了我开口说要分手，但它确实对我造成了影响，这是事实。我说，经过这件事之后，我坚定地认为自己必须留在城市里，我不能再回到出生的地方。那个地方叫作故乡，同时也是她，柳怡的故乡。我们是高中同学，考上同一所大学。

她在听了我的一番陈述之后，就说了上面那些"留在城市与否"的话。我正想向她保证，我留下来，一定能过得很好，但她没有给我这个机会。她忽然截住刚才的话题，转过脸看我，你是在为分手找借口，不用那么勉强了。但我就想再问你一句，为什么别的女生你不找,偏偏找到我?

起初的时候,是合适的时间,然后遇到了合适的你。

我这句话有点无赖了。但我想既然混蛋了,那就混蛋到底。在强行分手这件事上,我自认混蛋后,一切就好办了——要坚决,不能犹犹豫豫,不能再不合适下去。我铁了心要留在城市里。就像阿利斯泰尔对其家乡死寂的绝望描述,我对"回家"无比抗拒。当初我和柳怡说过毕业后一起回家乡的,但我坦诚,我食言了。你可以叫我骗子、混蛋,什么都可以。

算了,给大家都留点颜面吧。柳怡好像又哭了。她说,她毕业就回家乡。

后来,她留在这座城市里工作,结婚生子,日子过得幸福如泉水。

我点了一根"中南海"烟。飘起的烟尚未成形,就被刮来的北风吹散。谢晓看见我抽烟有些吃惊。我告诉她,大可不必觉得惊讶,过去不抽,不代表现在不抽。甚至我还可以告诉你,人生那么漫长,这中间我尝试着学抽烟,然后尝试着戒掉,最后到现在又复抽,这中间的过程那么起伏跌宕,只是因为那么多年不曾和你接近,而你都不知道。

我很意外自己竟然一下子讲出了那么多话,谢晓可能也抱有这样的感觉,所以她瞪着那双美丽的大眼睛,看了我很久。在一刹那间,我忽然有了强烈的冲动想亲吻她的唇。但好就好在我们身处天桥,一阵接一阵的北风呼啸而过,很快就把我们打醒。我克制住了自己的冲动,谢晓也没有之前那么激动了。大概她之前的讲述,从我们在下午相约喝茶,到傍晚吃饭,再到来到天桥上,时间已经太久,叙述得已经让她自己都觉得疲惫。她的下巴枕着天桥栏杆，闭上眼睛，像个受委屈的小女孩。我看着她，再看看天桥下疾驰而过的一辆又一辆的轿车，每束车灯将黑夜刺破并倒映成雪。

我哪里会看你的笑话呢？到如今，我只是慢慢丧失冲动，慢慢学会了克制。当听闻你坦荡说出已经离婚，独自带着孩子生活时，我的心里已是一阵收紧。特别是当你说现今已经好了很多，前一年根本不知道自己是怎样过来时，我更加难过。幸福大概都相同，不幸就各有千秋。你的不幸是，遇上了不合适的男人，而遗憾的是，这种不合适在彼此更加深入了解后才发现。而此时，你们已经结婚生子。

为什么没有在婚前就发现问题呢？我是说婚前，就觉得不合适？

王林，你不觉得自己问了一个很愚蠢的问题？

谢晓睁开眼睛，但看都不看我一眼。认识事物的规律是不是需要一定的时间？蒋经国当初不也是看走眼选了李登辉？

这最后一句话纯属搞笑了。我有些无语。她好像对过去的遭遇并不是那么介怀。谢晓似乎能听到我心里的话，她笑笑，最困难的时候，我想从家里十楼阳台跳下去，但是听到小宝贝在屋里的哭声，我最后还是挺住了。

有多困难？呵呵，你想象不出我的压力有多大。有了孩子以后，前夫和他的父母天天逼着我要在东丽花园的那套房子产权证上加上前夫的姓名。那个男人说，咱们是夫妻啊，况且现在都有了共同的孩子，怎么不能加个名字？那个男人的父母说，你们是夫妻啊，一起白头到老的，怎么加个名字都不肯？是在疑神疑鬼什么？我听了他们的说辞，简直要崩溃——那个房子是我爸妈买给我的，是在结婚前就买的，加他的名字，有道理吗？而且正因为夫妻，更要懂得什么是婚前，什么是婚后。我们一起打拼的是未来。你若有信心，我一定不离不弃。

你这最后一句话，大概可以当作励志警句了。我在心里默默地对她说。谢晓说这句时，浑身抖得厉害。这个时候，我不便用轻松、戏谑的话回应她。我想了想，问她，那孩子可还好？她能理解吗？

她还在上幼儿园，有一天，她突然问我，妈妈，为什么我们不能和爸爸在一起？为了试图让她明白，我给她举了个例子。我说妈妈和你爸爸之间呢，就像是你与幼儿园里的小伙伴，有时，你会和一个小伙伴在一起玩，但有时你会不跟他玩。而现在呢，就是妈妈不想和你爸爸在一起玩了。我这样说，宝贝，你能懂吗？

她能懂吗？

不知道哦。大概懂了吧，她没再追问。她就算不懂，也得懂。她没得选了。

我又点了根烟，可惜还没抽完就被新一轮的风给灭了。我点了几次火也没打着，我不想抽了，狠狠地将半截烟踩在脚底下。我从后面紧紧抱住了谢晓。有些突然，她下意识地用力，想挣脱我的双手。但这是徒劳的。在这一刻，我不想松手。在空空的天桥上，除了我们俩，再没有其他路人经过，我尽管放肆地抱着。后来，她不再挣扎了，风吹起她的头发，发丝撩拨着我的双眼。我的视线有些模糊，我知道现在这个拥抱是及时与适当的，但我不确定这样的方式在以后是否还合适。我能做的，也就是在这个时候要勇敢。

勇敢？你自认勇敢？王林，当年你要是勇敢，不半途而废，那今天的结果是不是会不一样？

王林，你的问题其实不是"勇敢"，而是有没有安全感。

　　在酒后，柳怡这样对我说。这场聚会我非常抗拒，但组织者以开除"班籍"为要挟，要我务必参加这场同学会。我只得接受。老家的同学也有几位赶来参加同学会，城市离家乡那么远，他们也愿意赶来。他们之间的同学情谊那么深厚，让我觉得自己是那么多余。当然，更让我介意的还不止于此，在于与柳怡坐在同一桌。

　　我见到了在经历了结婚生子、提拔进步之后的柳怡。或许我们都应有些难堪，或许我们都应对彼此发出诘问——你执意留在城市里，怎么没见你当初想要的发达，走向人生巅峰？而你，又为何食言，没有如当初所言回到故乡，而是留了下来？我们默契地按下了要对彼此的诘问。万事万物都是发展的，我们要坦然接受。

　　聚会结束之后，同学们好像很自觉地就闪开，留下我们俩站在饭店门口。我们是不是要道一声晚安，然后各自回家？我琢磨着，但开口却是说，走一走吧。她欣然接受，并提议去了那座见证分手并诀别的天桥。

　　我们各自都喝了点酒，夜风吹在脸上的感觉很不错。就着氛围尚好，我客套地问她一些生活情况。她简单介绍了一下，关于家庭、工作的事，酒桌上也有其他同学替她说了。我知她现在生活幸福美满，事业努力进步，在单位里头也算是个中层干部了。

　　那么你呢，王林？平时工作之后还做些什么？看书、电影？

　　我在努力生活。后来觉得这句回答太短，于是我又加了一句，平时工作之后就是回家，没有太多应酬。

　　还写文章吗？

写点小说。工作就是当记者，白天和文字打交道，晚上就不想再碰了。但书一直在看，电影就看很少了。

我和你说呀，有天放假，我和我老公在家里看了电影《致青春》，我看到里面那个叫"陈孝正"的人，忽然觉得你和他好像。那个陈孝正是建筑师，他说自己的人生从小到大都是不能出错。你说，是不是和你很像呢？

柳怡全程含笑着说，好像是在讲述一件和自己无关的事。她现在那么会说，话语变得活泼了许多，估计是因为职业的关系，她的工作需要联系群众。她笑着说，王林，你说你是不是这样啊？

听闻此言，我感到特别烦躁。又是一年秋天的夜，现在时间是 2016 年 10 月 18 日 21 点 30 分。我不太确定时间会把人变得更美好，还是变得更不堪。我能确定的是，我们都不会原地不动。就算我们现在站在天桥上，看似不动，但车辆在桥底穿过，桥在摇晃，而我们的身子也跟着前后晃动。我牢牢抓着天桥栏杆，用尽全身的力气，恨不得将整条栏杆拔起。因为我发现天桥底下的汽车开始变形，它们一个个都变成钢铁巨兽，车前灯变成了它们的眼睛，喷射出了令人畏惧的冷光。

王林你怎么了？像是要把人吃掉的样子。

我说，柳怡，你还记得分手那天我说的那件事吗？你的记忆是否还清晰？我不妨再叙述一次。在 2000 年之后，故乡的亲戚或是同学，忽然之间富裕了很多。他们有的是因为开采金矿，有的是因为开采金矿征地、污染赔偿，有的是因为亲戚家人发财他们也跟着发财。总之，突然间就冒出了很多有钱人。可你知道悲哀的是什么？在和你分手前的国庆，我回了一趟老家，见识到了这样或那样的暴富。我见到了那些原来不如自己的人，他们不像我念那么多书，却比我还有我的家富裕太多。那次回来后，我就发誓再不回去，我一定要在城市里，要他们见识到我的功成名就……当然，如你现在看到的，当初的所有誓言都没实现。

你看，这就是我想要说的，王林，你其实是缺乏安全感。你不自信。

也许你说得对。我也许是极度需要别人肯定的那种人。

但那有什么意义呢？这么在意别人怎么看自己？

我笑了笑。十几年过去了，什么都没改变，也无力再改变什么了。我和你说啊，我看了一些弗洛伊德的书，或许我的童年就是个悲剧。在很少见到爸爸的情况下，妈妈反反复复和我灌输的就是"出人头地"。那么，要这样，我就不能出错。那年，我和你在一起，但一想到真和你结合，我们只是 $1+1=2$，但却做不到大于 2，那么我就觉得不能这样了。你知道的，我不能出错。

风开始将整座天桥灌溉，几乎要将天桥覆盖了。良久，柳怡终于甩出了两个字，混蛋。风将这两个字送到了我的耳朵里，我想说，谢谢你柳怡，我听到了。

谢晓在质疑我不够勇敢，我思考了几秒后决定不予回答。我也不会将自己与柳怡的故事告诉她。其实不勇敢就是害怕，就是没有安全感，互相之间是相通的，可以理解的。我在谢晓的颈上吻了一口，吻后我就松开了对她的拥抱。

你为什么闭上眼睛？谢晓问我。

因为你身上的香味真好闻。

什么样的香味？

像是太妃糖的味道。我睁开眼睛，看着她，一动不动。像是我曾经送给你的那盒太妃糖，是一个心形的包装盒，盒子上面有米奇和米妮。我记得那时候刚买了一辆车,二手的本田飞度,我开去你家小区门外,把这盒太妃糖送给你。你接到太妃糖后很喜欢,还打开来吃了一颗。

谢晓点了点头,裹紧了自己的衣服。但自那以后,我再也没收到你送的零食了。她笑出了声,你怎么都送这些小玩意儿呢?你应该送大一些的礼物嘛。别人都送花送手机送车,你出手也太小气了吧?真不知道你这样怎么谈朋友。

我们有真正谈过朋友吗?

我有些不想再继续说下去了。一整个晚上,我们不断重复着对过去的回忆,有共同的回忆,也有各自的回忆,但就很少谈到现在,更不要说今后了。可我一转念,可能有今后吗?在北风呼啸的这个晚上,我感到悲伤和失望。我们走吧,走吧,不要再在这里逗留了。

谢晓点了点头。她抱紧自己的胳膊,我脱下外套,披在了她的肩膀上,并顺势揽过了她的肩膀。我们一起走下天桥楼梯,如果现在有人在背后看见我们,不论是谁,都会以为我们是理所当然的一对。没有人会怀疑我们的亲密。可实际上,在此前一天,如果不是她约我见面,想介绍几款金融理财产品给我,我也许还会在很长一段时间见不到她,因为,她已经从原单位离职了。

我们走下天桥,在天桥的另一侧就是一家快捷酒店。我们一起回望了那座天桥,彼此心中都明白,也许再不会一起踏上那里听风声了。现在往哪里去?我有些紧张。手机这时候响了。我接起电话,"嗯嗯"了几声。

抱歉,谢晓,我还是先走一步。孩子下午放学后就发高烧,孩子他妈照顾不过来,我得回去帮忙。

无尽之路

一

"我们所有的悲伤都来自有心却无力。"

正午,何欢回到办公室,面对电脑敲下了这样一行字。

福泽园的追悼会上,挂着阿福的肖像,微笑,就像过去十年里的每个日子,像他始终未曾远离。何欢哑然,喉咙的痰在淤积。阿福来到他的面前,又微笑,拍着他的肩膀说,欢,不要把自己逼得那么紧嘛,说到底,报社不是你一个人的,是不是?何欢抖了下身子,也想要对着阿福笑一笑,但喉间的痰却喷涌上来,他猛烈地咳嗽。声音很响,正在进行的悼词不得不微微一顿。何欢慌忙捂住嘴,在他人的注视中奔走出去。

水泥地面接近70摄氏度的高温,里外仿若两个世界。他蹲在厅外台阶上,咳嗽自然而然地停了。这个时候,他又想抽烟。只剩最后一根烟,阿福又来到他面前,微笑,居然还掏出一个打火机,问他,要点火吗?何欢苦笑摇头,阿福嘴角一咧,往他自己身上点火,瞬间,他全身被火覆盖,就像被淋上汽油。何欢倒吸了一口冷气,跌倒在地上。当屁股被地板热气烫起,他才猛然醒悟这一切都不可当真。

何欢起身,推开电脑键盘。自从开头第一句敲好之后,他枯坐,直到太阳慢慢西斜,竟再也打不出一个字。报纸周末有个版叫"逝者",专门怀念这座城市里逝去的人物。只是,他没想到有一天,阿福也会登在这个版面上——《海城都市报》首席记者、陈阿福——何欢此刻不想打一个字。小季从门缝探进半个脑袋,问,何总编,悼念阿福的文章写好了吗?要准备做版了。何欢摆了摆手,算了,我就不写了,用许副台长在追悼会上的致辞吧,你改一下,温情一点。

小季嘴巴圆成一个圈,他没料到何欢竟然不写了。当时是何欢自己提出要写的,现在撂担子了,这多少有点说不过去。况且,他和阿福的交情,摆在那里,三年研究生同学,十年同事。小季不知道这次是哪里出了问题。

如果把上午看见阿福的事和小季说,他会不会以为是我的脑袋有问题?当小季走了后,何欢转动着地球仪。地球仪上的五颜六色不停旋转,何欢脑子却是一片空白。所有重量都压在心头。说了一百次"狼来了",这次是动真格了。报社是否继续存在,过段时间就见分晓。但报社其他人都还不知道,被蒙在自己的世界里。阿福隐约知道一点,何欢去医院看他时说了,但也没说透。后来阿福就陷入昏迷,何欢即使想再跟他细说,他也听不进去了。

现在的问题是,这件事是否继续对他人隐瞒?包括孟苹。

有几个研究生同学是从外地赶来参加阿福追悼会的。何欢想请这些外地同学聚一下，但遭到了孟苹的反对。她正描着眼线，看着镜子里的他，你和那些同学都很熟吗？何欢听到这里就不说话了。他的理解，相聚就是久别后重逢，既然是久别，那么聚一聚不是很正常？就算过去不熟，但同学这样的关系是不会变的吧。孟苹描好了眼线，回转身扯直了红短裙，正视何欢。

你要坚持请大家，那我没意见。但我不会参加。人家是来出席追悼会的，你召集一群人是要做什么？不单我，还有两个女同学也不会参加，你知道我指的是谁。我和她俩聚，可以了吧？还有，你昨天在追悼会上跑出去，是为了什么？

何欢耳朵都要炸裂了。孟苹一连串的话，加上其中的疑问句，让他耳膜生疼。隔了一阵，他才回答说因为见到阿福了。孟苹已经走到门口，皱了下眉头，什么？何欢忽然笑了，说没什么，就是痰多咳嗽。孟苹说那你继续抽烟啊，烟抽得越多，痰越多。何欢说你不要再说了，你一早急着出门是要做什么？孟苹穿好高跟鞋，并不打算说明。而何欢似乎也习惯了她并不会说。

大门被推开，卧室里忽然传来了弟弟的哭声，姐姐拉开门，露出了睡眼惺忪的小脸庞。何欢赶紧把孟苹推出门外，要是这会儿被弟弟看见妈妈，那妈妈就别想走得成。他关上门，姐姐小跑着过来，扬起小脑袋问，爸爸，妈妈周末也要出去呀？她去哪里呢？

可能是去工作吧。何欢只能这样回答。弟弟的哭声又更大了，快两岁了，但睡梦中惊醒还是哭得厉害，特别是小手一伸抓不到妈妈，哭得更是仿若天崩地裂。

不行了，还是得叫爸妈过来帮忙带。何欢觍着脸给妈打了电话，她倒没说什么，只说"好"就挂了。收到社里办公室发来的微信，问上午进单位不。何欢知道这句话的意思，回了个字"要"。

爸妈就住在隔壁小区。他们来了，连看都没看何欢一眼，眼里只有姐姐和弟弟。姐弟俩也乖巧地叫唤着爷爷奶奶，特别是弟弟，奶声奶气，何欢爸老脸上的皱纹都要化了。何欢爸从小到大没给何欢多少好脸色看——

什么破工作，报纸还有几个人看！

何欢假装没听见，关上门后愣了几秒，然后握紧拳头狠狠地捶了几下墙壁。就一份破工作，可偏这份破活儿，弄得连人命也搭进去；但就是这样，居然还有人想进来。他上午去报社，就是要商定新人名单。上个月报社组织了一次招聘，招记者。不是单纯采访报道的，还要会编，更要自带广告创收量。

第一轮考试完后，进入面试的有十个人，九个人听了面有难色。何欢把手一摊，现在报纸形势就是这样。不单报纸，广播电视也好不到哪里去。把你们以前在新闻院校里学的东西统统抛掉，什么新闻和经营相分离，没有，全部都没有！不要说我们这样的小报了，就算是大报，一样，你看它们那整版整版的软文，都是创收，都是钱！

他那天面试近乎失态。其他参与面试的同事都觉得惊诧，他向来稳重，怎么突然间变了个样？只有他自己心中知道为什么。面试前，他刚去医院探望了阿福——他已经鼻饲了，说的每句话都是在倒数。何欢意识到自己的失态，很羞赧，挥了挥手让面试者都先离开，有消息会再通知。九个人拎起文件袋就走，独有一个女子不急不缓。她大大方方走到何欢面前，说社里和记者约定好提成比例就好，创收超标有奖，不达标就扣奖金，这样很简单。

说完就走了。何欢发了阵呆，然后才抽出这个女孩子的简历看。从武汉来的，名字叫冯颜，二十八岁。这个年纪的女子，用起来有些尴尬。何欢在年龄一栏画了道红线，她二十八岁的样子，倒是和孟苹有点像。不是说脸庞骨骼外貌的像，而是内在精神的一点像，比如说都是那样有自信的眼神。

那个时候孟苹的自信是真实的，而现在呢？

二

孟苹知道自己其实不应该愤怒。没有人逼着她要再生第二胎，即使是何欢也不敢；同样，也没人逼着她要继续留在电视主播的位子上，是自己不想走，不想转做幕后。但厚着脸皮出镜，她听到了各种嘲讽。最让她难以忍受的，是说她还赖在主播位子上，是因为得到了赵台长的默许。她第一次听到这话，好气又好笑，心里骂那些人，真是愚蠢啊！也不动脑子想一下，赵台那么大一个领导，哪里会管得着我？要管，也只能是分管副台长呀。

说到底，是嫌我挡了路，占了别人位子。现在形势不好，很多电视节目都停掉了，主播和节目之间存在着"僧多粥少"的问题。孟苹开着车去单位，周六的街面车流明显少很多，她却依旧握紧方向盘。

我就偏不走，只要分管领导没发话，组织上没找我谈话，我就不走。江山都是用血汗打下来的，凭什么说让我放弃就放弃？哦，要我当雷锋？对不起，我没那么高尚。僧多粥少，解决问题得找庙里的方丈，要不然就是和尚自己多努力，冲着我来，没有用！

孟苹，太好了，你还是没有变！

无尽之路

在听完了她上述一番激昂陈词后,雯娟忍不住握了握她的手。此刻单位的共享空间,两个女人紧密地挨着坐,桌上摆着两杯咖啡。共享空间为单位员工免费提供咖啡,孟苹喝了一口,眉头紧皱,就跟喝中药一样。她也拍了拍雯娟的手背,不好意思啊老同学,白天我还得赶着录节目,只能请你先到我单位坐坐。不过没事,等晚上,咱们再和美兰一起,咱们仨好好吃饭聊天,红酒咖啡,"三人行"重现。咦,对了,美兰这次来没跟你住同一间酒店吗?

没,没有。

雯娟忽然有些不安和尴尬,眼神飘到了别处,孟苹觉得有些奇怪。这次见到她,好像比以前话更少了。她是变了,还是没有变?孟苹拿不准,好几次提到美兰,她总是岔开话,或者干脆沉默。到底怎么了?你告诉我,雯娟,是不是出什么事了?

哪有?没什么事。孟苹,说真话,我羡慕你,并钦佩你。绝大多数的我们,已经决定或者被逼着决定躺在地上,等待生活的碾压。而唯有你,还是活得真实,拒绝向看起来理所当然的一切投降。你要勇敢下去,当我们都阵亡了,你的存在,让我们能看到一丝尚存的光芒。

听着雯娟嘴里说出那么一堆话,孟苹非常惊讶。她这个传播专业的文学硕士,现在的剧团编剧,用充满话剧气息的腔调说出这样的话,近乎演员在舞台上的内心独白。可问题是这个舞台并没有观众,孟苹也不是观众,她只能听。她甚至觉得羞愧,她不值得、配不上雯娟对她的赞美。如果说这是一种赞美,而不是雯娟一时激动的话。她隐约觉得,雯娟身上发生了一些事,但这些事,当事人无意说出口。或者说,在当下,她并没有意愿进行表述。孟苹是访谈节目主播,对于被采访对象不愿提及的东西她有先天的敏感。她选择不追问。

我不胆小,但我也会有惶恐,不知道前面的路是怎样。

乌云总会过去。你不用怕,至少还有何欢可以依靠。你是我们仅存的"班对"硕果,多少人羡慕。

你是不知道情况,我和何欢……孟苹说到这里忽然停住,长叹了一声,整个身子像是软了下来。我们之间话越来越少,我有时也猜不透他心里在想什么。

孟苹还想说下去,但导播助理已经来催促录节目了。她只好和雯娟说等她一下,下节目就去原来大学旁的一家韩式餐馆。那里是她们念研究生时的定点食堂。雯娟点了点头,孟苹这才离去。但要上楼的瞬间,她又有些不放心地回头,看见雯娟的背影。她的肩头微微颤抖,长发将她的半个身子都盖住了。

当天晚上,雯娟和美兰都没出现。雯娟不辞而别,美兰在追悼会结束后就回北京了。孟苹不知情。在韩餐馆,她一个人坐一张桌子,喝了好几杯烧酒。

三

"二十八岁上下,我们结了婚,我牵你你牵我,以后还会有个小宝宝,等到他/她出生,咱们一家可就真热闹。"

结婚前,何欢给孟苹写了这样一封"情书"。在两人拍婚纱照的时候,她对他嘟囔了一句,大概是说,都要结婚了,但还没收到过他的情书呢。何欢有些为难,我们都是用电话、短信联系的,怎么还会写信?又不是还在念书。孟苹说我不管,没有纸质的情书,就是不浪漫。何欢听了,差点要笑出声。他们念书时并无交集,毕业三年后孟苹进入同一个单位系统内,这才熟起来。

而相好也就半年的时间,还是阿福热心帮忙牵的线。适龄单身男女,一下子就打得火热。孟苹这一边还更主动些,结婚也是她一再催促要快办。

为什么要急着结婚呢?何欢开诚布公地问孟苹这个问题。我不是不想结婚,也不是认为你不够好。相反,你足够好。但是,会不会太急了?

既然足够好,那有什么理由不结婚?孟苹直视着他的眼睛,何欢当时不会料到,婚后,他会不断面对这样的直视。我觉得你足够好,所以想和你结婚。何欢,趁现在还不晚,如果觉得我不好,不想结婚,赶紧和我说,我们就此一拍两散,互不相欠。

为什么?

因为,现在我需要一段婚姻。婚姻才能使人圆满。事业、婚姻、家庭、孩子、朋友等,这些组成了一个圆,我是个女人,我要尽力把这个圆画完整。人生不同阶段,有不同的使命。

哦。

何欢的嘴半天合不上。孟苹说的都是大实话,在是否结婚的问题上,她已经说得很清楚,没有一丝一毫想骗他或者自我安慰的意思。有的人结婚是冲着名利,有的人结婚是被环境逼得太紧,有的人结婚是想找个人凑合不让下半辈子孤单,也许目的各不相同,但他们总会自我安慰,婚姻是一睁眼一闭眼就过,和谁结婚都差不多,将就一下就算了。可孟苹不这样。首先,必须承认她和何欢之间是有一定爱情基础的;其次,婚姻是她人生的明确目标之一,是她必须牢牢掌握的命运,不容错过,不容失误,别的女人有,我也一样要有,而且要更好;最后,选对的人,总比选深爱的人保险。

这最后一点,在多年以后,那个叫冯颜的新记者,竟然对自己也说了一遍。何欢当时听到,万分惊奇,以为时光倒流,以为有一个平行世界,在另一个世界,有另一个的孟苹、另一个的自己,只是他们衰老的速度慢得多。或者说,在另一个平行世界里,他们永远不会老。

可实际上,这是不可能的。我们每个人都在衰老。冯颜现在是这样,但不能保证她八年后不会变成另一个"孟苹",甚至有可能更超过。但不管怎么说,此时此刻的冯颜,成功地吸引了何欢的关注。而且,这种关注正在以一种不易察觉的方式,快速增加着。

最后定下的新入职记者人选是两个,冯颜是其中之一。何欢把她的个人资料上报给了台里。作为海城广播电视台旗下唯一的报纸媒体,《海城都市报》原本拥有自主人事权,但年初的一纸文件将它的权力收回了。这怨不得任何人。何欢心里很清楚,从前年起开始大幅亏损,报社只能向台里求援,台里就像母亲,源源不断地给它"哺乳"。台里贴补的钱全部用来发报社员工薪水,报纸创收能力严重不足。

许台,你要给我个说法吧。说要招人,是台里提议的;现在我们已经招到了,名单报上去,又不正式答复是否批准。这样我们工作很难做啊。

在名单报上去快一周之后,何欢终于忍不住,来到了许副台长的办公室。没有下属对上级的恭敬客气,何欢直接就把问题抛给了许副台长。他是直接分管的台领导。

你急什么?凡事都要沉得住气。你近来浮躁了,心有点乱。许副台长泡着铁观音,何欢本来要帮着洗杯子倒茶水,但他想了想,什么也没做。许副台长看了他一眼。你心里不要憋着一股气,好像全世界欠你的。你着急新记者人选是假,真正在意的是报社整合问题吧。

是,我是报社总编辑,这么多人每天都等着吃饭,我不在意,那谁在意?何欢说,我就不理解,既然台里有意向整合报社,那还招什么新人?多招个人,签了合同,要整合的时候怎么处理?旧人安置都成问题了,现在又多塞个新人?

你的问题很多,但我只问你一个。新记者人选里的冯颜,素质是不是不错?

她不错。听许副台长的意思,好像他之前就认识这个女人。何欢压下心中升起的疑惑,他是否认识她,其实并不重要。重要的是,何欢坐直了身子,报社究竟要怎么整合?许台,我们是生存还是毁灭,这是个问题。

毁灭从何说起?许副台长哑然失笑。他喝了口茶,首先你要同意我的这个观点,报社必须整合,不然就是死胡同,台里不停地"输血"不是办法。再说了,现在传媒环境也不好,台里的创收也在下滑,资金压力很大。你同意不同意?

我,同意。可我同意有多大意义?就算不同意,不也得这样?

许副台长淡淡一笑。我再和你说第二点,整合是大方向,具体做法现在台领导内部有分歧,意见大致分成两类,一是继续保留报社主体,采编还是在报社,但经营、人事、财务都上交,整合到台底下的唯一广告公司。

何欢边听边点头。这个做法有利有弊,利就在于可以增加广告创收,因为唯一广告公司负责全台广播电视广告,有资源优势,背靠大树好乘凉。不好的地方,就在于自主权大大减弱。报社和唯一广告公司是平级单位,从理论上讲,整合后两家级别还是一样,但实际上却不是。就像一只鸟儿,打断了两只翅膀。

那么,还有一类意见呢?

另一类意见。许副台长顿了一下,起身坐回了自己的办公桌前。报社整体合并到唯一广告公司,成为广告公司底下的一个事业部门,叫作"平面媒体部",与电视部、广播部、新媒体部等事业部门同级。

那我们成了什么!平级单位变成下属部门?人员去向怎么办?还有什么经营自主权可言?

何欢惊诧得几乎是跳到许副台长办公桌前。这是最糟糕的整合做法。他原来预想过很多种可能,这个他曾想到过,但以为太过决绝,因此并没有往深里去想。可没想到,领导层里这个做法竟然是备选答案之一,是二中选一。

你激动做什么?许副台长年近五十,但底子很好,保养也不错,看起来也就四十出头的样子。他揉着手,说,何欢,你报社要是搞得好,会落到今天这个地步?我倾向第二类做法。我和你把话说明白,报社整合的事我主抓,这个工作一定要做好。你要把责任挑起来。下半年台里要增设常务副台长,按道理应该轮到我,但你知道的,还有一个人也想上。所以,报社整合工作就很关键。赵台长说过,整合做好了,就一切皆有可能。反之,你懂的。

而何欢,你未来的路也绝不仅限于报社这里。

临出门,许副台长又加了这句话。何欢当然听出了他话里的意思,但心里却被某个莫名的东西狠狠敲了一下。他说不出那样的感觉,只是紧紧抓住了门把手。都见鬼去吧,我的路我自己走!

但当他走出台里,在大门外听见小广场旗杆上猎猎作响的风声时，内心忽然涌上前所未有的悲伤。碧蓝天空照耀下，他几乎要虚脱。忍了很久，他还是拿起手机——

冯颜，下午来报社找我。

四

一度，孟苹会把别人开她的玩笑，说柯副台长是她的干妈，视作对她的侮辱。她为此愤怒，甚至不惜和对方拍桌子。但后来，她对这样的"玩笑"，不论背地里说，还是当面说，都只是一笑置之。

所有人都不知道，她在私下里，已经认了干妈。她提议的时候，柯副台长欣然同意。孟苹不是随口一说，她是认认真真在天鹅大酒店设宴，请了柯副台长一家，在众人面前认了契。柯副台长高高兴兴喝了她奉上的茶，戴上了她专门请香港师傅打的金镯子。而孟苹脖子上，则系上了路易威登限量款丝巾，那是柯副台长去巴黎专门买的。在做这一切动作时，何欢就在席间，静静地不发一言，脸上表情不会苦，但也看不出有多兴奋。姐姐和弟弟乖乖吃着酒店特制榴梿酥。孟苹都看在了眼里。

回到家，孩子都睡了后，何欢起身到了客厅阳台。想点烟，但被孟苹掐灭了。

你心里有什么话想说？

我能有什么话？何欢笑了。孟苹，原本这句话应该是我问你才对。我从始至终都配合你，你总要给我个解释。别人和你开玩笑，你要拍桌子，他们不懂，我懂。你妈，就是我岳母，她一个人带大你的，你不允许有人在"母亲"这个话题上开玩笑。为什么，你现在反而认柯副台长作干妈？

柯副台长对我是真心好，我和她都是女人，我清楚她喜欢我是发自内心。我当年在新加坡，她看了我的电视节目，一眼就认定我，把我招回海城。这是眼缘。缘分的东西，你懂不懂？

　　缘分我不太懂，但我更懂什么叫关系。

　　你不要拿话来恶心我，何欢，你那点隐藏的小知识分子的虚假清高，自尊骄傲，最好笑了。不过是自欺欺人的东西罢了，拜托你趁早给我灭了吧。孟苹说得很不客气，她等着他发火，但他硬生生吞下去了。她微叹，但嘴上仍然不松口。

　　别人对你好，你不要以为理所当然，不要矫情，好像这样的"好"是自己不想要的。柯副台长说她这辈子最遗憾就是没有个女儿，可以陪在跟前说说话。她和前夫的儿子远在巴黎念书，很小就出去了。

　　现在的老公就不能陪着吗？

　　咦？孟苹觉得何欢的话好奇怪，而且有些幼稚。你是我的老公，你几时好好陪着我说话？

　　不要扯我们。

　　好，说柯副台长。她对我好，甚至我生弟弟，她说要不是还在工作，真想帮我照看。就不说她副台长的身份，作为一个普通的女人，她这样爱护我，我是不是应该很感恩？由此，我认她作干妈，有什么不可以的呢？况且，我跟我妈说了，她也表示认可。

　　何欢有些无语了。他于黑暗中默默地看了孟苹一阵，然后才说，干妈会好好保住你的主播位子吧？

　　是。孟苹回答得很果断。而且会让我在电视的路上走得更远。

　　那么，祝福你。

我会把你的祝福,当作真心。你扪心问一下,我若变糟,于你,于这个家庭,会有好处吗?

你说的都对。

何欢结束了两个人的谈话。他走进客厅,犹豫了一下,又转回身去把孟苹牵进屋。屋外雾水浓厚,孟苹看见天空一道依稀的月光。

七夕这天,孟苹得知了何欢报社要整合的事。她知道得并不详细,别人和她说的时候,也只是说了个大概。她原来还想追问细节,但一转念,报社整合这么大的事,竟然不是首先从何欢嘴里得知,而是通过别人才知晓,这就让她有些不舒服——何欢,你究竟把我当什么人了?

陈升反倒说,事情比较敏感,具体哪种方案还没有定论,何欢不太方便对外说。他替何欢开脱。但这看起来更是有些怪异。孟苹表情复杂地看着他。他喜欢自己,但并不是强人所难地表达感情,而是用一种平和并不期待会有结果的态度表达。关于这点,孟苹是很清楚的。她也清楚,陈升作为赵台长的秘书,私下里和自己说这些话,意味着什么。

坦白地说,我并不在意报社整合最后是什么结果。陈升有些意外,孟苹怕他误会,于是接着解释,我并不是不关心何欢的前程,整合的事当然会影响到他的未来。我刚才说不在意,意思是究竟怎么整合,其实不是何欢能决定的。其次,何欢不把这么重要的事告诉我,肯定是有他的理由,他不说,我怎么可能强加关心?

陈升听了她的话,似懂非懂,半天才挤出一个勉强的笑,说你们夫妻之间,真是有些令人难以捉摸。

比如说呢？

这个嘛。陈升眼光忽然有些躲闪，不敢再看孟苹。他没料到她竟然会追问，而他说出这话后就有些后悔，因为自己始终是一个外人。一个外人，去议论别人的家庭生活，这本身就显得有些不合宜。就算孟苹经常当着他的面，埋怨何欢这不是那不对，但他终究是她的爱人。在他们分崩离析之前，自己始终是个外人。

难以捉摸是说你们俩都有些"神秘"的意思。何欢是中层领导，许副台长也看重，但他好像总和领导之间若即若离；而你，可是海城台主播一姐呀。

陈升"曲解"了孟苹的追问，她心中自然很清楚。她笑了笑，喝下一口大麦茶。中午的时候，这家叫作"小条食堂"的日式餐馆挤满了食客。在七夕的中午，餐馆里有许多的男男女女，孟苹放眼过去，觉得他们都是一对一对。左右张望间，忽然发现一个熟悉的背影，在餐馆的角落里，对面还坐着一个眼生的女人。

孟苹有些慌乱，以为是自己看走眼。她还想要确认，但陈升却说"走吧"。她点头，匆忙起身，还差点把大麦茶打翻。出餐馆，正午的阳光洒了一地。她踩在上面，感觉像是踩在松土之上。坐在陈升车上要离开时，她才愤愤不平地想起，为什么走的是自己？难道不应该走上前去质问吗？你慌个什么劲啊？

最近，许副台长和柯副台长都和赵台长走得很近哦。

孟苹没有留心陈升说的这句话，还在心里反复问自己上述三个问题。

同事们纷纷议论这个月开始减薪，而孟苹却保持沉默。实在有人要提起这个话题，并问她怎么看，她只能回答，天要下雨，娘要嫁人,这种事情怎么拦得了?别人听了她的话,就有点讪讪,口上不积德的,把问话的人拉走,丢上一句说,人家是"一姐",重要人物,怎么可能减薪!

在广告创收效益不好,众人都减薪(甚至从台领导做起)的情况下,她不但没有减,反而略有增加。当她收到工资短信的时候,一度以为看花了眼,或者银行出了错,但从柯副台长办公室出来后,她才知道一切正在发生的,不论对错,都已是存在的事实。而事实本身,必定有个起因。

干妈,这样会不会不好?

称呼"干妈",孟苹只在没有外人的时候。她第一次觉得面对柯副台长有些紧张。她认为工资不增反减是干妈的意见。如果是在以前,她并不会觉得这多出来的"爱"会有什么问题,她会心安理得地接受。但现在情况有点不同。

干妈,我在你面前讲真心话,我一直认为付出和回报是必须成正比的。减薪这件事,虽然我主持台里主要节目,但如果给我减薪我其实并不会有怨言。因为,大环境就是这样,其他台的日子也都是勒紧腰带。另外,我自己的节目我清楚,收视率虽然维持以往,但创收是在下降,所以……

所以你就认为,不降反升,是我对你的特殊照顾?柯副台长专心地削着苹果,听完了孟苹的话,她把削好的苹果递给孟苹。苹果是给你的。日食一苹果,医生远离我。我之前和你叮咛过的,是不是没做到?这样不好,我看你最近镜头前就显得憔悴。我也经历过你这个年纪,知道面临的各种压力,但越是这个时候越考验一个人,你就越要清醒。

清醒。孟苹听到这两个字,整个人有些像触电。

我和你说清几个事。不减反增,这个不是我的意思,是赵台长决定的。他说领导降工资,但不能降有突出贡献人才的钱。说你是海城台门面担当,你出镜面临压力更多,反而要更鼓励。要是连贡献突出的人都降薪了,那不是伤了人的心,队伍军心不就不稳了?

孟苹心里一动,将苹果放在桌上。她没有咬一口。柯副台长微笑,拧开保温杯。孟苹闻到了一股清淡的枸杞红枣味儿。

一线人才是不降反增的。柯副台长喝了一口,稍微调整了坐姿。我再和你说另一件事。这事关系到你和何欢。整个媒体大环境是这样了,我们旗下很多资源要重整,过去太分散,现在要拧成一股绳,这样才能在传媒竞争中获胜。何欢管的报社必须要整合,这事你多少耳闻过吧?

是,听说过。孟苹有些惨淡地笑。

现在有两种意见,我倾向于保留报社主体,但广告经营等权力收归到唯一广告公司。这样做好处是阻力会小一点。我一直认为改良好过革命,特别是在一个稳定结构里面。同样,这样做对何欢也是比较好的,他至少还有相当的采编权。

好的,干妈,我明白你的意思了。

柯副台长其实并没有把话说完,但孟苹却很清楚她要表达的意思了。柯副台长很欣慰,她大概觉得这个认的女儿,真是没白疼,没白认。

走的时候,孟苹在门口犹豫了片刻。柯副台长以为有状况,于是问她,有什么心事吗?孟苹笑了笑,说没有,筒裙穿得太紧了,有点憋得难受,走一走就没事了。她挥了挥手,将门掩上,眼睛却忽然闭起。

那个时候,她其实很想问柯副台长,干妈,你说的各种压力,包不包括爱情?如果这个年纪还有爱情的话。但她觉得柯副台长并不会有答案。她自问,还有谁能听听她的倾诉?她给远在北京的雯娟和美兰分别打了电话。一开始都没接,等到后来,她们分别回了电话,孟苹才从她们絮絮的话语中,得知了已经发生的一些事实。而那时,她第一次听到的时候,惊讶得手机都快掉地上。

五

何欢发现,冯颜还是爱笑的。有一次,他和她一起去市文联谈一个活动项目,和对方交谈的时候她就一直面带笑容。在愉快和谐的交谈中,何欢会悄悄把身子往后缩,看她侧面的容颜。她真是好看呢。脖子光洁像玉一般,不厚不薄的唇上抹上了诱人的口红,脸颊滑滑能掐出水来。还没结婚的女子真是好。何欢暗叹了一声,坐在她的身旁,好像都能闻到她呼吸的香气。

冯颜忽然侧着头看他,秀发低垂,何总编,"社区文学"的活动项目就这样定喽?你看看还有什么要说的?何欢有些尴尬,好像做了什么错事被发现了。

这个,小冯已经说了,基本上也就是我们报社的意见。何欢看着文联协会部负责人说,这个项目是小冯提出来的,她和我说了后我觉得很好,草根文学创作既营造全民写作氛围,又能推动阅读,效果还是很好的。

这个活动的起意是不错。前几天小冯采访文联的一个文艺活动,我们交换了名片,现场聊天提及想推广草根写作的意愿,没想到她很快就和我联系,还拿出了方案,效率真是高。

是吗?我原还以为她和你之前认识呢。她刚来海城,在报社当记者还没几天呢。何欢看了眼冯颜。他自己不知道,他那时的目光有多柔和。小冯不错，上手快，连你老兄都能"搞定"。

何总编开我玩笑呢。协会部负责人笑了笑，不过讲真的，咱俩虽认识这么久，但你从没开口说要和我们合作活动，那我总不可能主动贴上脸对你说，何总编，我有个项目，想不想接下来，赚点钱呀？

他说完，何欢和冯颜都笑了。于前者，笑声里多少隐含着些无奈，他知道对方说的并没有恶意，但言语间还是能听出，他过去常常有所谓的狗屁"标准"，不愿求人，更不愿向朋友求帮忙；而于后者，笑声里则透着清澈，冯颜很聪明，几句之间她就听出了，或者是看出了何欢的一些特质，这些特质不需要通过何欢自己表现，从别人的述说中就了解。

冯颜慢慢"收尾"，说如果协会这里确认方案没什么问题的话，我马上就会着手和几个社区联系，发动街道、居委会力量组织报名参加，让更多社区居民参与。

好，我看很好。协会部负责人起身送客，走到大门口的时候，还笑着说，活动做大一点很好，就是经费上，坦白地说，我们能出的钱也不多，几万块钱的小活动，就怕你们做起来辛苦。

不辛苦，有活干总比没活强吧？何欢和对方握手。再说了，这个活动带有公益性质，我们多做一些这样的活动，以后也期盼着还能有机会多和你们联系合作呢。

对方含笑，没再说话，目送何欢的车离开。在车上，冯颜把着方向盘，目光沉寂地看着前方。何总编，你看够了吗？她忽然冒出一句，何欢听了，想笑，但又笑不出来。

冯颜的新车是起亚小型SUV，视野不错，就是座椅惯有的皮革味轻轻飘到何欢的鼻子里。他再一次调整了坐姿，让自己更舒服一些。两人共事时间很短，短得他对她过去的了解几乎是空白的。除了见识了她工作勤奋有效之外,与她有关的很多事情都还不清楚。他之前本想从许副台长那里得到一些答案,但结果也是落空。

你的新车不错。

有辆车跑业务比较方便。

何欢听到她说"跑业务",而不是"跑新闻",心里忽然舒服了很多。她把新闻当作业务来看,说明她不是简单地只负责采访报道,而是有业务责任感,要通过新闻去拉动广告创收。就目前表现来看,何欢对她还是肯定的,至少招了个会干事的记者。至于以后,报社整合,她要怎么办?何欢暂时不愿去想那么远。

为什么会来海城?你已经是之前那家大报的首席记者。

现在还有所谓"大报"?冯颜流露出一些不屑。网络铺天盖地,报纸还有多少空间?

那来《海城都市报》,不是更小?这我无法理解。

何总编,我的人生想多经历一些,想换一种活法,不行吗?

在红绿灯前,冯颜踩住刹车,转头给了副驾驶座的何欢一个调皮的微笑。就这个瞬间,何总编忽然才深有体悟,她和孟苹还是有不小差别的。而冯颜似乎并不想就为什么来海城这个话题与何欢进行深入探讨,她对过去采取了一种不愿提起的态度。何欢很快就读懂了。而这个时候,冯颜又和孟苹何其相像?

二十八岁前,同样讳莫若深。

何总编,在想什么呢?

没,没什么。想到了一个人。

是你的爱人吧?

呵呵。

何欢一笑,冯颜也几乎同时一笑。两个人之间似乎达成了某个默契。他想说些什么来打破这个笑话背后的东西,但手机却响了一声,是小季发来的微信。他在微信里说,新新媒体公司问上午还过去不。何欢回他,去。

小季已经在新新媒体公司门前等着,陪同等着的还有公司副总。副总是个女的,漂亮,年轻。何欢看见她,心里就有数了,这很符合黄达的风格。副总边走边说,真是抱歉,黄总临时被部里叫去开会,会是部长亲自主持。黄总让我来和您接洽,有关新媒体业务合作你们有什么要求,尽管提出来。何欢点点头,在公司走廊上挂的一幅相框前停了脚步,部里开会一般会提前通知,怎么开得那么急?副总歪了一边脑袋,我也不清楚,说是谈国有文化企业体制改革,蛮重要的。何欢又认真看了看相框里被放大的15寸照片,然后才离开。

从新新媒体公司出来已经快中午,何欢问小季怎么走,小季说对不住各位了,今天日子特殊,我得去赴约。何欢心里有疑问,但不想显得自己"八卦",就没多问。那么,就照旧让冯颜开车送了。冯颜问去哪儿,何欢说先去吃饭,然后再回报社,有一家新开的餐馆叫"小条食堂",听说还不错。冯颜笑了笑,何总编,你确定要一起吃饭?你知道小季刚才为什么急着走?何欢一头雾水。冯颜说今天是七夕啊,中国人的"情人节",小季他吧,我估计是要"赶场",中午晚上各有不同对象。

何欢松了松安全带,吃个饭罢了,哪里这么多的"讲究"?小季是小季,我们是我们。

听到这句话,冯颜看了何欢一眼。何欢大概也觉得听起来怪怪的,好像有什么问题。但说出口的话,怎么收得回来?"我们"就"我们",越解释越怪。途中他接到了黄达打来的电话。先是说对不起,然后说部长急着见,没办法,谁叫我这家公司是文化体制改革的"排头兵",特别又是做新媒体业务的?何欢说,我知道你"红"。黄达笑骂,你这是在寒碜我。怎么样,合作的事有什么要求?何欢说要去吃饭了,肚子饿,不谈工作。我刚在你公司,看到你把咱们班毕业五周年聚会纪念的照片挂在墙上。黄达说咱们班多厉害,研究生毕业,很多人在传媒界做得有声有色。不夸张地说,海城传媒圈半壁江山被我们系的给占了。

何欢却忽然觉得心底一阵悲凉。现在的形势,传统媒体还有多少好光景?而在衰败开始前,甚至已经有人提前离场了。譬如阿福。

哎,阿福。何欢提起他,黄达叹了一口气,然后无声几秒。

对了,我们同学,美兰和雯娟的事听说了吗?啊,你不知道?亏你老婆孟苹,原来和她们还号称"三朵金花"。我和你说,美兰和雯娟都离婚了。你知道为什么离婚吗?美兰和雯娟"换夫"啊。你不明白?就是美兰的前老公变成了雯娟的现老公,雯娟的前老公变成了美兰的现老公!

何欢听了感觉有点晕,以至于后来在"小条食堂"吃饭的时候,他全程无言。他一直在想着黄达说的故事。一个充满魔幻的现实故事。在魔幻的世界里,阿福会重新活过来,美兰和雯娟在不停地彼此"换夫",而孟苹则是永远还在二十八岁,冯颜和那时的孟苹相见了,两个人还彼此手牵手,互称"姐妹"呢。真好。何欢忍不住拍手。冯颜全程坐在他的对面,默默地吃着饭。

六

连着好几天,何欢和孟苹这对夫妻似乎都有话要问彼此。但两个人都静不下心来开这第一口。他们的每一天，都像是在重复着前一天的影子，从早晨被孩子嚷嚷声吵醒，到晚上洗漱完毕后把整个人扔在床上，两个人之间再无规范动作以外的东西，再无必须说的话。

但其实，他们清楚，有些话一定要和对方说。谁先开这个口？何欢和孟苹都没有十足的把握，生怕这个话先说出去，非但不能得到理想的答案，反而让自己输了。最终，还是孟苹忍不住。因为她觉得再憋下去可能会造成内伤，永久性的伤害。而且，她身上背负着许多必须让何欢认真回应的问题，每一个问题都不容轻忽，每一个答案对她以及他们今后的人生之路都具有指示性的意义。

在8月底，按照孟苹的要求，他们去了一趟姐姐的幼儿园园长家里，送去了月饼和购物卡。在回家的路上，在周边黑夜之中，孟苹率先开口。我知道你们报社要被整合的事了。这么大的事，你不和我说，我却反倒是从别人那里听到的，你觉得这样合适吗？哎，算了，不谈这个，反正你是这样，喜欢闷在肚子里。

何欢无声地苦笑。

前段时间干妈告诉我报社整合的事。她也把她的意见和我说了，她倾向保留报社主体架构，经营归到唯一广告公司，采编还留在报社，她说宁要改革不要革命，宁要改良不要改革。你是报社总编，她希望你能支持她的意见。你的意见，在台里最后决策的时候，占有很大的分量。

把我拔得那么高，简直不像话。何欢笑了，顺手摸口袋，空的，这才想起他定下决心要戒烟。从决定戒烟到现在已经有两天了。他把车窗摇下一点，小小寰球，有几个苍蝇碰壁……最后定案肯定是赵台，柯副台长说我的意见重要，难道还让我在开台长办公会的时候跑过去,说赵台,要这个,不要那个?

孟苹有些羞怒。干妈的意见肯定对你是最好的!如果是另一种方案,把报社整体并在广告公司,成为它下设的一个部门,那你要做什么?部门总监?这要笑掉大牙的。你三十岁就已经是报社总编,整个台里最年轻的中层,过了六年反而降级,真要发生这事,你要被载入史册的。

你觉得我的得失心会那么重?何欢不再有浅薄的笑。我头上什么都没有了也不要紧,要紧的是报社那帮兄弟姐妹们怎么办,他们是曾经和我一起冲前线的。保留了报社,留下几个采编记者,我一个人做"山大王",有意思?柯副台长要我支持,许副台长也要我支持——他是要报社彻底并进广告公司,你,亲爱的孟苹,你说我要听谁的?

听到这里,孟苹知道谈话进入了一个僵局,彼此都僵持在各自的立场里。或者说又是个死结,谁也不知道该怎样解套,而这样的解套要让双方都满意,就目前看来,几乎实现不了。孟苹揉了揉头发,碎短发,在黯淡夜色中竟然有了些微的灵动。

许副台长要你的支持,是答应了给你指出一条康庄大道吧。

柯副台长获得我的支持,你不也是得到她的承诺?何欢笑了,什么狗屁支持,不过就是让我当"打手",搞定报社人员,稳定情绪,不要上访闹事,风平浪静里让该走的人走,该解决的解决掉。

孟苹不好反驳他什么,他说得都对。这个话题到此为止,没有立即可得的解决办法,再说下去就是废话了。她决定转个话题,尽量舒缓呼吸,用一种大度又不带怀疑的语气问,那天见到你和一个姑娘在"小条食堂"吃饭。

那天?何欢开始纳闷,但很快明白她说的是什么内容。他心里冷笑,她还故作轻松地发问,真以为我和冯颜有什么?真有什么的话,还会让你发现?何欢脑袋里突然爆出这样一个念头,有些出乎意料,他不自在地咳嗽几声。我和你说一下这个事情的由来。黄达、小季甚至包括新新媒体公司那个副总都可以做证,我们那天是去谈业务。

谈业务和中午吃饭有什么必然逻辑关系?孟苹这样反问何欢。彼时,她已经开着车行驶在湖滨北路上,地铁二号线的施工让路变得弯曲。没有关系,我希望我们都不会犯错。

何欢明白她话里的意思,但又觉得有些怪。为什么说是"我们"呢?

在实际生活当中,孟苹很少用到"我们"这两个字。实际生活如此,写文章就更少用到。她写散文和诗,尤其是诗,写得很有自己的特色。有一首诗叫作《无尽之路》。原诗有点长,分三个小节,现在放上第一个小节:

> 从海城到狮城,用一种激荡的方式
> 去横跨
> 迷雾的晨曦,归林的倦鸟
> 所有的花都在盛开
> 如果有一天我老了
> 那必是选择了安全的方式去爱
> 而我也只会在远方的路上老去
> 但一切的恐慌都不会浮现
> 只因我们,以梦为马

这个小节是她在新加坡写的。原诗到此就结束了，后面还有两个小节是后来续写的，最终形成了一个完整的三小节诗。但她写完这首，之后就再没写诗了。当时她把这一小节送给了新加坡的一个人，她在诗里用上了"我们"这两个字，那个人读到之后，曾经产生过感动。这是孟苹为数不多用"我们"来表述的时刻。她心中有数，在妈妈、何欢、孩子，还有柯副台长他们面前，她会用到"我们"。其他时刻，她不会这么说，也不会这么写。不单自己不用，别人如果用了，她也会觉得浑身不舒服。

陈升这次就用了"我们"。他来到化妆室，孟苹刚结束录影，准备卸妆。看见他有些意外，问，你怎么来了？陈升看着镜子里的她，捏着卸妆棉抹去脸上的脂粉，喉咙忽然打了个结。孟苹见他没吭声，抬眼从镜子里看他，心里隐约知道了些什么。她当作什么也不懂，继续抹着脸，再问他。

别光站着不说话呀。平时话不是说得挺溜，哄得上上下下都舒服？

你这是笑话我吧？陈升知道有点失态，但感谢孟苹没有把气氛弄得尴尬。他拖过一把椅子。来看一下你，和你说件事。明天赵台要在各演播室走一遍，看一下节目录制情况。到你这儿，估计是10点左右。柯副台长、你们部门主任都会陪同，提前和你说一声，主要是让你多做准备，状态起码要好。

你的意思是说我原来状态不好？

这个，我不是那个意思啦。陈升"嘿嘿"一笑，但也没多作辩解。他们之间具有某种程度的熟稔了，互相的调侃可以在一定的、彼此可以接受的范围内存在。陈升笑过之后，出现了短暂的沉默，然后才说，原来状态不是不好，是太饱满了。怎么说呢？他停了一下，将门掩上。就是明眼的人，或者了解你的人清楚，你是憋着一股气在录节目,想证明给大家看你是"一姐",主持效果和功力都仍维持在最好。我的意见你是不是可以接受?

可我就是不想输嘛!

孟苹被自己的话吓了一跳。她把卸妆棉扔在镜台上,整个人靠在椅子上。她觉得眼睛有点热辣辣。

陈升把手伸过来,还递上一张纸巾,另一只手像是很自然地拍了拍她的肩膀。你不会输,我们会一起想办法。他又更靠近了一些,看着孟苹抓着纸巾的手慢慢从紧张到松开。他起身,靠在镜台前,俯下身,几乎贴着孟苹的面说话。

我之前和你说过,许副和柯副都往赵台那里跑得勤快吧?到现在了,你有什么想法?何欢怎么想?我在赵台身边,他对谁任常务副台长都没太明显的倾向。唯一要做好的,就是报社整合。因为报社是开端,它启动得好,后面其他改革就能顺带着出来。所以,这步很关键。现在,我们就等着看何欢了。

陈升,你为什么那么喜欢在我面前提"我们"这两个字?孟苹在心里苦涩。她听着这样那样的"我们",整个人几乎都要崩溃了。她看着镜子里的自己,那卸了一半的妆将脸呈现出阴阳两种效果,就像是在看一部劣质的20世纪80年代香港鬼片。如果不是感觉到身体还有温度,心还在跳动,孟苹几乎就要尖叫起来。

我不是何欢,他也不是我,我们谁也不能代替谁!

七

黄达要请何欢喝酒。他说很久没在一起喝酒了,阿福追悼会那天心情很不好,本来想找你喝酒,但后来公司有事就给耽搁了。其实公司能有什么破事？说到底，公司也不是我一个人的，它也不姓"黄"，它姓"公"，我不过是个高级打工仔罢了。何欢心想，他这样的说法，和阿福曾经对自己说的何其相似？我们貌似是这个总，那个总，但公司本质上却和自己无关——黄达的公司，属于海城日报社；而何欢的，则是属于海城广播电视台。

我们都是各为其主，屁股决定脑袋。

黄达喝下一杯清酒，做了一句话小结。此刻，在马可大酒店的日本料理店，樱花包间里，四个人面对面坐在榻榻米上。来之前，黄达对何欢说，各自带一个女伴，不然两个男人喝酒太寂寥。黄达带上的是公司副总，何欢想来想去也不知道该叫上谁。这几年他喝酒少了很多，总不可能让孟苹一起来。那么，还有谁呢？临下班的时候，冯颜从办公室门外闪过，何欢叫住了她，问她愿不愿意。冯颜笑了笑，何总编真是不会约人，现在大家都很忙，有谁临时约的？而且问愿不愿意，一听就没什么诚意。在前往日本料理店的路上，何欢开着车，对冯颜说，我讲真话，如果你刚才说不愿意，那我也就一个人去了。我就一个人，黄达还能把我怎么着？冯颜嘴角一笑，摸着暗红色的指甲。

黄达说，何欢，你怎么不喝了？这样做没劲了。旁边的副总很识相，笑盈盈给何欢倒了一杯清酒，说以前听黄总提过，何总编号称"千杯不倒"，这酒量简直让人叹为观止。何欢一笑，他瞎扯，他自己才是金刚不坏之身，我的酒量和他比起来根本不值一提。"金刚不坏之身"背后有个小故事，何欢本来想接着说，但一转念就放下了。陈年旧事，现在这里有两个颜值都很高的年轻女人，包间的日本铁壶很有质感，谈一些斑驳黯淡的过往没有多大意思。

黄总，我敬您一杯。前两天跟着何总编去您的公司那儿学习了,很先进,在新媒体开发运营上,你们确实很值得我们学习。

在何欢和黄达连喝了三杯酒之后,冯颜向黄达敬酒。冯颜说的话没有夸张,她确实觉得黄达的新新媒体公司走在了前面。《海城都市报》虽然也一早开发新媒体,从最早的网站、博客,到后来的微博、微信公众号,一个都没落下,但总是效果不明显。

黄达喝下了酒,然后又回敬了一杯。他放下杯子,语气却变得有些沉重。他说,你们看到公司现在运营得好,但我和我的团队,其实分分钟觉得像在走悬崖。这话怎么说?就是新媒体竞争很激烈,我们虽然背靠日报社,这个海城最大的报业集团,但报纸日子不好过大家都知道,我们做新媒体,为报社各个报纸提供新媒体服务,同时自己也要不断去外接业务,不然就是长江后浪推前浪,前浪死在沙滩上。

黄总的意思是,新媒体投入很大,前几年都是靠报社在投钱,这两年开始要我们独立运营,经营压力就很大了。新媒体烧钱,后起之秀又很多,我们不拼的话,很快就被甩了。

副总这样替黄达做进一步解释。何欢听了,笑了笑,说问题又回到了我们刚才谈到的。说到底,公司或者报社并不是我们一个人的呀,我们为什么要那么拼?

谁让我们捧上了"媒体"这碗饭?黄达开始苦笑,摇头。当时年纪小啊,全身热血沸腾,想也不想就念新闻。一介穷书生,只有写点文字,除了靠这个混饭吃,自己还能做点什么?现在时代飞快变化,文字的力量还剩多少?但没办法,我们都在一辆高速行驶的列车上,要跟着列车往前跑。我们年纪慢慢大了,但这世界逼得我们思想和行动不能变老,搞媒体要紧跟技术,不然就会在前进道路上被无情抛弃。

黄达一番话，让包间里的其他人都沉默。他说的是实情。实情就是这样，所以很现实，但必须接受。何欢这时候十二万分地想抽烟，但身上已经没有烟了。过了好一阵，他才半是宽慰黄达，半是对自己说，你们已经算不错了，至少很早就有危机意识，早准备，也早投入。像我这家报社，上面是广播电视台，虽是唯一一家纸媒，但毕竟和广电业务重叠少，地位就摆在那里，台里投入少，任凭我怎么努力，影响力也始终打不开。现在可好了，报社还要被整合了。

何欢说完这句，忽然觉得有些不该说。酒喝多了就是这样，容易把平时不易说的话说出来。但他觉得有些意外的是，其他三人似乎并没有太大反应，好像早知道这件事。尤其是冯颜，她没有什么表示，这有点不太正常。

你不用装作神秘的样子，你们报社要整合的事，上次部长开文化体制改革的会，我已经知道了。黄达说，文化体制改革是盘大棋，报社整合是其中一个棋子，但对你们海城台来说是打头阵的急先锋。部长在会上说海城台所有可经营资源都要整合，剥离事业属性，组合成一家产业性质的集团公司。部长还点了我的名，说你们可以借鉴报业集团的做法，学习新新媒体公司。我在会上没好意思说，但会后和赵台说了"见谅"。

为什么？

冯颜有疑问。她看不出黄达有任何需要说抱歉的地方。但黄达说何欢懂他的意思。何欢笑了笑没接话，后来才和冯颜做了说明。黄达是"拎得清"。部长表扬他，但他知道自己一定不能飘飘然。在体制内，赵台级别远在他之上，虽然不在一个单位，但还是属于宣传系统。其次，他也和我说过，他清楚为什么现在会做得有成绩。那是因为早转型，投入早，他不认为功劳都是自己一个人的。

说这番话的时候,何欢和冯颜走在一条湖畔小路上。时值夜晚,一些不知名的虫儿发出不太好听的声音。他们吃过饭,就和黄达说了再见。酒店外就是一座湖,何欢主动提议走一走。冯颜没有拒绝。

那下一步,报社整合要怎么做?

冯颜问何欢。何欢一下子变得有些烦躁,他不愿去想这个问题。可是能逃避得了吗?逃避不了。许副台长、柯副台长、孟苹,甚至还有现在的冯颜,都要他的回答。你到底要往哪条路去走?何欢忽然抓起冯颜的手,她低声惊呼,他拉着她,不管不顾,沿着湖畔奔跑。夏末的燥热顺着他的耳朵蔓延,他像那个不打开巧克力盒就不知道里面装的是什么的阿甘,一路跑,直到路的尽头。他将她拥抱,两个人呼吸急促。何欢闭上眼睛。

你在想什么?

我想起了一个女人,二十八岁时的样子。何欢补充了一句,就是你现在的年纪。

八

什么时候像今天这样哭过?记忆里好像只有爸爸离开的那个晚上。我哭着求爸爸不要走,但没留住,他拎起一个皮革包,里面装着他在家里最后留下的几本书,然后就走了。是头也不回地走。嗯,我再想想,顶多是在门口停留了一下,但没回头,我哭着喊他,妈妈抓住我的手不让我跑出去。爸爸身子微微抖了抖,还是走出了门外。我回过头,哭得很伤心,还对妈妈拳打脚踢。那个时候我好像要升初中了,力气其实是不小,亏得妈妈承受得了。后来长大上大学，懂事一点了，和妈妈提到这段经历，有些羞愧，又有些自责地向她说抱歉。但妈妈反过来还安慰我，带着自责，说你那么小，就要看见人世间的支离破碎，要说抱歉的是妈妈。在生活里，我没有维系好和你爸爸之间的关系，我们是回城知青，在当年匆匆恋爱，匆匆结婚，又匆匆生活，走着走着，各自就走上了彼此不同的路，并且，再也没有往同一方向、同一道路前行的机会了。妈妈希望你能理解，希望你能谅解。作为母亲，我确实让你受到伤害了。

听完妈妈这些话后，我抱着她，趴在她肩头。我能感受到自己的颤抖，但我咬着牙，硬生生将掉下的泪吞下去。我只在当年爸爸离开的那夜痛哭过，后来就不掉泪了。因为，掉泪完全是枉然呀。你看，我哭得那么伤心，爸爸何曾回头？爸妈何曾修补和好？都没有。所以，我不哭。

但今天，我实在忍不住，像十二岁时的自己那样，哭泣。新加坡永远那么湿热与潮湿，我呆坐在屋子里，没有开空调，从黄昏一直到黑夜。黑夜给了我黑色的眼睛，我无法寻找光明，所见只有黑暗。但你知道吗？这还不是最悲惨的。最悲剧的是，像飞蛾那样扑火。明知他是一团火，自己仍然要扑过去。所以，他们现在指责我、嘲笑我、侮辱我，我都要接受，没有人逼得你往火里跳。是自己要扑身过去，并以爱情的名义。

他和我说，对不起，还是不能和你走，我需要她。如果离开她，我的公司，我之前所有的努力都要坍塌了。哦，居然还用了"坍塌"这两个字。一个闽南华侨第三代，还能有这样的中文水平，算是不错了。我没有去深究，到底他的事业重要，还是我重要。我如果这样去问，结果只能是自取其辱。我只是问他，我们在一起两年了，在这中间你到底爱没爱过我？爱我又有多深？

我如果爱你不够深的话，那我就不会送你保时捷，不会在你工作的新传媒附近黄金地段给你租房子，就不会……

他犹豫半天，竟然用这样的话来回答我。够了，不要再说了。我觉得你这是在侮辱我。别人也许可以，但你不可以。你心甘情愿付出，我欣然接受，我并不欠你什么，因为前提是我们的爱。可如果现在你用这些话来搪塞，或者验证我们爱的深度，那真是对我的人格的践踏。

对不起，孟苹，我不是故意要这样说。

他要来抱我，但被我用力推开。在我丧失理智之前，你离我远一点。你不能再抱我了，你说的这些话已经断了我们之间所有的曾经。在我仍然相信你说过的那些"和她离婚，要和我在一起"的话的时候，在我仍然相信你曾真心对待我的时候，请你赶紧离开这里。这里是我工作的场所，同事们要进来录制今天的节目了。我不想被人当作怪物看待，也不想上八卦杂志，不想封面写上"城中富家子情断电视女主播"。如果给彼此都留下尊严的话，哪怕这个尊严微乎其微，也请你快点离开。我转过身，听到他一声叹息，然后渐渐远去的脚步声。我一直强忍着，扬着头，绝不让自己的眼泪落下。

可现在没有办法了。我回到租屋，像十二岁那年的一场哭泣，放声大哭。我和自己说，绝不再为爱情哭第二次——如果在世上还能再遇到的话。我哭了很久才止住泪水。第二天，我就把他的所有东西退还。该还的还，该退的退，我们互不相欠。我给远在海城的柯副台长回了短信，我告诉她，我想回去了，狮城已无所留恋。

我们所有的悲伤，都来自有心却无力。

无尽之路

九

这一年的秋天来得会早一些。何欢印象里,以往空调可以开到国庆过完。但现在晨晚的凉意已经很明显了,特别是夜越深,凉意越足。他还在半夜被冻醒,关掉空调。他睡在小卧室,孟苹带着姐姐和弟弟睡觉。

他把手机点开,打开微信,看许副台长给他发的信息。信息是这样写的:我和柯副台长都已向赵台表达了意见,各自陈述了利弊。赵台当然没有马上表态,他说报社总编,也就是说的你,如果能确保平稳改革,员工不闹事,事情都好办。赵台说,能确保这一点,哪种方案他都同意。下周开办公会,你表态,然后领导层表决。上次和你谈话已经一个多月了,你想好了吗?

想好了。就是从二十楼跳下去,一了百了。何欢站在卧室外小阳台上,看着深不见底的黑暗。那一刻,他忽然明白为什么会有人在天空底下抑郁,为什么有人不愿再留恋尘世与肉身。真的很烦。为什么偏偏是要我在二者中选其一?这是你的命嘛,一开始就你自己选的路,没得改。阿福不知道什么时候又站在他身后,依旧微笑。何欢有点恼,我知道,是我走的路,没人逼我。阿福说,你莫恼,我没有笑你的意思。我一向是很佩服你的勇气,这个你心里清楚。我们那届研究生班,你的学问做得最好,导师和系主任都推荐你读博,但你还是选择进海城台。你进台里,也没做管理,没选择相对还好做的电视广播,而是进了台属报社,从记者干起,一步步往上走。我和你同期进来的,我看着你把报社搞起来,最高峰的时候,咱们报社足足有四十来号人呢。

是啊。何欢眼神里浮现对过去的神往。记者、编辑、发行、广告、行政等，咱们一群人亲得像一家人。那个时候多美好。草在结它的种子，我们不说话，就已十分美好。

后面那句，好像用得不是很恰当哦。

我知道。难道要我说天下无不散筵席，看它起高楼，看楼塌了吗？我从不为自己曾经的选择后悔懊恼，因为都过去了，没有挽回余地。我恼的是，为什么美好永远无法持久，昙花一现，青春短暂，爱情一去就不会回来？！

你这恼都是凭空来的。有一年我们去鼓浪屿上的一座庙，上面刻了弘一法师的字，"悲欣交集"。我们有时哭，有时笑，有时被捧，有时被贬，世态就是这样。

世态炎凉，从来如此。我当年毕业出来，真是一腔热血，铁肩担道义，妙手著文章的。"无冕之王"，我一直认为这是至高无上的荣誉。可现在世界败坏成什么样了？一个明星公开自己的离婚信，公开骂曾经爱过的女人出轨，就这样的新闻霸占媒体资源好几个月，你说传媒还有什么前途？但这也是没办法是不是？这个时代，需要的是拼命向前的奔跑，是狂欢至死。

那也不至于这么悲观的。阿福虽这样说，但结尾却还是冒出一声轻叹。现实还是要我们去面对。你去黄达的公司谈合作，不就想改变，想跟上变化的步伐？

亡羊补牢一下，作用并不会太大。何欢起身，脑袋有些疼。现在报社人走得七七八八了，走的人很多是我招进来一手带的，但他们走我不埋怨，我只怪自己本事不够，没把报纸做好。现在剩下的这班兄弟姐妹们，我为难的是，要怎么和他们开这个口。两个整合方案，不论哪一种，最后肯定还是要走人，但他们很多是上有老，下有小，跟我拼这么多年，就得到这个结果？

我说过的，报社不是你一个人的嘛，你肩上压太多，想太多了。阿福也起身，站在了阳台边缘上。大家都等着你的话，你坦然地说，大家会理解。何欢，那句被说烂的话，你知道吗？就是"世上本没有路，走的人多了，也便成了路"。是不是这个道理？

何欢点点头。是这个道理。他撑在阳台栏杆上，仰望天空，那最亮的星上，会不会住着阿福呢？喵。楼底下传来一声猫叫。何欢想，又是那只流浪猫在呼唤了，大概等着他下楼给它喂食。

何欢觉得，在和报社同事说出自己的意见前，还是要先和冯颜谈谈。何欢曾找过许副台长，把自己关于报社整合的决定告诉他后，他曾问了一句，那冯颜的人事关系，你打算怎么处理？就为着许副台长的这句话，何欢觉得就算再难也要硬着头皮开口。他给两个选择方案，让她选。但他还没开口，反倒被冯颜抢了先。

你这几天好像有意在躲着我。中午，采编部办公室只有两个人。冯颜把门关上。何欢看了眼门上的玻璃，一个小方格。冯颜继续说，你在担心呢，还是临渊恐惧？

何欢一开始没听清楚她说的"临渊"，后来想到"临渊羡鱼"这个成语才明白了。冯颜，你的前世也许是鱼儿，在深渊之处畅快嬉戏。具体是什么鱼？是锦鲤，你面目虽清瘦，但身体的饱满却掩饰不住。就像那晚在湖畔，他一伸手搂过她的身体，在手掌间既感受到了她的温度，又实实在在体会到了尚在青春的美好身体。但一切也只到这个程度而已。

你在想什么呢？冯颜敲了敲桌子。她好像把头发也剪短了，侧脸看着他的样子，像极了孟苹。何欢心里一凉。他坐直身子，我没有想什么。只是在回忆一些细节，然后想要怎么回答你的问题。冯颜,事情是这样的——很多事情往往并没有准确的答案。担心的说法,有些太轻视我,但是不是还能奋不顾身一跳?我可能没有什么信心。临渊羡鱼,最好的办法是退而结网。

你脑子没事吧?冯颜嘴角流露出了嘲笑。拐弯抹角说一堆废话,是想开脱,还是想解释?感情的问题没有那么复杂。喜欢就是喜欢,不爱就是不爱,黑白分明。你不能在动了心眼,起了意图,付出言行之后说,抱歉,这不是我真实的态度。算什么?退而结网,你要知道,是要做好鱼死网破的准备的……怎么了,你的脸色那么凝重,你真以为我会怎么着吗?你当我傻啊!

他不说话,她也不再开口。《花样年华》里有一幕,周慕云和苏丽珍坐在西餐厅里,两个人不说话,周慕云的烟在默默升起。何欢问自己,是不是自己在这个时候也要点根烟?但他否定了,因为他决定了要戒烟。大概一根烟的时间过后,何欢说,时间很宝贵,我们之间没有必要为某个东西争执。

某个东西?呵,当我没问,你继续。

我们来谈谈报社整合。我和许副台长说了,我支持第二种方案。不是我心狠,或者决绝,而是长痛不如短痛。传统媒体消沉你亲眼看到的,就算保留报社主体又如何?最后还不是会遇到大浪淘沙的局面?无可奈何花落去,没有办法的事。社里保留一部分人,但到了最后,时间错过,又蹉跎一阵,那时要是走人,不是更惨?所以,不如就趁着现在,彻底解决。趁着台里还能开出不错的条件,一次性解决,工龄补助能多拿尽量多拿。别等到最后,台里连补助金都不给了。现在走人了,还能再想着找机会重新走一条路子出来。

冯颜笑了笑。她光洁的脸上露出了超越年龄的深沉,虽然嘴角还是挂着笑。她一副把何欢看穿的表情。这么说,你还是替大家着想的？那我想问下你，你甘愿自降一级，在唯一广告公司里做个中层？你好高风亮节。还是说，许副台长给你指了一条更好的路？

何欢也笑了。他忽然觉得世界处处充满荒谬。冯颜，你凭什么认为我会告诉你呢？他默默地在心里说话。直到不笑了，他才说，你不用"操心"我。反倒我要"操心"你。台里决定第二种整合方案后，人员流向方面，我给你两个选择。你要愿意继续留，我推荐你到唯一广告公司，不用继续跟着做报纸了，广告公司有收费电视栏目，你可以当电视记者，同时跑广告业务。第二个选择，不愿意留，还想继续做媒体，那推荐你去黄达的公司，主业还是做新闻采编。

那你对我真"好"。想得挺周到。

许副台长也想得很周到。他还提醒我。但其实用不着他提醒，我自然会考虑你的前路。

说到这里，何欢和冯颜不自觉对视一眼，接着冯颜莫名笑出了声。何欢见她笑了，心想不如我也笑一笑吧。于是，他也笑了。

十

没有一点防备，孟苹遇见了冯颜。在遇见的那个当下，她甚至闪过念头想要走。但这个很荒谬，是不是？怎么会是我要走？好像阴沟里见不到光的老鼠。谁也不能按下我高贵的头颅。孟苹摸着自己定型的发髻，笑着叫黄达。

黄达，你也来了。

他虽然是一闪而过的意外和尴尬，但孟苹还是发现了。这很可笑。孟苹心想。在另一头,黄达则很快回以笑脸,侧了侧身说,老同学,有一阵没见了。今天是世贸双子星开业,我们负责全程媒体营销,自然来了。

哦,我们,还包括你身边的这位美女吗?

呵呵,黄达笑了。他略微退后半步,冯颜,很出色的记者,我真愿意她是我的人呐。但可惜了,她是你们的人呀。她在何欢手底下。

那我还真不知道。第一次见呢。孟苹把在"小条食堂"所见的那幕吞了下去。她上下打量冯颜,你见着眼生,何欢基本上不和我说报社的事,你是新来的吧?

冯颜嘴角微笑,很得体地伸出手。孟苹姐,你好。我在何总编桌上放的全家照上见过你。

孟苹心里一顿。她以"全家照"的方式来说见过自己,而不是通常别人说的,从电视里见过,这样的方式很特别,甚至有些刻意为之,好像里面藏着多深的含义。而这样的含义,只是由说话者抛出,具体怎么解读则要靠听者自己了。孟苹想到这层,忽然窝火。和我来这套。

哦,看来你还蛮仔细,何欢的照片你也看得那么清楚。

习惯罢了。大概做记者久了,职业病了,喜欢观察。

喜欢观察是个优点。能够看到别人所看不见的东西,发现新的事物,产生不一样的感情。孟苹双手叉在胸前,看着冯颜。两个女人个头虽然都差不多,但孟苹是主播,学过形体,因此旁人从侧面看,似乎她更显得挺拔些。

但妙就妙在,冯颜更年轻,整个人无形中透着别样的味道。具体是什么味道,那就见仁见智。冯颜呢,只是微笑,看着孟苹说,孟苹姐说得有道理。就这样简单一句话,不再多说,不再绵里藏针。

无声胜有声,无形胜有形,夫唯不争,故天下莫能与之争?笑话!孟苹心里想着,并抱之以不屑。她也不愿再和眼前这个女人无意义纠缠下去了。她觉得自己姿态首先要高。我是谁啊?新加坡前华语新闻主播,海城台现任首席主播,何欢爱人,两个孩子姐姐和弟弟的妈妈。此外,她到目前为止,尚捏不准,何欢和冯颜间,究竟是哪种程度的存在。她没有确凿的"证据",全是感觉。这样的感觉,多少制约了她。

在一旁的黄达,尴尬越来越明显了。他挠了挠头发,这样吧,你们俩接着聊,我去和商场老总说几句话。黄达要走,冯颜也跟上,黄总等下,我和你一起去,来前说好要访问他几句呢。那么,孟苹姐,我们回见咯。冯颜朝孟苹挥手,孟苹却看向黄达。他脸上的表情怎么那么复杂?她看着他俩消失在视线里。现在,只剩下孟苹独自站在原地。这几乎要证实了她之前最坏的猜测,她有且仅有一次质问过何欢,他那次说"不",她选择相信。如今,又到了这样的地步,需不需要再次质问,或者追问?

那次,是在拍完婚纱照的晚上。何欢不在家,打他电话也没有接。孟苹是从妈妈家里打的电话。快结婚了,孟苹想多陪陪妈妈,所以当她提出暂时和妈妈住一段时间时,何欢并没有表示反对。他们的婚房是两室一厅的新房,首付款各自出了一半,但装修和买家电的钱是孟苹出的。面对钱的时候,何欢多少有些局促,因为毕业工作三年多,并没有积攒下多少。于是,这个时候,孟苹就站了出来。她推出一张信用卡,我来付。何欢看着桌上的白金卡,想问几句,但又不知该怎么开口。

刚开始,孟苹打电话,何欢没有接,她并没有在意。或者临时有事去报社，或者被朋友叫去应酬，都有可能。她和妈妈有一搭没一搭说话，看电视剧《激情燃烧的岁月》。孟苹说还是国内好，新加坡那里的华文电视剧俗套，演员一口马来腔。妈妈没有看她，像随意说起，你确定放下了新加坡的人、事？你确定现在的这个何欢就比前一个好？孟苹有些"炸"起，妈你这是什么意思？不是说好不提新加坡发生的事？我从来没跟何欢提起过，你以后也不要再说了。不管他在不在，都不要再提。

妈妈说好，然后削了个苹果，削得极好，苹果皮一直连着没有断。孟苹以为这个苹果是削给自己的，但妈妈自己吃了。妈妈说，苹果要吃进肚子里才知道好坏。你自己选的路，自己走。何欢不怎么说话，看上去老实的样子。

什么叫"看上去"！

下午刚拍了婚纱照，晚上人就不在家？打电话也不接？

这不是很正常嘛。孟苹忽然觉得很累，或者是因为拍婚纱照累了。她不想再看电视，也不想再和妈妈说下去。她觉得一切是庸人自扰，但第二天她看见何欢的手机屏幕，上面跳出一行字：你有一条新信息，×××。

何欢，×××是谁？

他从卫生间出来，孟苹平静地问他。他皱了下眉，孟苹摇着手机，你不用多想，我只是刚巧看见，你手机放桌上了。屏幕上跳出来的，我并没有打开看。

一个大学本科同学。

女同学吧？昨晚不会是和她在一起？我打你电话没接，后来你也没回我。孟苹这次说得很冷静。有些直觉是不用明说的。孟苹是多聪明的一个女孩子啊。×××是一个如此明艳的名字，她看上一眼就好像看见了千里之外。

是，昨晚和她在一起。何欢回答得更冷静。她是我前女友，来海城出差，她知道我要结婚了，提出想见我。

何欢，你觉得这样合适吗？

不太合适。但我想不出拒绝她的理由。我和她只是说话，各自谈彼此生活，什么也没有发生。

真的什么都没有？你能保证你和她之间，什么都没有？

孟苹质问何欢，追问何欢。但在得到何欢确实、肯定的回答，以及毫不含糊的目光后，孟苹打算不再问下去了，也不再放在心里。选择爱人，是爱其所有；选择婚姻，包括承受。孟苹选择相信，很多事情，你与其去追究到底，还不如戛然止步。

我希望我们之间诚实以对。我相信你，何欢。

无所谓相信不相信，我没做过什么，为什么要用这样宽宏大量的态度看待我？何欢心中多少有些愤懑不平，但他并不打算表露出来。好一阵后，他问她，一个忍在心中很久的问题。他问，你从新加坡回海城，是不是那里发生过什么事，有什么不愿回首的过去？我从未问过你那段经历，但我不会硬要你说。你说，我欢迎；你不说，我也从此再不提起。

你既然已经清楚是"不愿回首的"，为什么还要问？我不会再提起任何与那里有关的事。我回到海城，走另一条路，求的是安稳平静。我们曾经就结婚的话题探讨过，我希望我们之间以后不要再有那么多的无谓争执。孟苹不知道为什么自己眼角会有泪花。她觉得自己明明是在不动声色地叙述，但为什么泪花会出现，而心底还会一波又一波？

唉。何欢叹了一声，半晌无语，然后将孟苹搂在怀里。孟苹环抱着他。孟苹心想，我很多心里的话都放在日记里了，当然，是网络上的博客日记。如果有心，或者说假以时日，何欢有可能都会看到。但其实看不看得到，都并不是什么大问题。难道我们跨过高山，越过平原，穿过森林，还有必要惦念着回头看吗？

一直回头的话，什么时候才能是个尽头呀。

十一

你说我和一个女人很像，像她二十八岁时候的样子，我知道这个人是谁了。冯颜开着车，将天窗打开。我虽然一早隐约猜到可能是她，但我其实默默在祈祷，希望自己的猜测不是真的。何欢，你是不是觉得我有些傻？

冯颜把车停在珍珠湾，那里靠近大海。她心里想，海城这点真是好又可爱，离海那么近，大海随时等待你的目光。而且还有海风吹来，吹进眼睛里，若是流眼泪的话，还可以把责任推在海风身上。

你想什么？好像灵魂都飞到天上去了。何欢碰了碰她的胳膊，两个人坐在车里，望着车窗外的海。他们再一次去了黄达公司，回来的时候，冯颜提出要去看海。他猜到她有话说。但真在海边了，她却又无言。

其实，我也没交谈的欲望，很累。何欢摇下车窗，让秋天的气息进来。我和孟苹"冷战"了，她不和我说话，把我当作空气，透明的，从身边经过，都要隔10厘米。冯颜，你说这是为什么？

你蛮搞笑的。你以为，我会知道你家里的事？冯颜忽然有些不耐烦，蹙着眉，手抓着方向盘。何欢心想，你看，你看，还真是和孟苹像呢。冯颜觉察出了何欢的注视，她把他的脸推到另一边。"冷战"发生，究其原因是意识形态分属不同阵营。冯颜笑了笑,你和孟苹间,就属于这个。你们意见分歧,就在于到底要选哪种报社整合方案。柯副台长是干妈,她自然站在这边;那么,何欢何总编,你选择对立面,难道还要她给你好脸色?

这不是我能决定的。何欢一手按着胸口,一手指着天窗打开的一小片天空。我和报社部分员工私下沟通过了,沉默的有,提条件的有,但我想应该都能好好解决。无非就是钱。孟苹不该埋怨我,我没得选,她也没得选,甚至轮不到她选,和她有什么关系呢……

关系很大。从你刚才的话理解,孟苹也可以完全不选你。

什么意思?

你在背地里和一个和她很像的女人,你来我往,你以为孟苹会高兴?她完全以为,我们之间……冯颜说到一半,手机响了,但她只瞄了一眼,就掐到静音。何欢扫了一眼,手机屏幕上的来电人名很熟悉。何欢摇了摇头。冯颜继续说,前几天我和她相见了。我本来想躲,但她却径直走过来,还伸出手要握手。我犹豫着,也握手,从她略微冰凉的手心,我感觉迟早要发生一件惊天动地的大事。

何欢听了不置可否。所谓"惊天动地",无非是两个面向,一个是冲着工作,一个是冲着家里。他猜测,孟苹大概会是后者,具体而言是对着自己而来。但他又觉得她完全没有这个必要。那个夜晚,他是拥抱了冯颜,而且嗅到了她身体的花香,但实际上后面什么也没有再发生了。

但以上这些,孟苹哪里会懂?自己也不可能解释给她听吧。就算解释了,她会相信?何欢忽然觉得全身疲惫,前所未有的疲惫。我真的累了,冯颜。在经历了这些事之后。比如,我和报社老员工沟通,我要承受他们不同的眼光,嘲笑的、悲怨的、愤怒的、无奈的,等等,每道眼光都压得让我喘不过气来。

哦,这就好笑了。你刚才还说"好解决",无非是多花些钱嘛。

但他们毕竟是跟我打过江山的呀。"好解决"是自欺欺人。何欢顿了一下,伸出手牵起了冯颜,五个手指穿过她柔软的指缝。何欢叹了一口气,他们成了改革过程里的"牺牲者"。也许"牺牲者"这个词不够准确,但他们确实是付出代价。他们,包括我在内,都是传统媒体人,当年报纸发行量十万份,新闻报道屡屡得到省市乃至国家级奖的时候,哪里会预想到今天这个地步?

这是没得办法的,是不是,何欢?冯颜松开他的手。在我很小的时候,我爸妈在东北的国营钢铁厂下岗了。那时我还小啊,只知道爸妈没工作,家里肉吃得少了。爸妈还那么年轻啊,就下岗了,但有什么办法?不是还得过下去?爸妈咬牙和武汉的亲戚联系,从东北到了内陆,家里亲戚在当地有点关系,安排爸妈重新进厂上班。但就是这样,我们日子也是过得紧巴。爸妈,包括我,累不累?当然累。但有什么办法?既然还要在生活的路上继续,那就不能停下脚步呀。

何欢笑了一声。他对她的过去,从她的叙述中又多了一些了解。这个了解真是难能可贵啊。她亲口提起,而不是通过询问、打听等变相的方法,这很不易。而他对她口气中流露的"海燕"又或"保尔·柯察金"式的句子,在觉得突兀之余,又抱有一丝怀疑。在他这个年龄,再面对这类的句子,多少有些尴尬。

你不用流露那种怀疑的表情,我相信天无绝人之路,路都要靠自己走。

何欢苦笑,摇了摇头。之前和你沟通过的,报社整合,成了唯一广告公司内设部门,我已经把你的名字报到台里去了,继续留下来,同时也告知许副台长了。

冯颜轻轻一笑。含混的回答里,似乎包含着别的意思。只是这层意思,何欢现在还不懂。他一时也没往深处想。现在,他感到不安或者难受的,是肉体里有种勃发的欲望在膨胀。他艰难地吞咽了一下。

你别想那么多了。冯颜开着车。你该想着,你老婆那里,该怎么交差吧。

那天晚上,孟苹下节目回到家已经是夜里 11 点。她去主持一场直播的"两岸大学生歌手赛",她在屏幕上笑得越灿烂,何欢就越觉得悲哀。她的台风还是很好,但她输在了年龄。这个很残忍。但姐姐和弟弟却看得很开心。姐姐跟着节目里的歌唱,弟弟还不怎么会说话,但只要见到孟苹,就笑得嘴也合不拢,还拍着小手叫"妈妈,妈妈"。何欢一边摸着弟弟的小脑袋,一边放空自己的思绪。

孟苹回来,两个小家伙已经睡了。床头亮着微弱的灯光,她沐浴好穿着睡衣,问何欢,怎么还没睡?何欢说睡不着。她坐在床沿,看着分别睡在床两侧小床上的姐姐和弟弟,自语,姐姐上大班了,要分开来睡,国庆节布置下小房间。何欢点头,然后问她,今晚主持还顺利?孟苹看来还在兴头上,说挺好,那些大学生们都是年轻人,节目结束了还找我合影,说我主持得好。何欢"哦"了一声,然后就不再说话。孟苹似乎觉察到了些什么,她不悦,我明白你的意思,是干妈推荐我上节目的。她说多接触些年轻的节目,增加在年轻观众里的影响,这有好处。你知道我在台里顶着多大压力、怀疑甚至嘲笑上节目的?别人可以笑我,但只有你不行！

你小点声，不要吵醒姐姐弟弟。

她起身，柯副台长要和你谈谈，明天中午吃饭。他想不出，她的干妈，要和自己谈，能谈出个花来吗？

十二

干妈，这个大学生歌手赛的直播，我有点担心。选手都是大学生，年轻，平常我都是主持访谈节目，我怕自己应付不来。

哦，是这个原因吗？你会对自己的主持不自信？这不像我认识的你吧？

对不起，干妈，主要原因是，我担心台里说闲话的太多。怕就怕不单是背地里议论，还会有人有心捅到赵台长那里。你知道的，常务副台长的人选最后还是他定，已经到关键时期了。

孟苹，你知道做人最难做到的是什么？不以物喜，不以己悲。这很难。就像常务副台长这个职务，我说不在乎，那是假话；但是，有些事，不是你在意，就一定会保有的。世间万物莫不如此。

干妈，我不太能明白你的意思。就我听到的，许副台长的呼声现在很高。我也没用，何欢不听我的，站在了许副台长那里。

这怨不得你，甚至也怪不了何欢。他本来就是许副一手提起来的。我一早已经猜到这个结果，当初让你试着去劝，我想可能也是徒劳，但后来一想，无论怎样，还是要请你对何欢表明一下我的态度。至于他接受与否，我想，这不是我最在意的。

那么，干妈，我能不能问下，你最在意的是什么？

我在意的是，不希望看到你受到伤害，在经历了这一系列的事之后。

柯副台长这么说,孟苹一下子陷入了沉默。海城的秋天不显山露水,甚至中午的时候,燥热还一度让你觉得回到了夏天。但晨晚与白昼的分别,还是凸显了海城之秋。在秋的早晨,孟苹陪着柯副台长爬山。现在,两个人站在山顶已经有一阵儿了。孟苹低下头,干妈说的经历"一系列的事"究竟有哪些呢?她默数,是不是要从阿福离世开始算起?一件一件又一件,但这些事情,不管明或暗,都和一个人有关。何欢。

唉。孟苹微微闭上双眼。柯副台长轻轻拍了下她的肩膀。

她其实很想告诉柯副台长,从新加坡回到海城的那天起,她就暗自发誓,再也不会被别人伤害。

但她没有把这句话说出口。柯副台长拉着她坐在了一条长椅上。椅子背后有一棵树,从山石中间生长而出,一副不屈不挠的样子。柯副台长说,报社整合的事,会不会影响到我?会,但影响并没有想象中的大。何欢支持许副,最后结局会不会如他们所预料的?我看也未必。何欢啊,还是书生意气太重,他重感情,他当自问,许副真的承诺他什么了吗?具体到哪个职务呢?有吗?

孟苹摇摇头。她从未听何欢提起。他总是一笔带过。这世上的康庄大道,是别人给的吗?她没有确切答案。

还有一件事,我想想,还是告诉你一声。柯副台长摘下她的玳瑁眼镜,揉了揉眼角,然后重新戴上。许副报到台长办公会上的方案,人员分流计划里,有个叫冯颜的。一个新入职的报社记者,留在了唯一广告公司。个人简介里,除了说她采编水平高,业务能力突出,还有一句话是——具有较高的经营管理能力。这是什么意思?

孟苹这时候苦笑了。我哪里会懂？料得年年肠断处，明月夜，短松冈。她的脑海里忽然冒出了这样的句子。天知道为什么会如此。这不会是我。我二十八岁以后的人生之路，都是计划好的，不会也不允许有例外情况发生。深呼吸，她摸了摸有些微凉的右脸颊。

回家后你和何欢说，约着吃个午饭，我有些话想和他谈一谈。该说的我还要说，至于他能不能听进去，这就要看他了。

何欢，你能听见我说的话吗？我发现糟糕了，进不到你的心里去了。过去的时候，不论如何，我总会找到一条路，通往你的心田。你不说话，沉默，但总会在心里留下一扇门，让我进去。可现在，你靠在椅子上睡着了，虽然脸上还留着未干的血迹，纱布紧紧包扎着额头，但你却未有一分一点的疲惫，好像从未有过伤害，不再有焦虑，就这样舒适地沉睡。而我，却不知道为什么。

当真正的伤害到来，我才发现自己如此害怕。或许，我并非如自己一直扬言的那样，无所恐惧？哦，他醒来了。

何欢睁开了眼睛，想说什么话，但是只张了张嘴，后来变成了一个微笑。这个微笑温暖，又有迷惑性，就像当年他俩在中山公园独处，划着小船，她不小心划桨把水打到他身上，她连声说对不起，他报之以一笑。她想，或许就是这个微笑，让那个当下的她下定了决心。

我接到小季电话就赶来了。是报社的哪个人打的？报警了吗？

呵，这像你的风格。先不说报警，先问问我的伤情吧。

孟苹把手一摊，忽然觉得很累。到这个地步了，你就没必要再这样了吧？如常的嘲笑就免了吧。何欢，你把报社当自己家，把他们当兄弟姐妹，但他们就是这样对你？报社整合不是你一个人的责任，你自始至终也没有捞到什么好处，反而处处替他们着想，但你最后落到这地步，值得吗？

不是所有事情，都可以用价值来判断。咦，陈秘书，你也来了？

知道你被打了，孟苹急得不行，在停车场车怎么也打不着火。我刚好要来，就让她坐我的车。赵台第一时间也知道报社发生的事，让我来了解情况。我现在清楚了，主要是那些分流出去的老员工有意见，一两个人带头，就集体闹事了。其实，他们哪里知道你是为他们好，长痛不如短痛，而且赔偿金更多……

陈秘书，不说这些咯。个人业障个人背。

你说得很对啊。所以，那些打人的、闹事的，就要对自己犯过的错担责。

陈升要打电话，何欢压住了他的手，不要打了，不要让警察来处理，我们内部自己解决。

孟苹看出了陈升明显的不快。她劝着他先到外面站会儿，她和何欢说几句话。陈升走了，她把办公室门掩上。她面对着他，何欢，那些被分流的老员工，实际上就是辞退下岗了，你为什么偏要选这个办法？柯副台长那天吃饭的时候，最后劝你的话，你一个字都没听进去？你这样做，谁会站在你的立场，谁会站在你的那一边？

历史会站在我的这一边。真相迟早都会到来。

孟苹听了要发笑。何欢啊何欢，你究竟是怎样的一个人？为什么稳妥的路你不走，偏要攀爬险峰？我们二十二岁相识，二十八岁在一起，生儿育女八年，为什么到现在我觉得越发不能理解你了?

来,孟苹,我和你讲一个故事。何欢握着孟苹的手,徐徐讲述。孟苹听着听着,以为出现了幻听,周围满是佛郎机的炮火声,还有群众声嘶力竭的喊"杀"声。她感觉眼角湿润,但一抹,却又是什么也没有。

这个故事很漫长,我听完了。孟苹微笑。像马尔克斯的小说,絮絮叨叨讲一个现代的孤独故事。她停了一下,摸了摸何欢额头的纱布,是谁陪你去医院包扎的?

何欢还没开口,虚掩的门被推开,冯颜站在门口,手里还拎着一个塑料袋,袋子上写着"××药店"。小季跟在她背后。孟苹看着他——奇怪,小季,你为什么好像很尴尬的样子?

在回台里的路上,陈升开着车,孟苹坐在副驾驶座上,目光经过路上的一草一木、一花一鸟。在一个十字路口,等红绿灯的间隙,陈升从后视镜看了眼她,然后握住了她的手。她推开他的手,陈升,我跟你讲一个故事。我有两个好姐妹。毕业后她们俩都去了北京,因为很要好,所以一开始一起租房子。后来两个人都有了各自的男朋友,然后男朋友变成了老公,再然后呢?女甲的原来老公,成了女乙的现在老公;女乙的原来老公,成了女甲的现在老公。是不是很绕?你理一理,很快就会习惯。什么原因呢?或许是彼此陪伴少了,或许是互相相处时间长了,又或许是别的什么原因,总之这两个姐妹就此分崩离析了,从此江湖陌路。

陈升,你不用皱眉,你可以当笑话听,但我却认为这是个悲伤的故事。

讲完了?在绿灯亮起的一刻,陈升忽然愤愤地说,何欢真是个傻子!

十三

阿福那间办公室一直空着。何欢认为在自己走前,有必要把他的办公室收拾一下。他打开办公室的门,里面一切如旧,只是摆设在灯光下显得有些灰蒙蒙。桌上还放着他的相框,那是有一年参加记者节登山活动,在山顶上照的。照片里他笑得很灿烂。

门口敲了几声。何欢回头,看见冯颜。何欢有些意外,你不是有个文艺采访活动?这是你在报社的最后一次采访,虽然你在报社时间才几个月,但这次采访还是得好好做,用心做。冯颜原本半靠在门上,听他说话,露了个不明显的白眼。她走过来,秀发甩在一侧,烈焰红唇,今晚的妆比平时都要浓一些。

你这个妆,去参加胡德夫的音乐活动,好像有些不合适吧?何欢收着阿福的书,有些是报社的资料书籍,有些是他自己的藏书,有一本《蟹工船》,何欢记得念书时就向他借来看过。

你不是很喜欢胡德夫的音乐?之前知道他要来,还说要和我一起去采访。

事情会变的,冯颜。何欢手撑在桌沿,你曾说在海城不认识什么人,现在认识的人不也多了?你还说要和我坐同一条船,但你不是已经先上岸?呵呵,你不用急,我开个玩笑,没有指责你的意思。各有志向,强求不来。

事情并没有你想的那么复杂。冯颜有些恼了。许副台长很早就认识我,他和我的那位武汉亲戚熟悉。我在武汉做报纸小有名气,许副来武汉开传媒年会,我也参会,他问我愿不愿意来海城,我想换个环境,所以就来了。现在这些,其实一早就说好的……

我说过，没有责怪你的意思。何欢擦了擦手，轻轻摸着冯颜的脸颊。你现在的样子，和当年的孟苹真是像。我也不再责怪孟苹了。我纠结于她二十八岁前的过往，真是很幼稚。难道你每一段曾经走过的路，都要再从头走一遍吗？

这么说，你想通了？

想通什么？

冯颜听了这话，直起腰，原本她在帮着何欢装箱子。何欢在箱子上贴上透明胶，也站起身。他看着她微笑。走吧姑娘，你载我回家，我想再坐一次你的车。

上车的时候，何欢摸了摸额头，冯颜问，还疼吗？何欢摇了摇头，不会，就是还有点瘀血没散，痒。我后来想，其实受点皮肉伤挺好，愤怒就由着愤怒，辱骂就由着辱骂吧，如果能让他们心里好受一些，那我也会舒服一点。

群众往往都是不明真相。但就算知道真相又如何？也不见得人能体谅、理解、支持你的做法。你何苦把自己逼到这么决绝的地步？报社并不是你一个人的。

何欢看了她一眼。街道，以及城市的红男绿女在汽车窗外往后退。冯颜，我和你说个故事。皇太极兵临城下了，崇祯皇帝还是要杀袁崇焕，说他里通外合，和皇太极勾结，图谋逆反。他被杀了，不明真相的老百姓每个都上去割他的肉。事后知道袁崇焕被诬陷了，可有老百姓会内疚？这个故事那么悲剧，你说这其中是谁造成，谁要担责？老百姓、崇祯、皇太极，还是袁崇焕自己？

车猛地停了下来。冯颜紧紧踩着刹车。车灯如雪，映在公园路口。往来车辆行人稀少，这辆车孤零零停着，车里的两个人孤单地想着各自心事。车载广播在放一个音乐节目。一首歌通过电波传来。何欢用低到不能再低的声音和唱。

> 初看春花红,转眼已成冬
> 匆匆、匆匆,一年容易又到头
> 人生啊,就像一条路
> 一会儿西,一会儿东
> 匆匆、匆匆,我们都是赶路人
> 珍惜光阴莫放松,莫等到了尽头

冯颜,这首胡德夫的《匆匆》真是好。你觉得呢?何欢喉咙一阵发紧,他赶忙咳嗽两声。我们都是赶路人。冯颜,当你到我这个年纪,可能会对这歌有更深的感觉吧……

何欢话还没说完,冯颜忽然探过身紧紧抱住他。她把头埋在他的肩膀上,放声哭泣。何欢想,你怎么就哭了呢?要哭也是我这个老男人哭呀。他摸着她的头发,安慰着,不哭了,我们都还好好的,世间没有什么了不起的大事。我先下车了,这里离我家也不远,你多保重了。

何欢走回家。他从未感觉,回家的路竟然有那么遥远。走了好久好久,似乎翻过了一整座撒哈拉沙漠那样的距离。好几次,他想坐下来喘几口气,但一想到"赶路人",又只得继续前行。终于到了小区门口,还遇见了那只流浪猫。有一阵子没见到它了。它好像专门在等着他回来。可是小猫,很抱歉,今天我空手回来,没法喂你。你想我上楼拿点吃的吗?哦,不用啊?那好吧。

你看起来很疲惫。

哦,小猫,你是在和我说话吗?

身上的伤看得见,但心里受的伤,别人却不易发觉。

你在说我？你不用担心。我心里的伤，也不用别人给予安慰。相较起来，孟苹确实值得我敬佩呢。黄达的公司有云计算，可以进行大数据分析，他帮我找出了好几个和我有关的人这么多年来在网上留下的"痕迹"。在孟苹与冯颜之间，我犹豫了一下，但最后还是只看了孟苹。原来我那么不了解她。她有在网络写日记的习惯，我都不知道。她还写诗。我翻看了一首《无尽之路》……

你想表达什么呢？得到心理补偿，宽慰，还是放下了一些东西？

何欢摇了摇头，起身，对着流浪猫微笑。都不是。亲爱的猫，你会不会唱歌？如果会，请跟我唱：我们都是赶路人，只要一息尚存，路就一直延伸，并没有尽头。呵呵，我改了胡德夫《匆匆》的歌词，你听过这首原曲吗？

近日，海城广播电视台根据中央文化体制改革精神，成立由海城台控股的文化传媒集团。该集团整合海城台所有可经营性资产，并将海城台原下属企业剥离，划归新成立的集团旗下。

在此次整合过程中，原海城市××国企总经理×××调任文化传媒集团，担任总经理，同时兼任海城广播电视台常务副台长一职。作为本次海城台文化体制改革的试点单位，原下属报社被整体整合到文化传媒集团下属唯一广告公司，并改制成为"平面媒体部"。该部门也成为海城台唯一的平面媒体部门。在改制过程中，平面媒体部总监冯颜被委以重任，她的工作作风及能力得到了海城台领导层的高度肯定。

她表示——未来，我将在原报社基础上，借鉴有益经验，淘汰落后方法，甩开包袱，带领同事们轻松上阵，踏上新的征途。

人间世

一、何欢

第一次来武汉就知道去 KTV？熟门熟路的样子，还知道汉阳的店多。

老司机载我来的。

车里的警察听了一笑，坐在后排的何欢转头望向窗外。他完全丧失了交谈或是沟通的欲望。那个问他话的警察，看上去像是刚大学毕业参加工作。你们啊你们，终究还是太年轻，对一个地方熟悉与否，和"第一次来"其实并没有绝对的关系。就像在武汉，现在警车疾驰在马沧湖路上，何欢隔着半开的车窗，切身体会到 10 月底这座城市惯有的沉闷、干燥与尘土。而所有这些，与若干年前一个武汉女人曾多次和他提及的场景，并无二样。她说，我们可以在汉正街买最潮的衣服，在户部巷吃最香辣的鸭脖子、鱼杂、青蛙、黄鳝，在长江大桥上压马路看桥下江水浑浊。

何欢问，长江大桥不是通汽车和火车吗？人还能在上面走呀？她笑得眉眼都弯了，你这个笨笨，大桥两侧有人行道的嘛，你看了很多书，但是一定要走过长江大海，见过白云高山，这样才行的。

我明白，我明白。以后有的是机会，和你在一起，我们走遍千山与万水。

以后的以后，却再也没有机会了。我后来再没见过她，知道她回到了武汉，但我却从未来过这里。这次，如果不是单位派我来参加展会，带着"任务"，我自己不会来这里。

为什么？我是说，之前有那么长的时间，你为什么不来武汉？

那个年轻的警察追问，何欢没有马上回答。他直起腰，如果不是因为手被铐在椅子上，他真想在派出所接待大厅走一走。在此刻，四周除了电灯羸弱的电流声之外，再无其他声响。何欢看着年轻警察的同事陆续将一些男女押进拘留室，于是很自觉地问，我是不是也要进里面待一晚？年轻警察笑了笑，你很想和那些道友、赌徒、小偷共处一室？我看你的样子蛮老实的，今晚虽有不轨的意图，但总归没有付出行动。这样，让你的同事，或是你在武汉这里认识的人做个担保，来领你走。

警察同志，你看这样吧，等天亮以后我再打电话叫人吧，好不好？

随你咯，我没有什么意见，如果你愿意在这里空坐。年轻警察摘下警帽，点了一根烟。他那么享受的样子，勾得何欢闭上眼睛猛嗅飘过的二手烟味。要不要也来一根？何欢摇头，不要不要，我发过誓不再抽的。年轻警察于是不理他，继续在一吸一吐间，化解着漫漫黑夜。

他的那个追问,何欢知道要怎么回答了。这个年轻警察如果之前换个问话的方式,他大概就马上进行解答了。譬如,问题是这样的:你这次来武汉,到底是为了什么?何欢心想,对这样的问题,他的思想准备更久,解答起来也许会更从容一些。

在得知自己要去武汉参展那刻,何欢内心有过一阵颤抖,但嘴上却说着婉拒的话。他说,曹社,这个邀请函上写明的是社长,我不过是刚入职的编辑,参加出版行业年度展会,恐怕资格不太够。曹社笑了,胖手拍了拍何欢肩头说,你还资格不够?前一个月见你,我还要叫你一声"何总编"呢。你做总编时间比我做社长还长,以你的经验去参展绰绰有余。再者说了,我也必须让你去。

咦,必须?

何欢,你来我这儿当个编辑绝对是屈就了。但你开了口,我自然不会说NO。得知你要来杂志社,不少老朋友还给我打电话哩,说你开不了口,他们开口,让我多关照你。我说这个还用多说,以前何总编多仗义,还替我们杂志做过免费宣传呢。

曹社,咱们不绕弯了,你就直接解释,为什么是"必须"吧。

其实呢,也很简单。那些请托的朋友,我都要给面子的。你进来先当编辑,但要快速提拔你,就要多制造机会让你有实绩。参展刚好就是个机会,一来你代表了杂志社,展会是宣传杂志的好平台,你去一下,宣传效果马上就出来了;二来嘛,参展也是为了杂志发行量,你看看,能不能拉一下中部地区的发行?

都有哪些朋友这么"帮"我?

曹社笑了笑,何欢你朋友遍天下,还有必要我一一点名呀。

大家都明白你是被迫辞去总编辑的职务，被迫离开报社。就冲这点，这些朋友就替你不值。比如说你的老同学，现在是海城新新媒体公司总经理的黄达啦；还有，你的老婆，海城电视台主播一姐，孟苹，说来，她当年还是我的恩人呢……

算了，算了，曹社，别说了，我去武汉就是了。有那么一刻，何欢觉得自己无比的灰头土脸。比自己还小一两岁的曹社，他虽然对自己一直是笑笑的，但何欢却总感觉腰没法挺直。他从杂志社出来，站在一片阳光下，忽然觉得自己要被融化了。这个感觉糟透了。什么时候，自己要通过孟苹来寻求援手？他们难道不知道，我已经和她分居？

鬼才知道。连我也是你说了才知道。黄达喝一口酒，表示给自己压压惊。"分居"是一个险棋，你看啊，美剧里头，白人中产阶级夫妻日子过不下去，一多半也是先"分居"，有点观察的意思——大概就是你这种人才会想到这个方法。

何欢约黄达出来喝酒，原来是想得到某种程度的安慰，但没想到却是不留情面的嘲讽。他窝着火，连喝了三杯。平时他一杯酒也要犹豫半天。他反问，我这种人是怎样的？难道在你的眼里，就成了怪物？

不，不是怪物，只不过是压抑自己太久，从心理到生理。我相信你懂我什么意思。黄达乐呵呵，但笑着笑着，又垂下眼睑。咳，大家都一个样……

何欢从他的话里听出了一记异常沉闷的敲击声。他欲言又止，何欢只装作没看见。各有各的难关，不是谁都愿意轻易流露，就算和你生死契阔，也未必需要全部倾诉。再说了，有些时候说是说了，但也只是情绪流淌，或飞流直下三千尺，或溪流潺潺而过，其实并无多大用处。

难以迈过的关隘,终究是翻不过去。

来,喝酒!别再说那些泄气的话。这世上,没有什么是跨不过去的难关,除了自己。你看看你,脱离那个工作已十年的报社,脱离广播电视台这个"母体",现在不也一样活得好?你再想想,你这次能去武汉,说明你也有了勇气,能够面对那个在武汉的她。多不容易。

是不容易。在结束了一场漫长而低沉的对酌之后,何欢和黄达告别,独自一人走在回家的路上。这十年间,他有很多种去武汉的可能,去见她,然后可能让自己的人生发生一些什么。但这些"可能"统统被他自己打回,在迈出脚的那一刻,又不得不再次收回。

道路在脚下延伸。何欢站在幸福大街的一头,另一头是家,一眼可以望尽。忽然觉得脚步沉重不堪,他踉跄找了张街边长椅坐下。其实啊,十年前她要走,要回武汉,如果有勇气留住她,求她离开的脚步慢些再慢些,那么,后来十年间也就不需要那么多的假设。更加无须假设,这些年里如果有机会去武汉见她,将会发生或改变一些什么。

如果当初勇敢,是不是可以想象,现在家里的就不会是孟苹?而自然,和孟苹一起生养的儿女,姐姐与弟弟,也不会再有了,是不是?何欢一想到姐姐弟弟那稚嫩的脸,忽然就觉得锥心般的疼痛。他开始扇自己耳光,一下又一下,好像要在自己的脸上扇出一个新世界来。

何欢,不要再往前走了。街的另一头不是你的家。或者说暂时不是你的家。你和孟苹分居了的。你现在转过身,跨过街道、花园和商场,在杂志社的办公室里重新支起弹簧折叠床。

和何欢一起去武汉的,还有发行部的小叶。其实他比何欢大三四岁,但大家都叫惯了小叶,所以,何欢也跟着叫。

何老师,我二十出头到的杂志社,被人叫小叶叫到现在。

何欢看见他两鬓的微微白发,还有笑起来脸上未知深浅的法令纹。何欢说,你也不用叫我老师,叫我的名字就可以了。小叶说没事的,我叫杂志社的编辑都是老师,我跑腿拉客户做活动可以,但碰到文字的东西就头晕,所以你们都是文化人,都是我的老师。小叶笑着说,说得诚挚而友善,何欢心想,那好吧,随他吧。

10月底,他们到了武汉。飞机在天河机场降落,何欢确认自己已经身处武汉,但心情并没有想象中的激动。这就有点像小的时候,一心想要个插卡游戏机,爸妈说考试进前三名就买,他拼命念书,最后考了第二名,游戏机也到手了,但那份欣喜,却打了很大的折扣。难道对待武汉也是如此?

但事实显然不是如此。到武汉第二天,要去国博中心参展的路上,大巴行驶在一座桥上,迎着河上飘来的风,看桥上行人匆匆,何欢忽然睁不开眼睛。那一刻他难以启齿的是,竟然有了流泪的冲动。他急促地呼吸,揉着眼睛,要把刚萌发的、有些不合时宜的柔软掐灭。坐在一旁的小叶看出了动静,问他,何老师这是怎么了?头晕不舒服?我把车窗关上吧。何欢说,不要紧,风有点大,估计是沙子吹进了眼睛。小叶愣了下,然后呵呵笑,说可不是,武汉到处挖到处建,是全中国最大的工地,风吹起个把沙子,那是再自然不过。

何欢嘴角一动,没再说什么。在展馆里,一整天,何欢和小叶都在忙着布展,介绍杂志、交换名片、互留微信,等等。这其中,主要还是小叶在起作用,因为他来参展好几次了,熟门熟路，何欢跟着他做。但小叶很客气，对外的时候总是把何欢推出来，好像是他的领导。

何老师，你不用觉得不好意思。曹社说了，你是代表咱们杂志社的。我多介绍一下，你和其他参展商很快就会熟的。第一天展会结束，何欢和小叶站在国博车站，打算叫一辆滴滴专车。小叶继续说，其实年年参展也就这些个套路，最后有没有效果不好说。

效果，大概就是能给杂志提高发行量吧？

是的，何老师。小叶皱了眉头。发行部日常基本就我在负责，现在杂志很不好做，这是大家都知道的。网络那么发达，看杂志的人越来越少，要提高发行量，难上加难。

我知道很困难，但再困难也要去做。何欢讲不出什么激励人心的话。他嘴上虽这么说，但对该怎么提高发行并不明确。他这次来参展，带着任务来，其实就是想办法提高杂志发行量。曹社虽没有明着压任务，但何欢知道自己该做出点成绩来，至少得折腾出一些声响吧。

很想见到她，真的，他觉得自己快要炸了，就是胸口这里，一胀一胀的，像是打满气的皮球。回到酒店，何欢站在窗台边。武汉这个城市空气中飘浮着许多肉眼不见的尘埃和颗粒。呼吸之间，他已满嘴苦涩。他谢绝了小叶的喝酒邀约，小叶说几个熟悉的一起来参展的同行约了，去桃花岛喝酒。小叶还说，那里喝酒有"花样"的哦，何老师。小叶可能本意是好的，似乎想着让何欢散心。但他没有心情，只想静静。

你们去玩，不用管我。小叶，别喝得醉倒要我去抬你回来就好。何欢在电话里叮嘱小叶。电话那头发出一声意味深长的笑，不会的何老师，只光顾着喝酒，那"桃花"不是浪费了？何欢一时没明白他话里的意思,但也没多想。何欢关上窗户,卧倒在床上。紧紧拽着手机,那里有她的电话号码,要不要现在打给她?来武汉之前,他找到了他们共同的一位朋友,小苗。确切地说,是她的朋友,她们当年一起合租房子,无话不说的闺蜜。后来她回了武汉,小苗虽然继续留着,但同一座城市里,何欢也绝少和她联系。如果不是因为她在别的报社当记者,何欢想,他或许再不愿与她相见,避免让彼此尴尬。他给小苗发微信,问东问西之后,才问能否给个武汉那个她的电话,想着也只有找你,才知道如何和她联系。小苗隔了许久,才回了微信,并推了一个微信名片给他。说,其实和她也很久没联系了,我这里有她的武汉号码,也不知道现在是否打得通了。还要了微信,你加她吧。

已经没联系了?你们当年,是"义结金兰"的姐妹。

你也知道,是"当年"呀。过了好久,她才继续回复,你们当年分手,她回了武汉,一心就是想断了和这里的联系。再说了,人生那么长,一年又一年,不断回头,什么时候才能好好走前面的路?

何欢不是傻子,明白小苗的意思。他犹豫着,是否要解释为什么时隔多年,他还要再去见她。但这样的解释,繁复又漫长,况且,就算解释清楚了,小苗,或者是任何一个他人,能理解盘亘在何欢心里许久以来的情绪吗?

何欢,你不用为自己的行为做出任何辩解。因为都是陈年旧事了,再说了,我一点儿也不在意你的话。小苗说话还是那么不留情面。你去武汉找她,是良心发现也好,是再叙旧情也罢,或者要忏悔,都是你的自由。而她要怎么回应,也是她的权利,她拒绝,甚至辱骂你,我觉得都正常。她的手机、微信号,我也是绕了个弯,从别人那里要来的。我只能做这么多了。

谢谢你做的这些。

何欢重新将他与小苗的微信对话看了一遍，然后决定先加了她的微信。至于那个武汉号码，他还没想好打通后的第一句话该怎么说。

参展第二天早晨，是小叶叫醒何欢的。何欢觉得奇怪，没想到自己一觉睡得那么沉且长，而他的睡眠其实并不好。更觉得奇怪的是，小叶居然精神抖擞，像是没事人一样——凌晨光景，小叶回的酒店，何欢恍惚间看见了他。小叶笑了笑，说自己就是这样，倘若有工作在身，再晚睡也会一早醒来，因为有责任。何欢坐在床头，穿着大裤衩，光着脚踩在地毯上，听到"责任"，心想，这个词真是好。但词虽好，结果却未必是好。

太有责任感，未必是件好事。

在国博继续参展，在读者寥寥的展位后面，小叶听了何欢的话，表示很赞同，而且补充，有责任还累着呢，就像我，刚开始做发行，拼命冲冲冲，开拓市场、维系客户，心里压着石头，整天睡不好觉，身体还垮了。后来我慢慢懂了，很多事，差不多就好了，能维持基本面就不错了，冲市场不该是我一个人的责任，杂志社其他人也都有责的吧。

我现在最需要的，是去见一个人。

肯定是个女人吧，何老师？让你这么牵挂的。小叶竟然有些如释重负地舒了一口气。看来我的猜测还是对的，何老师的心事，是和女人有关。是武汉本地的？联系上了吗？

昨晚加了她的微信，但一直到现在都没通过。何欢苦笑，摇了摇手机。我还有她的手机号，但想着先加微信。毕竟，我已好多年未见她了。

看来何老师很念旧呀。现在日子过得那么快，新人笑都来不及，还能想着旧人哭，真不容易。但何老师，你来武汉，该不会只是见她一面那么简单吧？

小叶，你不用笑得那么邪。何欢又喝了一口矿泉水。我很久没见她了，真是想见她一面。另外，我以前知道她在武汉有点关系，好像有个叔叔挺有能耐，在省里一个部门做官，我就想能不能通过她，和她叔叔搭个线，帮着推一下我们杂志在中部地区的发行量。

这个，何老师，你确定要这样和她说？小叶露出难以相信以及理解的表情。你这样做，她会乐意吗？我不知道你和她的过去，但下意识觉得……

离谱，还是疯了？何欢自己先笑了。他笑着说，可是小叶，你说我还有其他什么办法？我从原来报社一把手，变成现在杂志社一个编辑，我总要做点事、发点声、出点成绩吧？我不这样，你说我还有什么更好的路？就算真见了她，她当面羞辱我、指责我，甩我一个耳光，我都要把这些话，求她的情，统统给说了。没的选了。

小叶听了，无言以对。在后来的一整个白天，在国博中心，他与何欢之间再无任何交谈。傍晚，回到酒店，在大堂遇见一个高个子的男人，见了小叶马上拍他的肩膀，小叶应付着笑，然后当着何欢的面，问高个男子，喂，地头蛇，和你打听个武汉本地的姑娘，听我们何老师讲，这个姑娘背景很好。何老师，她叫什么名字来着？

杨洋。

哎呀，她呀，我认识，我认识。我还参加过她的个人独唱会，那年省文化厅朋友送我的赠票。去看的人很多呢，当然啦，你们也知道,她也不是什么明星,都是冲着她叔叔面子去的。

这个高个子男人,絮絮叨叨说了半天她的情况,从大堂,到电梯,直到客房。

二、孟苹

三十天。孟苹看着手机上的日期,默念。这个时间不会错的。自何欢从报社离职到现在,正好是这个时间。而这,也是他们分居的时间。他们谁也不曾主动提起"分居"二字,但已经走到这个地步,不用开口都明白继续同在一个屋檐下已是不可能。但姐姐弟弟还那么小,"离婚"无论如何也做不到。由此,只能先物理隔绝。孟苹说,你搬出去吧,我来照顾孩子。何欢低低地点头,然后拖着行李箱走出家门。在大门掩上的刹那,她的眼泪差点就决堤。

但我一定不能哭。哭说明自己内心尚有大片柔软。我不是不能柔软,但柔软往往并不能解决什么问题。就像这次台里主播要进行"有史以来力度最大的调整",明天就要接受调整面试了,现在传出风声是年纪较大的这次统统被调整下来,换年轻的上。唉,拜托,什么叫"年纪较大"?我也才三十六岁而已,这算怎么回事?

这背后的原因,难道你还不清楚?还要我点出来?陈升靠在主播台前,几乎要俯身在孟苹面前了。此刻,晚间访谈节目已完成播出,演播室内仅保留几盏射灯,除了他俩,再无其他人。实情说出来,就伤人了。这句话他在心里说了,看着暗黄灯光下的孟苹,他看见了一个女人的美丽哀伤。

也不过是一个月的时间,你看上去整个人状态很不好。

怎么可能好得了？我每天出家门都要给自己"洗脑"，就像那些美发小弟、房产中介一样，拼命告诉自己要打起精神，不能垮掉。孟苹起身绕着主播台走着。这一个月，像是一个世纪那么长，所有世间炎凉都要自己承担。现在又传来风声，说我要被调整，我怕哪一天，自己真撑不住了。

如果是在一个月前，你可能根本不会考虑这个问题。无论怎么调整，也不会落在你的头上。

孟苹停止不动。陈升有些怨恨自己刚才的唐突，喉间低低唤了她一声。她摆摆手，慢慢转过身。陈升，你说到今天这个地步，我能怪得了谁？我甚至不能怨何欢，他做了自认无愧于心的事。可他想没想过，这样做，身边的人怎么办？

柯副台长今天离开台里，记协那儿都准备好了，办公室也整理清楚了。

陈升这样说，孟苹听出了他的意思。她要不要为没去送柯副台长而内疚？算了，都算了。人与人之间的亲密，往往并不如你想象中那么坚固或持久，很多时候我们是想当然，或者产生误判。比如柯副台长，此前孟苹叫她"干妈"，像亲生闺女一样依偎在她的身旁，但花好月圆人长久常常只是愿望，一不小心就会将这愿望打破，如戳破一个肥皂泡。

我明白你的意思，陈升。但我不会内疚，柯副台长也不见得会无法心安。孟苹有点儿累了，明天还有不得不接受的"调整面试"，她慢慢感觉到了疲乏在身体里蔓延。我理解柯副台长，因为何欢的决定，她无法如愿当上常务副台长，而且还被要求空出位子，让位给外面来的，新任命的常务副台长。这肯定是伤了她的心。她一定觉得这个世界薄凉得可以——她把青春和美丽都献给了海城电视台，却没想到最后还被退二线。她感到被背弃的苦。

哪个不苦？陈升笑了笑，很自然地拉住孟苹的手。走吧，明天还是很重要。

陈升，你注意到没有，你用了个"还是"？

孟苹以为这样就结束了，赵台长突然问她，还有什么话要说吗？她本要起身了，又落座。面试评委除了赵台，还有另外两个人。孟苹不知道赵台的问话，是他个人的意思，还是包含了其他评委的。她扫了一眼，暂时没有出声。

这样吧，你们先走，我单独和孟苹再聊几句。赵台长这么说，其他两位就先行离开。孟苹目视着他们离去。许副台长她认识，但很少打交道，要在过去，也是何欢和他来往得多。而至于那位新就任的常务副台长，孟苹就更加陌生了，她甚至连他叫什么名字都不知道，只是今天近距离看他，觉得他的脸好黑。

赵台，你觉得我要说什么呢？孟苹觉得自己对这个人不需要客气。调整面试其实已经结束了，该问的问题我都已经回答了，我在台里已经七八年了，资历你其实也清楚。我很简单，毕业后一直就做主播，头两年在新加坡，后几年回海城干到现在。为咱们台，我倾尽我所有，倾尽我所能。

我能理解你的心情。要是现在通知让我调走，我心里也不会高兴——凭什么，不是干得好好的吗？赵台长五十出头，头发还是很浓密，笑起来好像很宽厚。孟苹别过头。赵台身子往靠背一仰，但心情这个东西最捉不住，时好时坏，我们先把它放一边。我和你讲个人，柯副台长。你和她的关系我知道，但你未必清楚她是怎么起来的吧？我们台刚成立不久，柯副台长就来了，她是省里第一批送去北京培训的播音员。培训结束后，咱们台缺人，组织上问她意见，她就从省里来了海城。那时候，你知道的，电视频道能有几个？她技术好，又年轻漂亮，很快就成为"台柱子"。但她在主播位子上并没坐多久，前后也就两年时间吧，接着很快就转为幕后，做管理了。

这么短？孟苹有些难以相信。在当时那种环境下，专业人员少，柯副台长其实可以做得更久。而也正因为时间短，以至于孟苹居然对柯副台长这段历史毫不知情。她为什么这么早就放弃当主播？柯副台长的主播生命至少可以再延长十年。蛮可惜。

你觉得可惜，但我觉得柯副台长却是很聪明的女人，想得明白。我没有贬低女人的意思，只是有时她们格局不够，视野还是狭窄。我说的，也包含你在内。赵台忽然直视孟苹，他语气不高，但孟苹却分明觉得偌大会议室里有种冷峭在产生。她抱了抱自己的胳膊。

我观察，你其实已经做得很好，不感情用事，不冲动。但和柯副台长相比，或者和她年轻时候比，你缺少一样东西：转身。

赵台，我不同意你的说法。孟苹不服气。如果我不善于转身，那我当年就会继续留在新加坡当华语主播，而不会选择回来。转身，意味着不贪恋……

更意味着不畏浮云遮望眼。赵台打断孟苹的话。你看你现在，是不是执念太深？你先不要反驳，你的执念在于太想在主播路上走得更远，但其实你转身之后，可能会发现"世界大不同"。

我不在乎世界是否大不同。我在意的，是为什么一个月以前，我还是首席主播，台里领导包括你也是支持我，在广告经营下滑的情况下，仍然给我这样的一线人员涨薪。但一个月后，却到了这样令人难堪的境地。

这怎么让你难堪了？赵台长皱眉，语气里已经有了不满。任何岗位都需要"新鲜血液",难道你就例外?我摊开来说,调整是常务副台长的意见,我必须尊重。

为什么你一个正台长,要尊重一个副职的意见?孟苹苦笑,但这句话埋在心里没有说出口。分寸,她还未失去。她问,何欢,是不是因为他?

赵台长没听清,或是尚未反应过来,眼神里有疑惑。片刻后,他才理解她所指。他长叹摇头,起身,在不宽敞的过道来回走了一遍。他说,何欢不是原因,他为报社改制做出了很大的牺牲,他主动辞职,没有怨言,我怎么可能还对他有意见?就算有意见,又怎么可能牵连你?孟苹,不要再追问,不要再钻牛角尖了,面对现实,接受调整。台里下设的集团公司,准备新成立一家演艺经纪公司,台里意见,让你当总经理。

是赵台你的意见吧?

不知何时,他已站到了孟苹的身旁。她也起身,发现自己竟然还比他高一些,因为她可以看见他头顶新染的黑发。他笑了笑,摆手,这是柯副台长临走前的意见。领导层里,有种意见是让你直接退二线,就任主播指导岗;是柯副不同意,她坚持让你去新公司负责。她甚至还要和我谈条件。

赵台长没再继续说下去。孟苹表情木然,他讲得如此真实,由不得她不相信。那是她错怨了柯副台长,那个她曾称作"干妈"的女人?也就在昨天,她还曾质疑过曾经的"情同母女"。原来都是自己错了?

既然你刚才提到了何欢,那我再多说一句。你们夫妻现在的情况,你觉得自己还能胜任主播的位子?我们担心,直播的时候,你的情绪突然出状况。

赵台讲得真好,直白到近乎刻薄。孟苹走出门外,觉得她现在急需的恐怕就是如此这般"扇耳光"的话语。她忽然前所未有地想念何欢。

睡到半夜,弟弟突然惊醒,那哭声像是山谷里响起了炸雷。孟苹赶紧抱起他,拍他的后背,安慰,轻声问是不是要喝牛奶。弟弟摇头,继续哭。姐姐也被吵醒了,揉着睁不开的眼睛,发脾气说我再也不要弟弟了,弟弟不是我弟弟了。孟苹左哄右哄,但姐姐弟弟都不领情。没有办法了,只好一边"恐吓"姐姐,立刻躺床上,要是再吵闹就抱她出门,和黑暗婆婆做伴;另一边则抱着弟弟出客厅,快速地泡好150毫升牛奶,将奶嘴塞到弟弟的嘴里。

弟弟暂时不哭了。喝着喝着,松开奶嘴,仰头问孟苹,爸爸呢?

孟苹落下了眼泪。她替弟弟擦拭哭泣的脸蛋,却没有抹去自己的泪水。

早晨,何欢父母还是照旧来帮忙照顾弟弟,保姆还是照旧送姐姐上幼儿园。大家没有一句过多的言语,孟苹匆匆化好妆,又匆匆出门。低头从何欢父母身边经过的时候,她避开他们的目光。

这很正常。陈升开着车,对孟苹的讲述这样回答。他们二老其实对你还有期待,认为让何欢回家的关键还在你身上。

但事实并不是这样啊。孟苹在心里苦笑。她交替抠着指甲缝,好像要把里面所有的污垢都扫荡。何欢的走,我并没有硬逼;就算我要他回来,也得他心甘情愿。他那天一走,山高水长,好像永无回头路。

这没有回头的路,是否包括回家的路呢?他拒绝你们事业上的帮忙,却不拒绝女人的投怀送抱,他沦落到现在这个地步不怪任何人,你觉得他还有回家的路可走?

下车前,陈升这样问。孟苹觉得他的话很不友善,甚至是恶毒。陈升,你凭什么这样幸灾乐祸嘲笑咒骂何欢?你以为自己就是道德高地了吗?你以为你把何欢贬得一文不值,我就会更加厌恶他?你以为……

陈升忽然吻住了孟苹。她没料到这个吻如此大胆,竟发生在光天化日,发生在演艺经纪公司大门口。两三秒之后,她回过神要推开陈升,他却先弹开了。他问,现在有没有清醒一点了?

孟苹扬手赏了他一个耳光,谢谢你。她拉开车门下车,陈升紧跟着而来。公司门口已站着两三个人,一个办公室主任模样的中年男子迎上前,见孟苹含笑低头,孟总,我姓邵,请进公司指导。这个男子个子高高的,仪表整洁,说话的声音也很好听。孟苹心里有好感,但还是说,邵主任,我今天只是来看看,不要叫我"孟总"。台里还没下文件任命,我连是否出任也尚未答应。

这个,昨天我还特别请教了陈秘书,他让我尽管叫"孟总"。

陈升摸着自己的左脸颊。一个称呼罢了,孟苹你在意这些?做事情要抓关键问题,解决主要矛盾。

孟苹听了觉得好笑。来公司了解情况也是他提出的,他的理由很简单,没吃过猪肉也要见过猪跑,接不接受任职是一回事,但对公司究竟做什么的,多了解一点并不会害了你。孟苹说我感觉正往一个坑里跳。陈升听了,很正经地说,就算是跳坑,我也会先躺在坑里,等你跳下来。那一刻,孟苹听了心情很复杂。

公司内部刚刚装修好,还没正式挂牌,台里让我先顶着。

邵主任指着大办公室,里面不少座位都空着,两三名年轻的工作人员在忙着自己的活儿,有男也有女,男的还有打耳钉的。

孟苹抬头看四周，墙上挂着台里主持人的海报，有电视也有广播的。她还看到了自己的海报，高高挂在中间的位置。虽然在情理中，但还是有些意外。

邵主任上前一步解释，台里成立咱们这家公司，原来的意思就是要将主持人的影响力扩大化，经纪公司可以牵线搭桥，推广主持人拍影视剧、演舞台剧、出书、主持外场活动什么的。

本意是好，但就怕市场太小，公司做不大。孟苹说，能集合主持人的演艺资源是好，但说到底，我们毕竟是地方台，影响力也在海城，顶多在周边一些县市还有点影响。海城虽然有几百万人口，但总归不是一线城市、中心城市，整个城市的市场也还是比较小。公司如果单单做台里主持人的生意，怕是不够。

孟总的看法很到位，完全符合实际！邵主任语气略微有些夸张了。前两天新上任的常务副台长来调研的时候也和我说，我们经营的视野可以扩大些。一是可以整合全市的演艺经纪资源，毕竟还有很多民间的演出活动、民间艺人等，这些都可以纳入公司的经营范畴。二是和北京、上海的演艺经纪公司合作，可以争取他们手上演艺资源的华东、华南代理权，他们如果在海城演出，我们就做"地接"，替他们提供全程经纪服务。

孟苹听了一笑。陈升说，邵主任你这水平我看当主任真是浪费了，等孟总上任了，我看得提你当副总。孟苹知道这是开玩笑的话，她原本也想说，但后来转念觉得不合适——万一自己真的接了总经理？咦，怎么会这样想？孟苹有些吃惊。

邵主任这里虽然明白陈升没有恶意，但还是觉得在公司里这个玩笑开不得，于是赶忙摆手，我跑跑腿就好了，副总什么的想都不敢去想。这次要不是台里成立传媒集团公司，常务副台长大力支持，咱们这个下设的演艺经纪公司怎么可能成立？我又哪有可能在公司当办公室主任？

在不长的见面时间里，孟苹听到这个邵主任两次提到了那位新就任的、脸如黑炭的常务副台长。世间的很多事，真是有些神奇。大概也不便把它说破吧。从公司出来，孟苹回头望公司那栋楼，邵主任还站在门口，她笑着朝他挥手，他也笑了笑，这才转身进门。忽然对他产生了好奇，她问陈升，你知道他的来历吗？

陈升按了电子车钥匙，汽车响起"嘀嘀"两声。孟苹的肩上好像落了点什么脏东西，他很随意，又理所当然的样子，在她肩上掸了掸。孟苹有些意外，下意识地往四周扫了眼。陈升微笑，我观察过了，没有外人。这个邵主任原来和你一样，也是"知名主播"。

我怎么不认识这个他？

那是很多年前了。而且他不是在海城台，而是在周边市的电视台当主播。据说当年是那个台的"一哥"，后来通过关系调到我们这里。来了后台里安排做主播培训，一天电视也没上过。后来台里成立培训公司，招收小主持人培训，他就去了公司，直到现在换了岗。

陈升说到这里停住，而且还很特别地看了孟苹一眼。她推开他的头，你不用这样看我，我明白你话里的意思。陈升顺势抓住她的手，我再把话里的意思推进一步，他能换岗当办公室主任，实际上是常务副台长的意思。他们原来是老乡，都认识。所以呢，你不觉得你应该当面感谢柯副台长吗？她当时离开台里，孤零零去记协任职，某人似乎还有点儿怨气，说了些什么"薄凉"的话？

你还是不了解我。孟苹不愿和陈升争执，也无意辩解。因了何欢的原因，她和柯副台长疏离，不是人之常情？而柯副台长与赵台长之间的"折中",如非后者告知,她又哪里会知道?

陈升,你是赵台的秘书,知道很多背后的故事,但知道太多未必就是好。

我只对你的事上心。陈升握紧了孟苹的手。现在,你是不是可以告诉我,决定出任演艺经纪公司总经理一职?记协离这里很近,不过是隔了一条马路,你应当把决定告诉柯副台长,我觉得这至少是礼貌。

为什么是"应当"?孟苹不说话,心里却是有些愤怒。好像陈升说的是理所当然的,必须听从他的话。从什么时候开始,我要让他牵着走?和何欢这么多年,他从来不强我所难,从来不说什么"应当"的话。我就是我,独有一个孟苹。我和柯副台长之间,不需要外人来评断关系的亲疏。

算我怕你了。陈升从她的眼睛里读出怒火,摆手后退两步。咦,那边有个人好像在和你打招呼。

孟苹反应过来的时候,发现黄达已经来到她跟前了。黄达微笑着,老同学,还有陈秘书,你们好啊。说着话,目光却往下探。孟苹这才赶紧松开和陈升握着的手,略微还有些慌乱。黄达,你怎么会在这里?黄达仍是笑笑,我刚去记者协会拜访柯副台长,她现在可是协会负责人,我得去拜拜"码头"。对了,何欢在武汉,你知道还有什么方式联系他吗?我打他电话打不通。

他去武汉了?

哦,原来你不知道呀。

世界上每天都发生很多事,我哪里会都知道?

三、黄达

黄达最近经常失眠。这个现象很罕见,就算当记者的时候,每天跑新闻,稿件经常被修改来修改去,他的心态还是很好,没把这些当作压力,该吃就吃,该睡绝不失眠。但现在他睡不好了。为此,他很头疼。每临夜晚,他就开始担心,祈祷这一夜安然入睡;但往往事与愿违,越担心越祈祷,却越是睡不着。有一天甚至是一宿没睡。但到了早上还是要挣扎起来,洗澡、拍爽肤水,妄图让自己清醒——新新媒体公司需要我!他不断给自己精神暗示,白天,绝不能松垮,不能让人看出任何黑夜的纰漏。

究竟是从哪天开始失眠的?黄达拼命地敲自己的脑袋。在等电梯,站得久了,忽然有一阵不知身在何处的感觉。黄达叹了口气,踏进电梯门。记协在八楼,来之前打电话问柯副台长是否有空,她很客气,说尽管过来,基本都待在办公室。黄达准备了一份上好的武夷岩茶,她见了说你这是干吗,俗气了。

柯副台长,哦,不对,应该叫柯主席了。黄达笑着放下茶叶。以前您在台里,没少麻烦您帮忙,要不是因了孟苹这层关系,我还真不好意思厚脸皮老是来找您。

柯主席微笑,给黄达倒茶,黄达见状赶紧起身要接过茶盅,但被她按下了。她说,黄达,你是个聪明人,难怪孟苹以前说你"拎得清"。

黄达笑了笑,嘴里说她这是给我戴高帽了,但其实心里却很清楚柯主席话里的意思。"拎得清"这里有个故事。黄达的研究生导师是个很可爱的老教授,上海人,他说黄达这个人按上海话说就是"拎得清"。什么意思呢?就是脑袋清楚,不该说的话一句不多说,知道自己的分量有多少。这个故事是何欢经常挂在嘴里的,但今天听柯主席说起,提的却是孟苹。她始终不提"何欢"的名字,黄达不用多想也明白她的态度,即使她并未有任何的流露。

我是不是该替何欢说上几句?黄达心想,但他并没有太大的把握。一抬头看见墙上挂着的字幅——上善若水。

黄达,说说今天来有什么事吧?柯主席放下茶杯。你有事尽管提,我能帮到就会帮。

是,柯主席的话我都清楚。黄达调整了坐姿,用一种比较舒适的方式面对着她。他不想让她看出自己的拘谨。他说,我先说个头疼的问题。这段时间,我接受了很多采访,市里的、省里的,包括中央媒体也有,把我当作文化体制改革的榜样人物了。我自己做媒体的,很清楚媒体树典型的办法,更清楚做媒体红人的滋味……水能载舟也能覆舟。

说到这里,黄达忽然打住了。柯主席淡淡一笑,所以你的意思,是觉得宣传报道太多,想推掉?可你要清楚,我们记协虽可以负责协调记者采访,但很多外地记者我们管不着,这是一;另外呢,有些采访安排,也不是我这里决定的,是部里要求。你清楚吗?

报告主席,这些我自然是清楚的。黄达咧嘴一笑。但我想咱们记协是"记者之家"嘛,这事不找"家长"帮忙,我还真想不出其他的办法。

你这是在给我戴高帽。这样吧,我尽量协调。但你也是做记者出身,应当明白媒体报道也是一阵风,风刮过了,也就没什么大事了。

人怕出名,猪怕壮。主席,我这话虽然糙,但道理很实在。

我很清楚组织上树立我这个"改革先锋"的目的，用意在推动文化领域的改革；但我更清楚大家把焦点落在我身上后，我的担子重了太多。往后公司做好了，这是应该。做不好，我就是罪人。枪打出头鸟，前浪死在沙滩上。

柯主席微微皱了眉。前一秒她还肯定黄达"拎得清"，怎么后一秒他说出的话，感觉却是有些犯浑了？得了好处还说受了伤，这不应该。她在心底暗暗有了不满。她说，黄达，我们老家有句俗话，"吃得咸鱼抵得渴"，你明白吗？

我明白，主席，我刚才有些激动了。黄达身子往沙发后一靠。欢喜做，甘愿受。是不是这个意思？但我感觉快崩溃了，好似站在了悬崖尽头，一步过去就是万丈深渊。主席，我觉得自己可能这里出问题了。

黄达用手指了指自己的脑袋。秋的阳光穿过落地窗，折射出一道灰黄不清的光线，映在他的脸上，呈现出一种前所未有的虚弱。他似乎不吝暴露自己当下的衰败。柯主席从未见过他这样，那个精神十足的黄达不见了。又或者，这才是他的真实面目，只不过长期被隐蔽在暗处吧。

柯主席看了看黄达，站起身，将窗帘拉开了一些。这样一来，照在黄达脸上的光线就多了些。他微微眯眼，她却觉得这个时候他才稍微正常了点。她走近一点。黄达，你家里的事，还好吧？

呵呵。黄达报以笑声。何欢和孟苹据说现在是分居，何欢这个人就是矫情，小知识分子的十足酸味，虚伪的城市中产阶级，哪里像我，他没有一点男人该有的决断。

怎么个决断法？拔起萝卜还带着泥呢。还有一句话，藕断丝连。

是啊，是啊，柯主席您说得真对。黄达身陷在沙发里。他望向窗外的秋阳，却仿佛看见了即将来临的冬日。他越来越觉得自己被成千上万条肉眼看不见的丝给缠绕着。

从记协出来后，黄达遇见了孟苹，还有那个叫陈升的秘书。略微有些尴尬。在客套问候的时间里，黄达明知道没必要问，但还是没忍住问孟苹是否知道怎么联系上何欢。可糟糕的是，她竟然连他去了武汉都不知道。

黄达觉得错在自己。既然已知何欢与孟苹之间有这样那样的一些问题，那么今天对她的询问，本身就是一件很无聊的事，似乎唯恐天下不乱，唯恐不能更糟。他埋怨自己，这一天怎么回事？变得"拎不清"了，接二连三情绪异化。他匆匆和孟苹告别，开着硕大无比的路虎车，疾驰在道路上。在湖滨西路口等红灯的时候，他拿起手机，试着再给何欢打电话。很幸运，这次电话打通了，他事先想好，要在电话里告诉何欢，那个戴眼镜、样子傻傻的秘书，又跟孟苹一块儿了。但电话接通，只在"喂喂"两声后，何欢那里声音就变得嘈杂。他隐约听到一个女人的名字，再想细问，何欢那头忽然就没声音了。也不知道究竟是信号不好，还是他故意摁掉。

他只好继续上路。在海边一家新开的世贸商城里，他吃了一顿索然无味的午饭。一个人吃饭如同嚼蜡，本来就是寂寥，他也无心于食物，只是默默地埋头吃。

黄总吃饭这么用力呀？完全没想到。

他一抬头，鳗鱼烧还被夹在筷子里，眼前的人是冯颜。他看着她拉来一张凳子，眉眼含笑着落座注视着他。黄达心想，姑娘呀，你怎么能这么好看？美在年纪，二十八岁，不老又不算太小;美在整张脸都要溢出的笑意。他一度怀疑,何欢之前对她的描述,是否错误?他认为她和八年前,甚至更早期的孟苹很像。但今天细细看,却觉得从外到内都有肉眼就能见的差别。

比如说,给孟苹一枝花,她可能会日后还你一朵;但你不一样,给你一枝花,而你可能会回以一个春天。

黄达不知道为什么他和冯颜之间的交谈,会转移到了与孟苹的对比之上。在此之前,冯颜很随意地坐在黄达面前。她大概理所当然认为他并不会拒绝或厌恶她的落座。但其实她错了。黄达只想静一静。可这样一个年轻的女子已经坐在了他的面前,而且并没有想走的意思,黄达心想,也只能随之而去了。

我们接触很少,你对我以"春天"形容,似乎很了解我?

对你的所有了解,只能来自何欢。黄达吃下一口烤鳗鱼,忽然觉得满嘴油腻,不再有食欲了。冯颜,我和你描述一下,事情是这样的——不论你和何欢之间曾经发生过什么,你不要打断我,你听我说完。男欢女爱都很正常,卑鄙高尚,墓志铭通行证,见仁见智。我的意思是说,你毕竟和何欢有过什么,也正是这个"什么"后来成为导致他和孟苹之间产生不可挽回局面的原因之一。而他现在天涯沦落,原来报社被兼并整合,总编辑的职务丢了,不得不去了家不起眼的杂志社。你呢,作为他原来的手下,反倒到上级公司任职,顶了原本预定给他的职位。你说,你现在怎么还能这样心安呢?

我纠正你的一个错误。冯颜拨弄着自己的中长发,发质柔顺,泛出褐色光泽。他原来那家报社被整合是必然的,他不支持自己老婆的"干妈"——柯副台长,反而支持的是柯副台长的竞争对手——许副台长的整合意见,但试问,承诺给他预留职位了吗?台长是一把手,他答应了吗?我今天拥有的,都是自己双手争取而来。我目标明确,就像开枪射击,不受干扰。

冯颜伸过身子,对着黄达比画了一个瞄准的手势,嘴里还发出"嘣"。黄达觉得这真是可笑。我怎么会认识这样的女人?就此打住吧,任何交谈的欲望都没了,虽然冯颜双眼如此动人。

不说话了?是不是最近被采访太多,话都说完了?

忽然一问。黄达抬眼看冯颜,试图从她嘴角的微笑中读出惹人深究的含意。你知道什么?为什么会那么问?

冯颜摇头,我要知道还问你?只是看了太多你的采访报道,听了太多你说的话。你是做新媒体市场开发的,是改革标兵,我想请教你一个问题,未来我们也要加大新媒体投入,我们公司隶属海城广播电视台,我们有视频、音频优势,有丰富的视听内容资料,而你们从属海城日报社,不过是先进入新媒体市场而已,你说谁更有"后发优势"?

太可笑了,竟然说"后发优势",这是在做什么?在上MBA课还是在演商战片?黄达闭上眼睛,几秒之后才睁开,说,我原来以为你是风情万种,没想到……何欢看走眼了,或者不够时间了解你。你和孟苹,差了十万光年。

随便他人怎么说,我是从草丛中过,不沾晨露。冯颜捋了捋低垂的刘海。但黄总好像不行呢。听说百花丛中过,身上沾了很多花粉。您家里都还好?

黄达认为自己涵养算是很高了。如果不是,那盘剩下的饭粒和焦黄的鳗鱼,或许此刻已经和冯颜那张漂亮的脸蛋儿亲密接触了。

回到公司已经是下午。黄达坐在办公室沙发里,睡意一阵一阵袭来,实在撑不下去了。再不合上双眼,他想自己会像沙漠里的旅者，因到不了绿洲喝上清泉而亡。他拉上百叶窗，关上办公室的门，打电话给前台秘书，如有事找就先挡下，一个小时后再来敲门叫醒，我在房间里休息一会儿。想了想，又问，陈娟不在公司？秘书说晚上海湾地产演唱会，陈副总说先去现场准备，要做网络直播。黄达说知道了，放下座机，心想，有必要吗？

陈娟甚至比冯颜还年轻两岁，"90后"。她跟了我四年，大学一毕业就被招进了公司。当时去海城大学面试，新闻系的老师说这个师妹素质很好，为此还多看了一眼。她确实不错。黄达不知道为何在梦里会想起这些。她是什么样子的？白天指甲红艳，高鼻梁上架着玳瑁眼镜，淡妆上脸；入夜，把眼镜摘了，双眼迷离出不易察觉的挑逗，烟熏妆在散发着危险的味道。

黄达从梦里醒来，一摸后背，满是汗水。才睡了半个小时。在睡梦的最后几分钟里，柯主席和冯颜向他问话的场景反复出现。她们的问题都趋向了同一：你家里的情况还好吧？把话里没说尽的意思说出来，那就是，黄达，你确定和她走到了尽头？

黄达的办公桌上还放着他和她在日本富士山下的合影。那次合影发生在结婚七周年之际，他们还一起去旅游，共同庆祝将"七年之痒"远远抛弃。但没想到这两年里，形势忽然急转直下。陈娟好几次在背后流露出了对这张合影的不满，或明或暗要求把这张合影撤了。但黄达没同意。

十四年相识，十年婚姻，一夕惊变。

我们认识居然这么久了。

是的，太久了，久得都差点忘了当初的面目。

我还是不会忘。我从山区里来，什么都不懂，那时开学交学费还不能转账，大家还得排队用现金啊，队伍排得好长好长。那是大热天，我浑身是汗，额头的汗擦了又涌上来。然后就听到后面一个女声，递给我一包纸巾，我回头看你啊，你微笑着，阳光照在你的头顶，我就像看见了圣女的光环。

你怎么哭了？我都没哭，你怎么好意思哭呢？呵呵。她的笑声里感受不到任何情绪。一阵沉默后，她问，黄达，走了这么久，你还相信爱情吗？

她像是思考很久，终于下定决心、鼓足勇气提问。黄达忽然觉得连呼吸都变得异常困难。如果不相信爱情的话，他和她怎么会在大学就在一起？如果不相信爱情的话，他和她怎么会本科一毕业就结婚？如果不相信爱情的话，她怎么会如此相信并支持他？虽然已结婚，但他继续念研究生，她出来参加工作，她为此究竟放弃了多少？

可是，如果真的相信爱情的话，怎么后来他会越走越偏离？事情的发展，她果然成了最后一个知道实情的身边人。黄达知道自己无法回答她的问题。他只能用低劣的方式回答她，我对不起你，很遗憾这一路我没能坚持陪你到最后。

我遗憾的是，没有孩子。就算有人先离场，但身边有孩子，至少还能相依相伴。可惜没有"如果"，他还那么小，一直窝在妈妈肚子里，尚未睁开眼就与这个世界告别了。嗯，我没事，你不用安慰我，两年前的事了。我想今天可能是我们最后一次如此长时间交谈了。没有什么特殊情况，我们就不再见面了。你不用说"对不起"，当然，我也不会说互不相欠的话。

我明白的。房子、车子，还有银行存款已经按照你的意思处理好了，改天你签字就行了。其他一些小零碎，你如果需要，列个清单，我会处理好。

你做事情向来细致，注重细节。如果不重视细节，你也不能带领公司走到今天，而且还取得了不少成绩。她已经起身了，在黄达的办公室里走了一圈,看着墙上挂着的和领导的合影,书橱里放的奖状奖杯,最后目光落在了桌上。我们的合影,我看你可以收起来了。

黄达摸着相框,一语未发。他送她出公司,在过道上,好像还遇上了陈娟的目光。不知道她有没有看见陈娟,因为他只能从她脸上读出平淡,好似世间纷纷扰扰都不再有关系,她亦不愿被打扰。在门口,黄达驻足,问她,接下去要去哪里?她笑了笑,挥手。那个笑容,像极了他们初次相遇,她递给他纸巾时的模样。

自那以后,黄达开始连续失眠。她的笑容一遍一遍浮现在他的脑海。现在,他再一次摸了摸和她的合影相框,然后拉开抽屉放了进去。响起敲门声,前台秘书在门外说,黄总,已经一小时了。您让我到时间叫您的。

黄达去开门。前台今天的妆容好像很精致。他问,陈娟有打电话来吗?秘书摇摇头,不过有个叫何欢的打到公司来,说是找您。那你怎么不叫醒我!黄达有些愤怒,好不容易等来他的电话,却又断了线。黄总,您不是说不让打扰的吗?

他不一样!黄达发现自己的嘴又臭又干,秘书表情有些发蒙。何欢说了什么?

他留了个座机号码,说是在武汉手机打不通了。

把号码给我,你走吧。黄达又把门掩上,赶紧打过去。才接通,何欢"喂喂"两句,话未说清,反倒先哭了。你怎么了,何欢?你倒是说话啊!

杨洋,杨洋。

黄达这下听清了,原来何欢一直念的,是这个女人的名字。

四、杨洋

看贾樟柯的电影《天注定》差点睡着了。

杨洋在微信群里说。这个群名称叫"星期五约饭团",里面成员都是杨洋系里的同事——一群志趣相投的同事。这个微信群的群主是杨洋。因为有感于学校在大学城,离城市中心太远,工作日中午的伙食都是上食堂,制式的午饭吃到腻,于是她拉了个微信群,约好周五中午统一外出,找一家大众评分高的饭馆用餐。

大家用餐欢声笑语,手机自拍互拍齐上阵,学校各种八卦交流。杨洋觉得,这是在高校工作难得的欢愉时刻。所以,一定要好好珍惜,就算雷打也不动。她也是微信群里最活跃的,时不时就发发小视频,说上几句话。

《天注定》还算好的了。不然你去看《三峡好人》。

周梦在群里回话。杨洋喜欢这个年纪比她略小的女孩子,周梦比她还漂亮,而且说话很直,有时甚至让人下不了台,但她就是喜欢。杨洋和周梦聊上了,一句接一句,从电影到明星再到系主任脑袋上的头发还剩几根。要结束谈话的时候,杨洋还在群里提醒不要忘了周五中午的饭局。地点也选好了,是一家新开的湘菜馆。杨洋说有点思念家乡味了,趁着打折,去试试。大家都没有异议。周梦还问她,听说开专场独唱会可以申请系里赞助?杨洋说新政策,没有人去申请过呢。周梦说,我资历浅,不敢报。姐,你不一样,你要去试试呀。

杨洋笑了笑,收起手机,专心地在鹏城的街道上开着车。她对周五中午吃湘菜有种特别的期待,离乡千里,舌尖偶尔会分外想念家乡的味道。她有预感,周五的饭,会特别香。

两天后,杨洋收到了何欢发来的微信打招呼。一开始,她以为自己看错了,或是恶作剧。如果是恶作剧的话,那就有点过了,居然拿何欢这个人来开玩笑。但一两秒之后,她就打消了这个想法。不可能的,这个男人不会再出现在我的生命里了。再没有别的人还会记得我曾经历过的,不会有人拿这个和我开玩笑。

如果排除了恶作剧的无聊,那么,就可能是自己看错了。杨洋收好手机,将卫生间门锁上。她知道他不会在自己洗澡时进来,但还是把门锁好。何欢以前会趁着自己洗澡偷溜进来,光着身一起站在花洒下。这已经过去好久了,怎么现在想来竟然觉得想吐?杨洋已经把衣服脱了,重新点开手机,何欢的头像一直停留在新朋友打招呼里。她想了想,没有点开,拧开花洒任由水流下,淌过剖腹生育过后遗留的疤痕。生育后累赘的腹部,到如今还未消下去。

杨洋删了何欢的打招呼。走出浴室的时候,头发还是湿漉漉的。他坐在沙发上点播乐视节目,看香港老粤语片,头也不抬地问她怎么进去比平时久,差点还以为晕倒在里面呢。她手搭在他的肩膀上,看微信来着,删了一些无聊的对话。他笑了笑,拍拍她的手背,听说你们系里有政策可以扶持青年教师开独唱会,你去申请了吗?咦,你的手有点凉呢,去喝杯温开水吧。她笑了笑,说,好。

咳,我还理他做什么?我不恨他就已经够好的了。杨洋懒懒地对周梦说。隔天,她没忍住,说了何欢微信上打招呼加好友的事。说是说了,但是当笑话一样看待的。你以为我还怀念啊?我讲讲当时他怎么和我分手的,你就明白了。他硬生生就和我说分手,什么理由都不给。我躲在租的房子里哭了两天啊。后来我要离开海城回武汉了,才听别人说,他对他的一个研究生同学感兴趣。那个女的从新加坡回来,在海城台当主播。

那就是说你竞争不过那个女的咯?

竞争?我本来就不想和她比啊。她条件确实比我好,我认了。但感情的事,不应该是互相喜欢吗?怎么会是比条件了?如果照条件找,他何欢有本事就去找林志玲好了。

杨洋,看来你还是放不下呀。周梦喝了口拿铁,苦味一浓到底。要是放下的话,连怨气也没有了。

我若不放下,会跟胖子结婚?杨洋忽然很想点根烟。当年毕业就进海城台,当实习编导,剪片子剪得烦的时候学会了抽烟。戒烟很久了,但还是会想念。在鹏城,没有一个人知道自己会抽烟。她猛喝了一口红茶,我为什么不能怨?我甚至还应该愤怒。我进台里就认识何欢,他研究生毕业,同是新人。他不愿留在台本部,自愿申请到下属报社做记者。他先追我啊,那两年我们都在一起。我没做错什么,凭什么到最后这样羞辱我?

说到这里,杨洋已经没有开始时玩笑的语气,愤懑越来越写在脸上。但讲完这些后,又觉得了无趣味。离开海城至今已八年了。她喝完杯中茶。总之,我无论如何是不会再理他了。周梦,我和你说的听听就算了,不能往外说。

周梦轻笑,杨姐姐,那你刚才就不该说给我听呀。不过,你们后来都没联系了,他怎么会找到你?他找你不会是单纯聊天叙旧吧,怕是有什么原因?

我想起一个人来了。杨洋拿出手机,划了几下,又收回去。手机太大,拿在手里、放在口袋都觉得不舒服。也许,我要找那个人问问了。从校内咖啡厅出来,周梦说她有点事要回系里,和杨洋在三岔路口分手。杨洋看时间还早,孩子有保姆在带着,所以不急着回家。她走在校园小道上,10月底鹏城的天气还是湿热,才走百来米她已觉得后背湿了。她和小苗都怕热,是女孩子中少见的。在海城,她们合租房子,空调要开到11月初。她们不时叫嚷着要离开海城回各自的家乡,武汉、青岛,但后来的结局都不一样。

从武汉到鹏城,杨洋觉得这是她此生最后的落脚点,也从此和小苗再无联系。各人有各人的生活。关于海城曾经发生的一切,都要被抛弃。她站在一棵棕榈树下,上课时间,四下没有其他人。她从紫色蔻驰包里拿出了绿色摩尔烟,点了一根。刚才在路上的超市买了一包。犹豫了几秒,但还是进去买了。

小苗,是我,杨洋。

小苗在海城的手机号码一直没有变。接到电话,她有点吃惊,但很快就又恢复了平常的素淡。好像料到对方要问什么,她直接就说了,你是为了何欢的事来找我吧?他真的联系你了?我难以想象你们第一句话会是怎样。在海城,我们有时会偶遇,他有意无意总提起你,想和你联系。但我也没了你的联系方式,所以并没有接他的话。但这次不一样。

有什么不一样?烂苹果和烂梨子有差别吗?还有,你怎么知道我的联系方式?还有还有,最关键的,你有什么权力把我的联系方式给他?

你说话不用那么急,这么多年了,你这点还是没有变。小苗顿了顿,继续说,他来恳求我,近乎低声下气,你想一想,他那么骄傲的一个人,竟然会用这样的语气说话,对他有多难?我和他说,如果一直回头,就没办法好好往前走。但他不听。我辗转好几个同学,要到了你的联系方式。现在有微信,有心联系一个人并不困难。

杨洋知道她最后一句也是对自己说的。她离开海城后,小苗主动联系她的多,但她自己很消极。后来从武汉又去鹏城,她就更没联系小苗——她都不确定小苗是否知道自己已定居在鹏城。她心里快速地过了一遍,并不觉得自己有多愧疚,反倒应当愧疚的是小苗。今天不是来向我兴师问罪,而是你,小苗,要给我个答案。你说了半天,还是没说明白,为什么这次会和以前不一样?

杨洋,人会变,路会走不下去,世界会崩塌,是不是?这些都是"不一样"。小苗不易察觉地叹了一声。然后将她所知的,或者说是海城传媒圈流言纷传的,关于何欢身上所发生的变故告诉了杨洋。末了,小苗总结说,何欢好像很急迫要见你,一定程度上,我同情他。他原来的报社整合,是上级意见,他以改革者的面目出现,自认为合并是长痛不如短痛,是替报社员工争取最大利益。哎,真是很傻很天真……

你说一大堆,和我有什么关系!杨洋结束通话,草草又抽了一根烟,然后踩灭。都与我无关,是不是?和我无关!她走回头路,要去停车场取车。在路上,远远看见周梦,她和系主任一并走着,两人脸上神情看起来颇为愉快。在微风中,杨洋以为看见他秃顶的头发飘起,揉了揉眼睛,再一看,哪里有什么头发?连两个人的影子都不见了。

杨洋的心情忽然有些复杂。

周五饭局前一天,杨洋听到消息,支持青年教师开独唱会的钱从系教育基金里出,名额只有一个。为什么会这么少?杨洋问系办主任,他说系领导开会决定的,这件事之前没有先例,今年先"试水",有可能办得好,也有可能办得不好。

办不好会如何?办得好又如何?

系办主任似乎觉得她的问话不成熟,很有些没头脑,于是笑笑地说,这不是很容易猜得到?办不好以后就不再有这个政策,办得好就继续办,也许还会再增加名额呢。你这么在意的话,就赶快报,也许过了这村就没这店。

杨洋也跟着笑了,褐栗色的短发下,眼睛眯成一条缝。哎哟,我这不是不懂嘛,之前也没细问,所以今天就问得多了。她成功"撒娇"后离开了办公室。在过道上,她看着拉窗映照的自己,忽然觉得眼角鱼尾纹又深了。她对自己刚才最后的举动有些后悔,过了三十之后,她觉得很多以前理所当然的举动,现在都不再适宜。有时自己还是忍不住,事后又觉得万分可笑。哪里像当年?和何欢在一起的那两年,她总是噘嘴叫他"笨笨",然后窝在他怀抱里,一起看电视剧《奋斗》。在当时,他们都以为会分别像剧里的陆涛和夏琳一样,有始有终。但他们没有料到两年后的结局,竟是如此惨烈,而她也离开伤心地,从此一路辗转。小苗昨天还提到同情他,但是谁又来同情我?在武汉时加在我身上的那些变故,又有谁能安慰我?

过道上人多了起来,杨洋擦了擦脸正要走,听到系办主任叫她。周五中午系里要请几位北京来的专家吃饭,你作陪一下吧。

为什么要找我作陪?

系主任说的,年轻女教师。

不好意思哟,周五我已经有约了,雷打不动。

回到家里,他在厨房里切菜备饭,保姆带着孩子在小区溜达。听着切菜声,看见他忙碌的背影,她忽然觉得心安。她走进厨房,从后面抱他的腰。他正扬着炒勺,回过头问,今天这是怎么了？她摇头不说话，脸深埋在他的后背。到武汉几年后，她听从了爸爸的安排，考进音乐学院念研究生，也就此认识了当时在武大当讲师的他。后来他被引进鹏城的大学，她也跟着进了学校——真的要感谢这位先生，如果没有遇见他，她不知还要再挣扎多少年。很多时候她没心没肺，爱笑爱热闹，但她知道这不过是无能为力的一种表现罢了。

他当然听不到她心里的声音。她很多时候并不太喜欢和他深入谈一谈，而他向来是话不多。他转过身，今天在学校还好？那个事，你考虑怎么样了？

杨洋一脸懵然，一开始还以为与何欢联系她有关。

有熟悉的校领导见到我，和我说要让你快去报系里的独唱赞助项目。有需要的话，这个领导会和系里打声招呼。当年是他把我引进学校的嘛，他这样也是等于关心我的意思。我猜是这样。

哦。杨洋抱着他的手松开了。周梦可能更有希望一些。她毕竟更年轻，还出国深造过。

那你自己把握咯。别人也是好意，办了独唱会，毕竟在系里甚至在学校影响力都会提高。再者，独唱会对你以后评职称也有好处。他想要炒菜，但想了想，又转过身。那年你在武汉举办美声独唱会，你还在念研究生呢，多好。大小媒体都采访你，你完全有这个实力的。

说难听点，那都是叔叔的功劳。如果不是他厅长的身份，我有办法举办独唱会吗？杨洋在心里反问自己，默默摇着头回了卧室。在卧室阳台上，她看见保姆牵着孩子的手往家里走。孩子蹦蹦跳跳，兴奋欢欣。她的喉咙一时有些发紧。

天未亮就醒来了。杨洋睁开眼睛，这是周五，她预感有些事要发生。他在身旁酣睡,孩子将被子踢了。她轻轻下床,双脚刚着地就感觉一阵冰冷贴着皮肤。

周梦在微信群里说中午的饭局没办法赶过去了,临时有点事。这很突然,她事先也没说,临到周五这天了才说。杨洋在去学校的路上收到了这条消息。她想细问,发出去又撤回了。没什么好问的,有些话还是不要说破的好。车开到学校停车场,一下车发现系办主任的车停在了旁边。犹豫了一下,还是笑着问,主任,中午请北京专家吃饭,周梦是不是会去呀?

那是当然。系办主任脸上浮现神秘的微笑。这些专家来我们系,是指导青年教师工作的。周梦知道消息还主动向系主任提出要作陪……依我看,她比你聪明多了。

我心里不会藏着事,但不代表我傻。杨洋对自己说。见系办主任要走,她追上前去。主任,支持青年教师开独唱会的项目,我也想报名,现在还不晚吧?系办主任看着她,像是确定她是不是认真的。她脸上暂时没有了平日常挂在嘴角的笑。他说,不晚,截止时间还没到呢。你若报了,就我现在掌握的情况,咱们系就你和周梦两个候选人,也就是说,你和她正面PK。

周梦果真报了?

那是当然,难道还有假?系办主任忽然停下脚步,有些疑惑。你还不知道?

我怎么会知道?如果一个人将心事全部埋在心里,直到烂了、发臭了,别人也不会知道啊。说不定,时间长了,这些心事自己统统忘了也说不准。回到自己办公室,杨洋的思绪放空了很久。如果不是一阵手机铃响,她也许还会傻坐很久。是自己武汉号码的手机响。对方来电显示的也是武汉号码。

还会有谁给我打电话?武汉的亲人?他们打,也只会打我在鹏城的号码。我为什么会一直保留着武汉的号码？可能是因为爸爸的原因吧，这是他帮我挑选的号码。

喂，你好，我是杨洋。

杨洋，是你，终于听到你的声音了。

她握着手机的手变得有些僵硬。办公室的朝向有些封闭，信号并不是太好，时断时续，她听见他在那里重复说着"杨洋，是我，何欢"，但她一直没有接话。一两分钟后，那头电话挂了。杨洋推开门，往上走安全楼梯，经过一层就到了办公楼的天台。上午的日头被浮云遮蔽，天台上空无一人，排气管道滴下几滴露水。前两日她给小苗打电话，用的是鹏城的号码，她难道没发觉异常？也许发觉了，但她选择什么也没告诉何欢。她就是这个样子。

她有预感，手机还会再响。果然，手机又响了，来电还是武汉那个号码。

喂，杨洋，是我，何欢。

我知道是你。你有什么事？

杨洋不确定自己的语气是否合适。但除此之外，她好像并没有太多选择。另一头，何欢好像笑了，虽然杨洋什么也没听见，但她感觉他应该是在微笑。时间过了那么久，见过人山与人海，她对他的样子已经模糊，但想起他的微笑，她又觉得还是那么清晰。他的笑总是很清浅，和她完全不同。她笑起来，眉眼会弯了，还会发出"咯咯"的清脆笑声。他以前就说过，很喜欢她的笑。

你说话吧，要是不说话，我就挂了。

你还好吗？我是说，这么多年，你还好吗？

多年以后，你问我过得好不好？好，我很好！我在鹏城定居了，结婚生子，教书育人，有什么不好？我过得安稳舒心，你明白了吗？你还找我干什么？

你先不要激动，我在武汉，这里比较嘈杂，你声音大了，我就听不清。杨洋，我听说了你的事。武汉这里认识的朋友，他说还去听过你举办的独唱会。你在武汉念了研究生，你爸爸生了一场大病，后来很不幸过世了。但你遇见了你当时的男友，现在的老公，家里遭遇变故之后，你就彻底离开武汉，来到了鹏城。你离开每座城市，就几乎要断了和那座城市的所有联系……

何欢，你打听我家里的情况做什么？你是不是看见我经过一个又一个磨难心里觉得很高兴？是不是觉得我当时就要死死抓住你不让你走？是不是觉得你是救世主而我就要被拯救？我告诉你，我现在过得很好，非常好，没有谁能阻挡我奔向幸福的脚步，没有谁能糟蹋我美丽的心情，你何欢不能，其他任何人也都不能！

谁都不能无视痛苦的必然存在。何欢好像哽咽，有些说不下去。杨洋，我给你说个故事吧。有一个可笑的人，心心念念来到武汉，他要去找他很多年前曾经的女朋友。除了怀念旧情，他想找她帮忙呢。他在杂志社，背负着提高杂志发行量的任务，他知道她的叔叔在武汉很有能耐，想着通过她叔叔的关系打开华中市场。不过，想不到她叔叔已经退居二线，早已不管事了。还有更想不到的呢。呵呵。你先不急，听我讲完。这个人后来去KTV，叫了妹子陪，然后遇到警察检查被抓到了派出所。本来还有几个人一起去的，但到最后就剩他了，其他人唱着唱着就不见了，也许带妹子早走了吧。那他为什么不走呢？因为他在包厢里真唱的呀，和那个陪酒的妹子，两个人一起唱《相思风雨中》呢。

你知道这首歌的吧？

我知道，我当然知道。杨洋站在天台上，抬头仰望，从未觉得天空竟然如此辽阔。在海城，她和他去 KTV 唱歌，两个人经常点的就是这首歌。有一刻，她感到很多年没这样想唱歌了。
　　于是，就放声歌唱。

宴席及我们所饮的酒

我不喝酒,但我也许会因酒而死。有一日,在闲聊的时候,我这样对张晖说。他一听急了,说不喝酒没人能强迫你,况且谁会把"死"挂在嘴边?我们闽南人很忌讳这些,你这样说不是在诅咒自己吗?我说大可不必这样,一来我还是客家人,虽然我在闽南生活了快二十年了;二来,我就要和你分别了——命运这个东西很难讲的,所以说"命中注定"。

他笑了,如果说到命运,那么不是我更应该因酒而死?你看我的微信朋友圈经常晒喝酒的照片,昨天晚上我还去一家酒吧坐了坐,喝了几瓶"喜力"。我这样频繁和酒接触,按理说出事的应是我,你在凑什么热闹呢?我看着张晖,慢慢地说,绝大多数时候,你是一个人喝酒。孤独不会死人,热闹才会有人死。我和你讲一个故事。我有个朋友,毕业后进了机关。这么多年,顺利地从科员到副科,然后再到正科。但在即将提拔副处的时候,一切戛然而止。因为有一晚陪领导应酬,回家的路上因醉驾被抓。后来不仅提拔没了,还被开除公职。张晖,你明白我的意思了吗？我看你好像充满困惑，好吧，我这样和你解释……

我调整了坐姿，正打算继续说下去，但他的手机响了。他赶紧接起了电话。在小声应答了几句后，他挂了电话。他抓起茶几上的香烟，奔到办公室门口，前脚刚迈出却又很快地收了回来。我说你要真有事，那就先去忙。张晖摇摇头，其实不是我的事，怎么说呢？还是柯洁打来的电话，她说如果有空的话去陪陪她。她一般只在晚上找我，白天因为要带孩子，所以并没有空。我问，她会不会喝酒了呢？张晖听了笑出声，大白天喝酒？但马上他又收起了笑容，好像突然想到一件极其严重的事。他忙点开手机，查了一下她的朋友圈。他举起手机给我看，有一张照片，隐约像是在天台上拍的，在天台的护栏上还整齐地摆放了几罐啤酒。无法得知天台的高度，也许并不太高，但理论上而言，所有从天台跳下的人都将不可避免地死。我说，她不至于这样吧。你说过，她很坚强。张晖说，她确实很坚强，一个人带大遗腹子，但问题是，她喝酒了。

这一年，我在挂职。由于挂职，我认识了张晖以及其他不少人。作为一个写小说的人，在这种单位挂职再合适不过了。挂职单位离海边不远，我以前念的大学也在附近，这样的感觉挺迷人。

当然，这也许只是感觉，其他人未必如此。在一次出差的夜晚，张晖这样对我说。我有些疑惑，我和其他人相处挺好的，难道得罪了他们？张晖摆了摆手，可能我的表述有误，你看，晚餐喝了点酒，我的思维就有些混乱了。实际的情况是，你是外来的"和尚"，并不会长久待下去，所以其他人对你客客气气。

张晖的脸已经涨得通红，这让我有些吃惊。我以为他的酒量可以,没想到却如此不济。晚上的红酒,他顶多喝了半瓶。我问他,你还好吧?他听了笑,我就是脸红,酒量多少我自己清楚,不会醉。我接着说下去,当一段关系相处得久了,比如我们单位,大家都是老同志了,有的一起工作都快二十年了,相处久了,机器零件磨损厉害,现实就变得很骨感了。就像两个人结婚,新婚夜大家脱了衣服都很兴奋,但过了很多年,你看夫妻俩还能像当初一样吗?

也有相敬如宾的情况。我点了根烟,烟从窗户飘逸而出。酒店客房的窗户只能推开半扇,以防有人跳楼。武汉夜晚的风带着夏日未尽的热气,干燥地闯入客房里。夫妻之间的关系,还不太好类比同事。我总觉得相遇就是缘分,就像我们今晚坐在一起吃饭喝酒,还有"歌手"陈晓东,大家能在异乡相遇相聚,这是多么令人愉快的缘分。张晖说那倒是,能坐在一起喝酒的,都是好兄弟。他说着朝洗手间看了一眼,晓东待在里面怎么还不出来,不会是拉肚子了吧?

洗手间传来冲水声,陈晓东拉开门走出来,脸色苍白。他摸着肚子躺在床上,唉,真拉肚子了。我笑了,活该你拉肚子。号称吃货,每个菜都要点。那个"牛蛙黄鳝鱼",我筷子都没碰下,但见你吃个不停。张晖也"嘿嘿"笑起来,没事,东西可以乱吃,话不要乱说就好了。陈晓东已经开始谢顶,方方正正的脑袋上没有几根头发,显得有些滑稽。他说,话可以乱说,我做电台主持人的,上到外太空,下到内子宫,无所不讲,不然怎么做节目?倒是东西不能乱吃,就像女人一样,也不能随便乱碰。我抓起一个空的烟盒,扔在他的身上,你三句话不离女人。

能在武汉遇到晓东,也实在是缘分。他是我原单位的同事,我们办公室紧挨着,因此走得比较近。不过,这个是物理条件,关键还是心灵相通。张晖听了我对陈晓东的介绍后,如此评论。他说,正像这次来武汉,你们之前也不知道,但偏巧是同一天到,而且是坐同一班飞机。晓东,你原来订的酒店干脆退掉好了,和我们住一块儿,大家一起比较热闹。晓东说那还用你说,我已经退订了,今晚我就和王林睡了。晓东笑着朝我挑了挑眉,那个暧昧的眼神让我很想揍他。

  张晖给我散了根烟,我抽了几口,然后问陈晓东,你说实话吧,是真出差吗?你老婆怀二胎,刚满三个月吧?他听了白了我一眼,你把我当禽兽?对于我这样一个上进的男人而言,显然事业更重要。我听了听,也没说话,就笑了笑。陈晓东见了,质问我,你这是什么态度?好像不相信。我说,我信,你显然是个事业型的男人。张晖插嘴,我们是要一个晚上都在酒店里浪费口水,还是要去外面喝酒?陈晓东说,当然要喝酒,好不容易出来一趟,不喝酒怎么行?我说去外面坐坐,但你们知道我不喝酒的。

  在那个夜晚,以及接下去的三天两夜里,我们白天忙完,晚上就在一起喝酒。当然,这个说法也不是太准确,准确地说应该是张晖和晓东喝,我一般就坐在旁边,喝点可乐或者其他什么无酒精饮料。晓东骂我真没种。我说,那是因为你没有真正体会过酒后的感觉。晓东觉得我的话不可理解,我说这很正常,我不能代表你,而你也不能代表我。

  神经。他丢给我这句话。我们再也没有就喝不喝酒、酒后的真实感觉究竟怎样等问题进行讨论。他不屑去追究,张晖则是觉得无意义。他大概从我的言辞中隐约读出了些什么,但总觉得想太多其实于事无补。王林,我大概懂你的意思,但我觉得不能多想。张晖这样和我说,我和前妻离婚后,就爱上了喝几口。我喜欢醉了的感觉，晕醉、晕醉，整个人迷糊些比较好。

我听了他们的话，心里默默叹了口气。我说，你们想的是今天，我却想到了明日。在武汉，我和张晖先返回厦门，陈晓东晚我们一天。离别前，基于我们在武汉度过的美好时光，我们定下了约定，回去后经常聚。但实际上，在我写这篇小说时，我们三个人还是没碰在一起。

你知道我最不喜欢离别前的那一夜吗？哦，你肯定不知道，不但如此，你可能还不能体会离别前一晚的那种感觉。我和你说个我小时候的事。有一年读初三，我的眼睛在球场上被同学踢伤了，需要到广州去看医生。你知道以前的路有多难走吗？以前从我的老家去广州，走省道、国道，一路颠簸，起码要两天一夜。为了治病方便，我爸爸去借了一辆车开，因为路途遥远，我的堂姐夫也一起帮忙开车。我和堂姐夫待了两天一夜，上路、吃饭、睡觉，我们都待在一起。到广州住了一晚后，因为我还需后续治疗，他先走了。走前他微笑着和我说，以后要硬一点，不能太弱，一路上你晕车吐得厉害，得像个男子汉。我听了这句话，然后看着他离开，心里惆怅了很久。

所以，就如你看到的，我并不喜欢"欢送"，不喜欢特意举办的欢送宴。我这样对张晖说。我们坐在一楼办公室的角落里，那里被张晖有心收拾成了一块可以泡茶抽烟聊天的地方。他给我倒了一杯台湾高山茶，示意我喝了，我欣然应允。我不喝酒，但茶还可以。他也喝了一杯，然后说，你也不用自作多情了，现在单位也没有欢送宴的说法。八项规定，又加上我们这个清汤寡水的单位，哪里有钱报账请吃饭？之前年底尾牙宴，还是你自掏腰包请单位里的同事吃了一顿饭，大家还喝了不少酒呢——咦，你不是不喜欢这样的吗?

不喜欢什么?我有些不解地看了一眼张晖。他胡子有些杂乱,双眼因没有休息好而显得浮肿。他前一晚一定不好过。我想了想,然后明白了他的意思。我说,我不太喜欢众人的欢聚。但矛盾的是,我内心又渴望这样的欢聚。如何理解呢?大概是这样,我解释一下——在我小的时候,我的姑姑经常回老家来看望我们。我的姑姑在我出生那年去了香港。那个时候,每次姑姑回来我们全家族的人就会经常聚在一起。我们一起吃饭,一起聊天,大人们喝酒,孩子们吃着姑姑从香港带回来的零食。奶奶还在世的时候,姑姑回来得多;后来奶奶过世了,姑姑也经常回来,因为大伯、大姑等都还在,姑姑说这是亲人;再后来,我出来念大学,在外工作生活,姑姑就回去得少了。老家的长辈们慢慢都过世了,比如大伯中风瘫痪在床三年,后来走了;再比如大姑父生了一场病,然后也走了。总之,就是人一个个凋落,无论如何也挽回不了。

你说了老半天,其实并没有解释清楚你抗拒但又向往"欢聚"的矛盾心情。张晖笑了笑,并用力干咳了好几声。他喉咙里淤积了很多痰,昨晚那一夜,必定是抽了很多的烟。他对我说,人类是群居动物,喜欢热闹、欢快,喜欢各种声音。这不像是动物。像仓鼠,它们就喜欢独居,你把两只仓鼠放在一个笼子里,必定会打架。所以,你喜欢且不抗拒欢聚。但你又不喜欢,或者说是害怕,是因为你无法忍受"欢聚之后"。所有的热闹总有一个时刻消失,前一晚的欢笑,后一日就只有满地垃圾。但其实你的感受并不深,浅且流于表面,很多时候是没有出息的文人的自怨自艾、伤春悲秋,并没有多大意义。

我抬起头看他。此前,我一直在看着地上的蚂蚁搬家。也许是暴雨即将到来,也许是蚂蚁女皇要挪窝,总之他们成群结队在逃离。我没料到他说得那么直接,而且带有不客气的嘲讽。我问,那你觉得要如何才有意义?

他笑了笑,你别紧张,你听我说。你要喝点酒。我一愣,然后才明白他是要我喝酒,于是也跟着笑了一声。他继续说,欢聚的时候要喝酒,离别的时候要喝酒,只有酒下肚,你才能体会得更深更浓烈。"与尔同销万古愁",是不是这样说?只有喝酒,才能"吾丧我"。

这都哪跟那?喝了酒,就能到了忘我的最高境界?虚无是一种本领,我想庄子就算不喝酒,也能做到。忘我与否,其实不需要酒精。还有一句话——抽刀断水水更流,举杯消愁愁更愁。是不是这个道理?

但你饮酒了,有那么一刻,你一定能感觉到自己的飞起。离地飞翔,真的,特别美好。张晖点了根烟,陷入了一种沉醉的状态。什么都忘了。

什么都忘了,这才是重点吧。我在心里想着。我问他,昨晚找到柯洁,她还好吧?真要跳楼吗?

物理动作可能没有,但我猜她心里有。张晖苦笑了一声。他指了指自己的心,大概在这里,跳了有无数次了吧。她真是个坚强的姑娘,要是换作其他人,在经历了那么多之后估计早就崩溃了。我们其实都不如她,包括你和我。

我自然不如她的。在张晖的眼里,一个害怕离别前一夜,并且拒绝喝酒的男人,怎么能和柯洁相比呢?至于张晖自己,我倒忽然想起一件事来。有一段时间他经常没钱。没钱了只好向别人借,他向我借过钱,通过发短信的方式向我借钱。这个年头还发短信的人已经像中华白海豚一样稀少了,因此他给我发短信时我分外珍惜。我回短信问他怎么了,他说因为借了一笔钱,每个月到期要还利息。这个月的马上就要到期了,但见鬼了,你看单位财务就是没动静,说是书记出差没办法签字发工资。所以呢,只好开口向你借钱先顶一下。我思考了一阵,并没有马上回复他。我第一次经历张晖说的情况,而我只是来挂职的,我的经济情况也是很一般,否则我也不会去写小说了。写小说赚不到钱,要么做买卖,要么炒房,否则是很难致富的。这个是现实,写小说就是要认命。也因此,我并不倾向借钱给他。我还提醒过陈晓东。那时节,我们刚从武汉回来,在经历了一段相当美好的战友般的革命情谊之后,我们的感情得以加深并提升。我担心张晖也向陈晓东借钱,于是提醒他注意——他之所以认识他,完全是因我而起,我觉得有提醒的必要。

另外,我认为借钱给张晖反倒是害了他,因为他是拆了东墙补西墙,借别人的钱越积越多。帮得了他一时,但帮不了他一世。最严重的时候,因为还不起钱,被金融公司的人找上门。这样下去不行啊。我和张晖详谈过一次,你总要想尽办法把欠的债还了,长期向同事朋友借不是办法。他苦笑,那你觉得我还有其他什么办法?我也并不想这样,但当初出于义气替朋友做担保,结果人跑路了,债我都背了。我也没办法,干脆我辞职好了,这样大家都好过一些。我说,你一没技术,二不想吃苦,单位好歹固定给你发工资,离职了你去哪里赚钱?他想了想,说,单位离海边不远,不然我去跳海。

你死不了,因为你喝了酒,连走路到海边的力气都没有。我嘲笑他。如果你连死都不怕,那还会害怕那些欠的债吗?我一个大学同学,欠另一个大学同学很多钱,欠了不还后来还被告上了法院,法院查封了他在上海的房子,并要拍卖。那间房子里住着他的老婆还有孩子。都这样了,他都没想过去死,而是想办法筹钱还债,事后两个同学还喝了一笑泯恩仇的交杯酒。这个世界是一座荒唐的金字塔,而你的荒唐只不过是金字塔底的一粒沙石。张晖沉默了很久,最后看窗户外天色已经全黑,于是问我,我们去喝酒吧?

后来,在那个夜晚,我听了张晖讲述关于柯洁的故事。他好像在说一件和自己有关的事。我忍不住举起了酒杯,这杯酒我应当喝掉。向柯洁这样的女孩子致敬。张晖很高兴,说终于看见你举杯了,真是不容易。那一晚,我喝了不少的酒,虽然我至今未见到柯洁。

陈晓东发微信问我,到底什么时候从挂职单位回来?收到他微信的时候,我恰巧在看他的 MV。这是他的第一支音乐 MV,也是唯一的一支。所以我们经常称呼他"半个歌手",他听了后相当不满,抗议说他终归是出过单曲的人,而且歌曲还能在 KTV"点歌单"里被找到。我们说如果还要抗议,那么连"半个"也不给你。你的歌唱事业以一首歌开始,又以这首歌结束,大小活动上你都是唱这首歌,你被冠之以"歌手"的称号不会觉得羞愧吗?再者说了,你在电台主持午间歌曲节目,又在傍晚时段主持美食节目,究竟是该称呼你歌手呢,还是食神?

跨度如此之大,令人咂舌。

陈晓东对此并不在意。他说,这是"双栖",水陆两用,你们这些凡夫俗子根本无法理解一个艺术家的心态。他说的"你们"是指我在原单位的那些同事,我们这家单位经营范围包括电视、广播、杂志、报纸、新媒体等,是一家无所不包的媒体单位。而我则在下属报纸媒体工作。报纸已经没落了,我跑记者的路看来也到了尽头,所以一开始当他们得知我要去挂职时,都表示诧异。但陈晓东表示理解,他说这些呆头鹅都不知道王林还会写小说呢,王林指不定靠着这个翻身呢。我笑了,说歌手你太看得起我,这个时代最不在意的就是文字,写小说改变不了什么。所以,挂职结束后,我还是会回到原单位,该干吗干吗。陈晓东说,那你应该留在挂职的单位,不要回来了。我说,没这么简单。挂职就像一场规定时间的宴会,到时间了就宾主两欢,一拍两散。

陈晓东白了我一眼,你怎么一天到晚把宴会啊喝酒啊什么的挂在嘴里?实际上我知道你并不喜欢喝酒,也不喜欢聚会。说到底,你不喜欢热闹。在发过微信询问之后,他把我约了出来,在我家附近的金榜路一家小酒吧坐着聊天。我说,你真懂我,但为何又要约我到酒吧?陈晓东喝了一口尊尼获加黑方,这是他寄存在酒吧的酒。他说,我们两个大老爷们,如果在晚上相约喝咖啡,那不是一件会让人起鸡皮疙瘩的事?我们主要目的还不在于谈心,谈心的话我会找女孩子。我反问,那你觉得我们现在在干吗?不是也在谈心?陈晓东说,你错了,我们在喝酒。我想了想,觉得他说的有道理,于是也喝了一口酒。

这就对了。陈晓东惬意地说,你这一年挂职有变化,从滴酒不沾到多少能喝一点。我希望你多喝、能喝,不要矫情,就是喝酒。

我不知道该说什么。我想着是否有必要和他说,李白吟"举杯邀明月,对影成三人",最后落水溺亡;又想是否有必要和他说一说《红楼梦》,大观园里的筵席一场接一场,但最后还是"楼塌了",风流总被雨打风吹去。陈晓东说,你有话就赶快说,都到这个地步了,还在犹豫什么?好,我说了。

他听了后笑出声，李白是诗仙，喝酒是他的嗜好，失足溺亡是传说，顶多是酒喝多了肝硬化而死。至于《红楼梦》，你也知道是一场梦，黛玉会葬花，而你不会。

他说得稀里糊涂，我并不太想理会。尊尼获加黑方其实不太好喝，我还是习惯喝啤酒，度数不那么高，喝起来爽口。我从吧台要了一瓶雪津纯生，陈晓东嘲笑我，喝啤酒就像喝水一样，淡而无味，我喝多少都不会醉。我问，难道喝酒一定要醉吗？他反问我，如果不想醉的话，那喝酒做什么？我想了想，认为他说的还是有道理。我低下头，将半瓶啤酒喝下肚。陈晓东见了一笑，没说什么，喝下了一大杯黑方。

你做美食节目做得开心吗？

就那样咯。你不是说我"半个"歌手吗？我们这个年纪了，还想当歌手，追逐艺术梦想？大家都是混口饭吃吧。

最近有一部电影《走出尘埃》，是前黑豹乐队主唱秦勇主演的，说的是他多年以后重燃歌手梦想……

每个人都有自己的命的。做人呢，不用想太多。

我听了，开始抽烟。陈晓东看了我一眼，酒可以喝，烟就少抽一点啦，不然你总有一天和张晖一样。你看他的牙齿，黄得瘆人，都是抽烟抽得凶。我把最后一口烟抽完，熄灭，然后把手一摊，那有什么办法？日子不就是这样过？他前妻死活要跟他离婚，他自己带着一个小孩，每个月领单位死工资，讲义气替人做担保又被人害了，债主追上门来。这些事有几个能受得了？陈晓东叹了一声问，那些欠的债都还清了吗？我说可能吧，收债公司没有追上门了。他只能自己想办法，没有人能帮得了他。说一句难听的话，你我都是世间的萍水相逢，只不过相逢久了，或许有了感情。但大家都不富裕，都是拿工资养家糊口，谁也做不了救世主。他只能自己解救。

自己解救。陈晓东若有所思。所以，我既要当歌手，又要当食神。

我不太能明白他话里的意思，抬起头看了看他，但他并没有任何表示。我想了想，好像理解了，但又似乎并没有理解得很清楚。我开始有些难过了。我的手机里，收到了张晖给我发的微信消息，他告诉我，柯洁不见了，失踪了。我问他怎么知道的。但这条消息发出后，我就觉得自己有些犯傻。张晖没有理会我的愚蠢，在问清楚了我和陈晓东在哪儿后，他说马上就过来。陈晓东问怎么了，我说，这个夜晚，我们估计要去寻找一个女人。陈晓东有些醉了，眯眯眼，什么也没说。

张晖打了一辆的士来。他进酒吧的时候，满头是汗，一边抓起我喝剩下的半瓶啤酒，一边点了根烟。我说，你找不着柯洁，来找我们有什么用？说起来，我们连她长什么样都不知道。只听你一遍遍提起她，但从未见过她。张晖喝完了啤酒，一抹嘴巴，她在这里没有朋友，1995年的女生，我们三个男的，她一个女的，大家一起见面不是很尴尬？

我们不尴尬，是你尴尬。我和陈晓东几乎同时说出口。陈晓东似乎酒醒了不少，而我则在心里默默计算，1995年出生，小张晖二十岁，小我十五岁，小晓东十四岁。

张晖猛抽了一口烟，她是突然失踪的，不是我发现的，是她家里人。她家里人给我打电话，我很吃惊，但没办法，我还是得出来找她。听了张晖的话，我也同样很吃惊。我问，那是不是代表她家里人知道了你和她的事？或者说，其实一早就知道，只是没有捅破？他说，大概是吧。

快接近凌晨的时候，我们三个男人从酒吧里走出来。初夏的夜晚，已经能感受到白天的灼热。我们都喝了酒，不能再开车，于是就用脚丈量这座城市，去寻找那位柯洁姑娘。我和陈晓东走在两边，张晖被夹在了中间。陈晓东的酒好像已经醒了很多，他问，柯洁的家人，不就是她夫家的人？张晖没有吭声，我喝了点酒，有些上头了。我说，事情是这样，你知道柯洁的老公死了，她那个时候其实已经怀了孩子的，没了老公，本来是没有什么夫家了，但孩子要生下来啊。所以呢，她的这个"夫家"说起来就有些复杂了，有些不伦不类……

你说那么复杂干吗！张晖停下了脚步，忽然变得有些生气。柯洁本来就没有夫家！"老公"的说法是错的，她跟那个男人根本就没结婚。如果不是这个孩子，她早就飘到不知何方去了。你们想一想，她现在的生活怎么样？她还这么年轻，路要怎么走？她根本就没有路走。

我和陈晓东都没了声音。柯洁现在失踪了，找不到人，那么张晖看来有一万分的理由去寻找。我看着张晖问，那当初你是怎么认识她的？他说，在一场宴会上，我们都喝了一点酒。天空开始下雨，我忽然开始流泪。张晖和陈晓东都有些意外，怎么是你哭了呢？我哑着嗓子说，你们看，所以我不喜欢宴会，不喜欢喝酒的——这两样都不好。

后记：欢迎来到这个世界

《红色海水升起来》是我的第三本小说集，其中包括六部短篇，四部中篇。这些作品创作时间跨度不会太长，从创作风格和内容上来说，基本保持了一致性。博尔赫斯有句话被广为引用："不要写你想写的小说，而是写你能写的小说。"这些作品基本遵循了这种说法，对与错，暂且不论，但作为写作者来说，我拼尽全力了，也确实写出来了，没有超出自己的能力范围。

这是保险的、成熟的做法。像是踢足球，惯用左脚抽射，如果改成右脚，可能就是临门一脚"扑街"了。但实际上，我对保持惯性的创作一直存有戒心。回望自己的创作轨迹，满意的作品虽有，却往往也欠缺电光火石、天崩地裂的一笔。那样的作品是怎样的？我想，可能是打破了窠臼，同时令人读后浑身一颤，也可能内心久久不能释怀。我非常期待自己的笔下，能够创作出这样的作品。现实却是，可能受制于自身所限，例如阅历不足、阅读不够、思考不深，乃至可能天赋也存在缺陷，所以这么多年创作下来，大概也形成了自己的一套小说路径。磨出一条路来了，无他，但手熟尔。

　　这很可惜，我也常常在肯定与否定之间横跳。当看到自己的作品还是呈现出那种所谓"成熟"的倾向之后，又不免焦虑，什么时候才能有那神来的"一笔"呢？

　　不过，可惜归可惜，我并不会对自己的作品进行任何的横加指责。因为，它们都是我心血的结晶。我过去说过，这些如我的"孩子"一般。我可以很自信地说，这些作品都是倾注了自己创作时的所有心血。讲一些出格的话，写下这些小说故事的时候，我甚至是在燃烧自己。当然，燃烧过后，是升腾成火光留在你们的心中，还是变成一地灰烬而后飘扬一空，这些都不那么重要了。至少在那个当下，我奉献出了自己，我也心内平静。

　　小说是虚构的艺术。我历经多年架构起了自己的小说世界，它也许不完美，也许不够动人，却是真诚的。在这虚构的世界里，当你触摸之后，露出会心一笑，那我就很满足了。我也谢谢你。

　　欢迎来到这里。

黄　宁

2023 年 8 月 22 日